CANCION FANTASMA

LA MALDICIÓN DEL SOLAR DENBY

MARK L'ESTRANGE

Traducido por
JORGE ALBERTO IGLESIAS JIMENEZ

Traducido por Jorge Alberto Iglesias Jiménez

Solar: 1 Casa más Antigua y noble de una familia, incluyendo las tierras. 2 linage noble y antiguo

Dedicatoria: A mi abandonada familia: Rebeccah, Claire, Namita, Alish, Laura, Sarah, Chandrika, Dele and Rob.

Gracias por soportar la locura

PRÓLOGO

1970

Spalding Hunt estaba de pie en la entrada de gravilla de su garaje, fumando un puro después de comer como de costumbre. Era un hombre de costumbres, y siempre lo había sido. A los ochenta y cuatro años el se sentía con derecho a hacer lo que más le apeteciera, sin la necesidad de justificar sus acciones a aquellos que le rodeaban.

La verdad es que el, soltero por vocación, nunca había permitido que lo que pensaran los demás afectara a sus decisiones. El siempre había vivido según sus normas.

Mientras exhalaba un gran circulo de humo al cielo nocturno, Spalding se giró al oír unas pisadas detrás suya.

El señor y la señora Jarrow habían trabajado para el durante mas de veinticinco años.

La señora Jarrow se dedicaba a las labores del hogar, hacía la comida y limpiaba, mientras que su marido cuidaba el jardín, hacia labores de mantenimiento y de chofer.

Ellos vivían en una modesta granja en las tierras del solar de Spalding y aunque les cobraba una miseria por vivir allí, el modesto sueldo que les pagaba hacía que ambos tuvieran que tener otro trabajo a media jornada.

Jack Jarrow trabajaba tres mañanas a la semana en la oficina de correos del pueblo en el departamento de clasificación, mientras su mujer cubría el turno de tarde en su local como camarera de barra.

Si Spalding hubiera querido pagarles un sueldo digno, los Jarrow hubieran podido cuidar de el y de su casa a tiempo completo. Pero como no era así, la pareja de cincuentones hacía lo que podía en su tiempo libre.

Emily Jarrow se aseguraba de que el desayuno de Spalding estuviera en la mesa puntualmente a las ocho en punto todas las mañanas, incluyendo los fines de semana y de servirle la cena a las nueve todas las noches.

Todas las mañanas, para desayunar, Spalding siempre pedía un desayuno ingles completo, que consistía en gachas de avena, huevos y bacon, tostadas con mermelada y una taza de te. Para comer siempre tomaba invariablemente un sándwich y una pinta o dos de cerveza, servidas por Emily casi siempre en el local.

Para la cena el siempre pedía un menú de cuatro platos empezando por una sopa, seguida de un plato principal, postre y queso. Siempre acompañaba la cena de una botella de Clarete, y a veces de un vaso o dos de Oporto para acompañar al queso.

Al contrario que muchos octogenarios, el apetito de Spalding no había disminuido con el paso de los años, incluso había logrado mantener una figura relativamente en proporción con su altura.

El observó como los Jarrows se subían a su coche y salían por la entrada del garaje.

Justo en el momento en el que los Jarrow alcanzaron una cierta distancia comenzó el canto, como Spalding sabía que lo haría.

Era igual todas las noches.

¡Cuando el se quedaba solo empezaba el tormento!

Primero era la canción, interpretada por una voz dulce y amable que parecía casi como si la llevara el viento, mientras la melodía de la conmovedora nana, llenaba el aire que le rodeaba.

> "Contra más profundas se hacen las
>   aguas, mas anhela mi alma volar.
> En las alas de un águila, esperare para
>   siempre jamás.
> En los brazos de mi verdadero amor,
>   esperare que me llegue la hora.
> Así que abrázame por siempre, hasta que
>   seas mío.

Por mucho que lo intentaba, Spalding no podía bloquear el sonido. Ni siquiera metiendo un dedo en cada oreja, la nana parecía esquivar sus defensas.

Era casi como si la música emanara de su interior, un grito que le salía del alma.

¡El conocía la voz!

Después de tantos años hubiese sido totalmente plausible que el la hubiera olvidado si no hubiera sido por el hecho de que le visitaba todas las noches y a menudo durante el día, cuando el estaba solo.

El no tenía ningún control sobre la voz, y no había manera de hacer que se callara.

Con una combinación de disgusto y frustración, Spalding tiró su puro medio fumado y entró en la casa a toda prisa.

El cerró la puerta de un portazo y se quedó con la espalda apoyada en esta durante unos instantes.

Tal y como el había esperado el canto había cruzado el umbral de la puerta con el, y ahora que estaba dentro de la casa la letra de la canción hacía eco por toda la casa como si estuvieran cantando en todas las habitaciones a la vez.

Spalding apretó las manos contra los oídos en un fútil intento de amortiguar el sonido.

Después de dar unos pasos hasta llegar al gran salón, el levantó la cabeza y gritó a pleno pulmón.

¡Ya basta, no puedo soportarlo más! ¿Qué quieres de mi?

En respuesta a sus gritos, varias de las puertas de las habitaciones del piso de arriba empezaron a abrirse y a cerrarse, una tras otra.

Como si estuvieran esperando su turno en una cola, las luces del piso de arriba empezaron a parpadear hasta que finalmente se apagaron, y la única luz que había en la habitación provenía del fuego rugiente de la chimenea del salón, el cual proyectaba unas sombras misteriosas en la puerta en la que Spalding estaba apoyado.

Las puertas del piso de arriba continuaron abriéndose y cerrándose de un portazo, pero el ruido que hacían, no era suficiente para tapar el canto que se filtraba desde todas y cada una de las habitaciones de la casa.

Spalding caminó hasta el pie de la amplia escalera y miró a la oscuridad del piso de arriba.

"¿Por qué no me dejas en paz?", gritó el en la oscuridad.

"Llora por mi amor mío", hasta que el mar
    se seque
Nunca busques respuestas, ni preguntes
    el por qué.
El camino al que estoy destinada, no esta
    pavimentado con oro
Pero la calidez de tu amor, me quita el
    frío.

Las palabras de la nana que el tiempo atrás había aprendido de memoria, a la fuerza, se repetían en su cabeza burlándose de el o incitándolo a pasar a la acción.

Lentamente, apoyándose en la barandilla, Spalding empezó a abrirse camino a través de la curvada escalera. ¿Qué puedo hacer?, gritó el una vez más, manteniendo la cabeza firme como esperando que algo o alguien entrara en su línea de visión. Una ráfaga de viento frío soplaba por la escalera, mientras el viejo se agarraba a la barandilla aferrándose a la vida. La fuerza de la ráfaga meció a Spalding como si estuviera atrapado en un torbellino, casi haciéndole caer.

Tal audacia de intentar impedir que Spalding subiera la escalera hizo que aumentara su determinación por completar la tarea.

Tomando una gran bocanada de aire, el continuó subiendo la escalera, negándose a rendirse.

Cuando el había llegado a la mitad, Spalding sintió como si le apretaran el pecho.

Antes de que tuviera la oportunidad de responder ante el problema la mano izquierda se le entumeció y a el le costó un esfuerzo supremo quitarla de la barandilla.

Spalding se quedó ahí parado en la escalera durante unos instantes, indefenso, mientras trataba de desentumecer su mano. Pero antes de que sus esfuerzos dieran su fruto, un dolor agudo, como si le estuvieran dando una puñalada le atravesó por el lado izquierdo de su cuerpo.

Agarrándose el hombro con la mano derecha, Spalding sintió ceder el suelo bajo sus pies.

El era apenas consciente del canto que aún resonaba en el aire mientras el caía a plomo por las escaleras, hasta el piso inferior.

Mientras la vida se escapaba de su anciano cuerpo, el canto cesó y las luces de la casa se volvieron a encender.

Los ojos sin vida de Spalding miraban al frente, incapaces de presenciar la aparición fantasmal que se cernía encima suya desde lo alto de las escaleras.

1

(HOY EN DÍA)

Meryl Watkings llevaba un carrito de bebidas hacia una de las muchas mesas que rodeaban el escenario en el fondo del pub que ella regentaba con su marido Mike.

El bar estaba abarrotado, demasiado incluso para ser un viernes por la noche. Meryl lo había achacado a la nieve que había caído ayer por la tarde, se había acumulado una capa de varios centímetros de espesor, y al hecho de que una vez al mes ella y su marido contrataban a una banda para que tocara en directo en el pub.

Esta noche, tenían a un grupo de folk que lo formaban cuatro primos. Un hombre tocaba la batería, otro la guitarra, luego había una chica con la otra guitarra y otra con la flauta. La que tocaba la guitarra era la cantante principal del grupo.

Era la primera vez que este grupo venía a tocar a su pub, pero venían recomendados por otros patrones de la industria que Meryl y Mike conocían.

Eran nómadas gitanos que actuaban por todo el mundo, y aunque nunca habían publicado un album, la gente que estaba cerca del escenario siempre les pedía que tocaran una canción más.

Mary se apresuró en volver a la barra donde ya había cinco clientes esperando a que les sirvieran, además de los clientes que su marido y los otros dos camareros de barra aun no habían atendido.

El grupo estaba ya colocando los instrumentos en el pequeño escenario, y las chicas ya habían recibido varios silbidos de admiración del publico masculino. Meryl consideró seriamente en advertir por megafonía que guardaran el orden, pero a las dos muchachas parecía gustarles la atención que les dispensaban y respondían mandando besos a la multitud.

La actuación estaba programada para las nueve y media, y justo antes de que la manecilla más larga del reloj alcanzara las seis Mery sintió una corriente helada de aire prominente de la puerta de entrada cuando, esta se abrió y entró uno de sus clientes habituales del local arrastrando los pies.

El viejo había venido todas las tardes desde que abrieron el pub.

El nunca hablaba con nadie excepto para decir por favor o gracias cuando pagaba su bebida, y siempre se sentaba en la esquina mas alejada de los demás clientes para disfrutar de su cerveza en paz.

Meryl notó la cara de sorpresa del viejo cuando este se percató de lo llena de gente que estaba la zona próxima a la barra. Durante unos instantes el se quedo inmóvil cerca de la puerta de entrada observando el abarrotado pub y Meryl estaba convencida de que el estaba pensando en marcharse sin tomarse sus dos pintas de cerveza de costumbre.

Meryl tuvo el impulso de darle el cambio al cliente que acababa de pagar por su consumición y disculparse con el cliente siguiente mientras ella rodeaba la barra y cogía al viejo por el brazo justo cuando este se había dado la vuelta para dirigirse a la salida.

El hombre la miró con una mezcla de sorpresa y confusión en la cara hasta que se dio cuenta de quien era la persona que le estaba cogiendo por el brazo.

Meryl sonrió de oreja a oreja. "Esta noche estamos hasta los topes", explicó ella. "Pero hay una mesa vacía perfecta para usted".

Acto seguido, ella guio al viejo cuidadosamente entre la multitud hasta que llegaron a su destino.

Una vez que el se sentó, Meryl se ofreció a servirle, "lo de siempre, ¿no?

El viejo sonrió, "si, por favor", contestó el, y Meryl le dio unos golpecitos en el hombro antes de volver a la barra.

Después de servir a un par de clientes habituales, Meryl volvió con el viejo con su pinta de cerveza fuerte de costumbre.

Ella la dejó encima de la mesa delante de el y mientras el abría la cartera para pagar, ella le sujetó la mano. "La primera de hoy corre de mi cuenta", dijo ella guiñándole el ojo.

El viejo se lo agradeció amablemente, y Meryl le dejo a solas para volver a la barra.

La banda se presentó a sí misma y empezó la actuación.

La música de la banda era una mezcla de géneros musicales, pero ellos hacían sus propios arreglos para adaptarlas al genero folk/country que ellos habían prometido tocar, y para cuando casi habían terminado la primera serie de canciones la multitud se les había unido cantando las viejas canciones conocidas por todos.

Cuando la banda hizo una pausa para descansar, hubo una repentina ola de gente con ganas de juerga que fueron a la barra a pedir más bebida.

Entretanto ella servía a los clientes Meryl le echaba un ojo al viejo que estaba sentado en la esquina, y mientras el apuraba el último trago de su cerveza ella ya le estaba sirviendo otra.

Ella se hizo camino entre la muchedumbre justo cuando el viejo estaba levantándose para intentar llegar a la barra. Se le iluminó la cara cuando vio a Meryl aproximándose a el, se dejó caer en la silla y empezó a contar su dinero anticipándose a su llegada.

"Oh, muchísimas gracias", suspiró aliviado el hombre, temía tener que abrirme paso entre toda la gente para llegar a la barra".

Meryl se rió. "Te entiendo", contestó ella. "Al menos me alegro de estar al otro lado de la barra, ya no cabe un alfiler aquí esta noche".

El viejo asintió y le dio el dinero justo de su pinta de cerveza. "Son muy buenos", opinó el, señalando con la cabeza hacia el escenario vacío.

"Si", Meryl coincidió con el, "es la primera vez que vienen, pero no será la ultima. Me alegra que le guste nuestra actuación".

"Oh, si, me encanta", dijo el viejo sonriendo.

"Bueno, será mejor que vuelva a la barra antes de que haya un disturbio, la banda volverá dentro de un minuto para terminar su actuación. Espero que se quede hasta el final.

El viejo asintió. "Lo haré, gracias".

Después de un descanso de diez minutos la banda volvió al escenario entre tremendos aplausos y más silbidos de admiración.

La cantante principal agradeció el cariño del publico, y antes de que empezaran la segunda serie de canciones ella se tomó unos minutos para presentar uno a uno a los miembros de la banda. La chica que tocaba la flauta era su sobrina y los dos hombres eran hermanos. Todos agradecieron el cariño del publico cuando les tocaba el turno de ser presentados.

La segunda parte del concierto fue igual de bien que la primera, con la audiencia igual de enamorada de la actuación de la banda y con ganas de participar. Aunque el alcohol había convencido a algunos participantes de que sabían cantar bien, la realidad era bien distinta, pero todo el mundo se lo estaba pasando bien, que era lo más importante para Meryl.

Al final de la actuación la banda dejo en el suelo los instrumentos y se colocaron en el centro del escenario para recibir una bien merecida ovación, con el publico puesto en pie.

Mientras el publico le pedía a la banda que siguiera tocando, Meryl hizo sonar la campana para avisar a la gente de que podían pedir la ultima consumición.

La cantante principal miró a la dueña del bar levantando el dedo índice para preguntar si había tiempo para una ultima canción.

Meryl asintió con la cabeza como respuesta y procedió a preparar una bandeja de bebidas para la banda para cuando ellos hubieran acabado.

"Damas y caballeros", empezó la cantante, una vez que habían cesado los aplausos y los gritos de animo. "Nos gustaría cantar una ultima canción para vosotros esta noche", alguien gritó desde le publico "gracias", la muchacha rió agradecida. "Esta es una vieja nana gitana la cual la mayoría de nosotros hemos aprendido de nuestras madres cuando aún estábamos en la cuna. Esperamos que os guste".

Meryl le echó un vistazo al viejo sentado en la esquina.

Ya tenía el vaso vacío y Meryl decidió ofrecerle otra cerveza por cuenta de la casa. A menudo, ella le había estado observando cuando venía la local los viernes por la noche. Era obvio que el no conocía a ninguno de los otros clientes, y siempre quería sentarse tan lejos de la gente como le fuera posible.

El pub tenía su clientela de gente mayor, pero ellos siempre estaban al quite de unirse a la conversación de los demás- agrupándose a menudo sin conocerse de antes.

En algunas ocasiones un cliente dejaba claro que no le gustaba que nadie se metiera en la conversación y Meryl siempre sentía pena por el solitario individuo que se alejaba buscando la compañía de otra persona.

Pero en todo el tiempo que llevaba trabajando en el pub, Meryl nunca había visto al viejo intentar unirse a ninguna conversación con nadie; ni con trabajadores del local ni con clientes.

En un par de ocasiones Meryl había intentado sacarle algo de conversación mientras le servía su cerveza, y aunque el era muy educado y cortés, siempre conseguía desbaratar sus esfuerzos contestando con monosílabos.

Mientras ella iba de camino para servirle otra cerveza, la cantante empezó a cantar la ultima canción de su actuación.

"Contra más profundas se hacen las
     aguas, mas anhela mi alma volar.
En las alas de un águila, esperare para
     siempre jamás.

Para sorpresa de Meryl, de repente el viejo giró la cabeza para mirar a el escenario, su movimiento fue tan abrupto y repentino que mando su vaso vació rodando por la mesa, el consiguió cogerlo justo a tiempo antes de que cayera al suelo piedra se hiciera añicos.

Las manos del viejo empezaron a temblar de manera incontrolada, y cuando Meryl llegó a su mesa, ella se inclinó y le puso la mano encima de la suya en un intento por tranquilizarle

La voz de la cantante se oía de fondo resonando en la barra y en todo el pub.

El resto de la banda tocaba de manera suave, como para asegurarse de que no interferir en la melodía de la cantante.

Meryl puso la cerveza que acababa de servir en la barra delante del viejo.

Cuando este levantó la vista para cruzarse las miradas con Meryl, ella vio como las lagrimas le inundaban los ojos, rebosando y cayendo por las mejillas dejando dos marcas gemelas a su paso.

De pronto Meryl sintió un incontrolable deseo de rodearle con sus brazos y decirle que toda iba a salir bien. En verdad, para empezar, ella no sabía que era lo que le pasaba al viejo.

En vez de eso, ella pensó que abrazarle llamaría demasiado la atención, y lo ultimo que Meryl quería era que el hombre pasara mas vergüenza, así que agarró un par de servilletas de papel del bolsillo de su delantal y se las dio para que el pudiera secarse las lagrimas.

Aguantándose las lagrimas, el viejo le dio las gracias por su amabilidad.

Meryl se sentía en la obligación de quedarse y averiguar que era lo que le pasaba. Mike siempre le andaba recriminando que quisiera solucionar los males del mundo, pero ella no podía evitarlo.

No le costaba nada decirle unas palabras amables al viejo y proporcionarle algo de consuelo, y ella estaba más que dispuesta a aliviar su pena.

Meryl se sentó al lado suya y giró la cerveza para que el asa quedara de cara al viejo.

"Ahí va otra a cuenta de la casa", susurró ella, para no molestar a aquellos que continuaban escuchando a la cantante.

El viejo giró la cabeza para mirarla y le dio las gracias entre lagrimas.

Meryl le aguantó la mirada durante unos instantes.

Había algo en su mirada que escondía tras de si una tristeza que era casi palpable.

Cuando la cantante acabó, la audiencia empezó a aplaudir ruidosamente.

El resto de la banda se unió a ella para agradecerle a el publico las muestras de cariñó recibidas, y para prometer que volverían la próxima vez que pasaran cerca de allí.

El anuncio fue recibido con gran alegría.

Mientras la banda empezaba a recoger sus instrumentos, Mike recogía el carrito de bebidas que Meryl les había llevado antes. Ella se había cruzado la mirada con Mike cuando este regresaba a la barra y le hizo señas para decirle que ella se quedaba donde estaba de momento.

Mike inmediatamente sumó dos y dos y se dio cuenta que su esposa estaba de nuevo intentando llevar el mundo sobre los hombros, y en broma dirigió una mirada al cielo.

Meryl le hizo burla con la lengua en respuesta, lo que hizo que el empezara a reírse por lo bajini mientras llegaba a la barra.

Meryl puso de nuevo su atención en el viejo que tenía a su lado.

El había logrado secarse las lagrimas, pero el esfuerzo le había dejado los ojos rojos e hinchados.

El se puso la mano en la boca como para aclararse la garganta.

"Beba un trago", Meryl le animó a hacer, señalando con la cabeza a la cerveza que ella le acababa de traer.

El viejo le dio las gracias y se llevó el vaso a la boca, dándole varios tragos.

Después de volver a dejar el vaso en la mesa, continuó secándose las lagrimas con la servilleta.

Mientras le observaba, a Meryl le parecía que iba a romper a llorar otra vez de un momento a otro.

"¿Tiene alguna cosa que me quiera contar?" preguntó ella suavemente. "Ya sabe, no es bueno guardárselo todo para uno mismo".

El viejo miró al frente durante unos instantes, en dirección a la banda, que ahora se encontraba sentada en una mesa delante del escenario disfrutando de sus bebidas.

Después de unos momentos en silencio, el viejo contestó. "Es esa canción".

A ella le llevó un momento caer a que se refería.

Finalmente, Meryl pensaba que ya lo entendía. "Oh, ya lo entiendo, ¿esa canción le trae recuerdos, de su niñez quizás?, ella le preguntó, satisfecha consigo misma por lograr que el viejo le siguiera la conversación.

Para su sorpresa el viejo su puso en pie de un salto faltándole poco para mandar el vaso de cerveza volando por los aires.

"Tengo que irme" dijo el, tenía la voz rota como si el esfuerzo fuera demasiado para el.

Meryl también se puso en pie al lado suya.

Ella se dio cuanta de que el viejo estaba bastante alterado, y no pudo evitar pensar que era culpa suya, aunque no había sabido poner el dedo en la yaga.

Meryl observó al viejo tocarse los bolsillos para asegurarse de que no se había dejado ninguna de sus pertenencias antes de marcharse.

Aunque estaba de espaldas a ella, Meryl pudo ver como el se frotaba los ojos, sospechando que estaba llorando otra vez.

Como Meryl estaba bloqueando la salida por un lado y el viejo intentó salir por el espacio que había entre la mesa y la pared, pero este era demasiado pequeño y el solo consiguió golpearse la pierna contra el pico de la mesa.

Su fallido intento por escapar solo hizo que el viejo se pusiera mas nervioso, y cuando dio la vuelta para marcharse la frustración le hizo que se le saltaran las lagrimas cayéndole por las mejillas.

Aunque Meryl podía oír la voz de Mike en su cabeza diciéndole que no se metiera, ella decidió que no podía permitir que el viejo se marchara en ese estado. Sobre todo, ella no quería sentirse responsable de que el se fuera del pub en ese estado y tuviera un accidente de regreso a su casa resbalando en el hielo.

Armándose de valor, Meryl puso una mano tranquilizadora en el hombro del viejo y le dedico una sonrisa tranquilizadora. "¿Le importa decirme su nombre?".

Obviamente la pregunta cogió al hombre por sorpresa, y durante unos instantes el parecía estar visiblemente más calmado.

"Jonathan", contestó el, tartamudeando ligeramente como tratando de hacer que le salieran las palabras. "Jonathan Ward".

"Muy bien, Yo soy Meryl Watkings, y ese hombre de detrás de la barra es mi marido Mike", ella le tendió la mano al viejo, "Y me gustaría darle la bienvenida formalmente a mi pub, disculpándome por no habernos presentado antes".

Jonathan Ward estrechó la mano de Meryl, casi por instinto, y la apretó suavemente.

A pesar del hecho de que el había intentado marcharse del pub tan pronto como le fuera posible, no podía ser tan maleducado como para rechazar un apretón de manos de la dueña del local.

Ambos se dieron la mano mientras el viejo parecía haberse relajado bastante durante el proceso.

Convencida de que ella había conseguido el efecto deseado, Meryl le indicó a Jonathan que volviera a sentarse.

El pub estaba empezando a vaciarse, y la mayoría de los clientes se acabaron sus bebidas y abandonaron el local, perdiéndose en la fría noche.

Todavía con ciertas dudas Jonathan aceptó la sugerencia de Meryl.

Una vez que ambos se hubieron sentado, Meryl habló. "Lo siento muchísimo si le he molestado Jonathan, le aseguro que no era mi intención.

El viejo sacudió la cabeza, "por favor, no se culpe", le pidió el. "Como iba usted a saberlo".

Al mirar por encima de ella, Jonathan vio que los gitanos de la banda de música estaban todavía disfrutando de sus bien merecidas bebidas.

El cambió su atención hacia Meryl. "Es solo por esa canción, ya ve, ¡no la había oído desde hacía casi cincuenta años, y no esperaba volver a oírla en el tiempo que me queda de vida!".

A Meryl le confundieron las palabras del hombre, y su cara era buena muestra de ello.

Ella se moría por decirle a el hombre que le contara más y se lo explicara, pero se mordió la lengua, consciente de que ya le había alterado los nervios una vez esta noche y ella no quería repetir la experiencia.

Al final, ella no tuvo que preguntarle nada.

El viejo, al ver su cara de desconcierto, junto con la amabilidad que le había mostrado, le dio el coraje suficiente para enfrentarse a algo que le había estado persiguiendo durante toda su vida adulta.

En ese momento, el decidió que ¡ya era hora de deshacerse de sus demonios interiores!

¡De una vez por todas!

2

Una vez que Jonathan le dijo a Meryl que había decidido confiar en ella, ella se excusó un momento para poder ponerse una copa, darles las buenas noches a los trabajadores de su local, y agradecerles a los músicos el haber dado un concierto tan maravilloso.

Jonathan le pegó un sorbo a su bebida, nerviosamente y observó mientras Mike acompañaba a los trabajadores del pub a la salida y cerraba la puerta tras su salida.

La banda se acabó sus bebidas y fue a la barra a dejar los vasos vacíos.

Mientras Meryl los acompañaba a la salida, Jonathan llamó en voz alta a la cantante principal.

"Jovencita", el se puso en pie para llamar su atención, "Me preguntaba si podría hablar un momento con usted antes de que vaya".

La muchacha sonrió y caminó hacia la mesa del viejo, seguida de cerca por el resto de la banda. "Si, dijo ella alegremente, ¿Qué puedo hacer por usted?

Meryl sospechaba que Jonathan iba a preguntarle a la joven cantante si podía repetir la canción, así que ella volvió y permaneció al lado del viejo.

Jonathan estaba temblando visiblemente, intentando agarrase al respaldo de la silla para mantenerse firme, pero Meryl le agarró del brazo e insistió en que el se sentara de nuevo antes de que empezara a hablar, así que el hombre cumplió con su deseo y retomó su asiento.

"Me preguntaba... esa canción usted que ha cantado al final del concierto... usted ha dicho que su madre se la enseñó cuando era un bebe".

La muchacha sonrió. "Eso es, la canción esta muy arraigada entre los clanes gitanos, ya que suele ser la primera canción que nos enseñan. ¿Por qué lo pregunta, la ha oído usted en alguna otra parte?".

Jonathan se frotó las manos como para quitarse el frío de la noche cuando en realidad dentro del pub se estaba bastante caliente, y la chimenea de leña que Mike había ido alimentando durante toda la tarde aun resplandecía en toda la habitación.

Cuando abrió la boca para hablar, no le salían las palabras, Jonathan giró la cara y se puso la mano en la boca una vez mas para aclararse la garganta.

Cuando se volvió a girar hacia la banda, Meryl tenía su vaso de cerveza en la mano animándole a que le diera unos sorbos antes de continuar, Jonathan le dio las gracias y tomó un largo trago del vaso antes de volver a ponerlo encima de la mesa.

La joven cantante se inclinó sobre la mesa y descansó la mano en la manga de Jonathan. "Lo siento mucho", dijo ella con suavidad, "no quería alterarle".

Jonathan le hizo un gesto con la mano, como diciéndole que sus disculpas no eran necesarias. "No me ha alterado en absoluto, es solo que..." el hizo una pausa, sin poder encontrar las palabras que estaba buscando.

El miró a Meryl en busca de inspiración.

Al darse Meryl cuenta de que el viejo se sentía incomodo, decidió intervenir.

Ella llamó a su marido para que trajera bebidas para todos, e invitó a los artistas a tomar asiento. "Pongámonos todos cómodos", sugirió ella alegremente. Hagamos un pequeño encierro, una

reunión informal entre amigos. Algo para resguardarnos del frío un durante un rato mas".

Mientras Mike iba a buscar las bebidas y los componentes de la banda se ponían cómodos, Meryl aprovechó la oportunidad para susurrarle al oído discretamente a Jonathan para preguntarle si el estaba dispuesto a contar su historia delante de todos los demás.

Ella empezaba a sentirse culpable de haberle puesto en el centro de todas las miradas, aunque había sido el quien había llamado a la banda para que se les unieran.

Independientemente de lo que su marido le dijera, Meryl no era de las que se metían en los asuntos de los demás. Sin embargo, ella tenía la impresión de que el viejo soportaba una pesada carga que necesitaba compartir desesperadamente.

Una vez que Mike hubo traído las bebidas y todo el mundo había tomado asiento, Meryl levantó su vaso, "Salud", ella le ofreció su vaso a todos los demás para brindar, y una vez todos hubieron terminado tomaron un trago.

Jonathan sabía que todo el mundo estaba esperando a que contestara la pregunta de que la cantante le había hecho antes, así que el decidió ponerse a la faena sin darle mas vueltas al asunto. De lo contario el temía echarse atrás, y por una parte el estaba decidido a contar su historia.

El respiró profundamente y empezó. "Ahora jovencita, me has preguntado si había escuchado esa canción antes..."

"Me llamo Melisa", le informó la cantante. Ella se giró hacia el resto de la banda. "Esta es Julie, Fred y Barry".

Todos saludaron con moviendo la cabeza y Jonathan les devolvió el saludo.

"Bueno, la verdad es que", continuó el manteniendo el tono de voz bajo porque tenía miedo de que alguien de fuera le escuchara", "hace muchos años, mucho antes de que ninguno de vosotros hubierais nacido, pasé por una experiencia aterradora que me ha perseguido durante el resto de mi vida".

Todos los allí reunidos se intercambiaron las miradas ante la revelación del viejo.

Sus expresiones mostraban una mezcla de sorpresa y expectación.

Finalmente, Melisa habló en voz alta. "Y lo que le pasó tiene que ver con la canción con la que hemos terminado la actuación". Preguntó ella con curiosidad.

Jonathan asintió. "Comprendo que pueda parecer ridículo que una canción tan bonita me cause tanto estrés, pero si me permitís explicaros el por que, comprenderéis porque mis recuerdos son tan perturbadores".

"Por supuesto", respondió Melisa con calma. "Creo que ha conseguido intrigarnos a todos".

Varios de los presentes asintieron con la cabeza.

El viejo sabía que ya era demasiado tarde para echarse atrás- y aunque solo el recordar la historia le producía escalofríos por todo el cuerpo- el se sintió obligado a contar la historia.

El pensó por un momento que era lo peor que podía pasar si les contaba a todos los allí reunidos lo que le pasó hace tantos años.

La muerte era como jugar al gato y al ratón así había sido para el desde hacía mas tiempo del que podía recordar.

El viejo se frotó los ojos los pulgares y los dedos índices, como para despejar simbólicamente cualquier duda que le impidiera hablar.

El estaba listo.

"Es difícil saber por donde empezar", dijo el, casi de manera retorica, sin mirar a nadie en particular. "No quiero aburriros con la historia de mi vida- ya sabéis que a alguna gente le gusta divagar recordando los viejos tiempos y lamentándose de lo que hicieron o no hicieron.

El levantó la vista, y le animó el hecho de que a todo el mundo parecía haberle hecho gracia lo que acababa de decir.

"Conocí a mi mujer Jennifer a finales de los sesenta en un festival de pop, aunque no os lo creáis. Fue en verano en un campo muy grande donde cada uno tenía traer sus tiendas y su saco de dormir, a menos que quisieran dormir en el suelo bajo las estrellas.

"El aire olía a paz en el mundo y a amor libre, había varios grupos de personas experimentando con marihuana y otras drogas recreativas".

El levantó la vista. "Pero yo no, ya sabes, era demasiado recto y aburrido para hacer eso".

Hubo un coro de risas en respuesta.

"En esa época", continuó el. "Yo trabajaba en un banco en la calle principal de nuestra localidad, así que debía de asegurarme de no sacar los pies demasiado del tiesto. En aquellos tiempos te podían tirar a la calle por la cosa mas simple, si tus jefes consideraban que tu comportamiento no era el adecuado. Especialmente si trabajabas en una organización tan conservadora como yo lo hacía.

"Recuerdo que sucedió durante mi segundo día en el festival. Había hecho muy buen tiempo, lucía un sol magnifico y como tantos otros del publico, yo estaba embelesado con el espectáculo.

"Algunas de las bandas parecía que tocaban durante toda la noche, así que daba igual la hora que te fueras a dormir, siempre había música cuando te despertabas.

"Había caravanas y puestos que vendían pescado con patatas fritas, perritos calientes, donuts, algodón de azúcar y todo de tipo de comida, de manera que el aire siempre estaba impregnado del olor de la tentadora comida haciéndote sentir que tenías hambre incluso cuando no la tenías.

"Nunca olvidaré la primera vez que le puse los ojos encima a mi mujer. Era la tarde noche del segundo día del festival, y de repente el mundo entero pareció detenerse cuando vi a esa preciosidad caminar por delante de mí. Tenía una belleza cautivadora. Tenía la cara de un ángel y una textura en la piel como la porcelana y unos brillantes mechones de cabello rubio cayéndole sobre los hombros. Durante unos instantes no podía oír la música ni las conversaciones de la gente que tenía a mi alrededor y me sentía literalmente como si me hubieran sacado el aire de los pulmones.

"Me di la vuelta para ver como se marchaba, y justo en ese instante me vi obligado a seguirla a donde fuera que se dirigiera, tened en cuenta de que yo no tenía ni idea de lo que iba a hacer cuando ella llegara a su destino; No era la clase de tipo que se sentía cómodo dirigiéndose hacia una chica para empezar una conversación, sobretodo a una chica tan guapa como ella. Pero algo me animó a hacerlo y pensé que se hiciera lo que Dios quisiera, así que continué siguiéndola.

"La manera en la que ella se movía entre la enorme multitud con tanta gracia y elegancia contrastaba con mis torpes intentos de perseguirla sin que lo notara. Perdía la cuenta de las veces que me tropecé con los cuerpos que se retorcían por el suelo, afortunadamente para mi, la mayor parte de ellos ni lo notaron debido al fragor del momento.

"Finalmente puede alcanzarla cuando estaba haciendo cola para comprar algodón de azúcar. Espere unos metros detrás suya, sintiéndome totalmente fuera de lugar y decepcionado conmigo mismo por no poder acercarme a ella. Encima, estando tan cerca. Sabía que si se giraba y me veía ya no podría seguirla sin asustarla, y eso lo ultimo que yo quería.

"Como si el destino estuviera de mi parte. Al girarse después de haber comprado el algodón de azúcar, una pareja joven que estaba hasta arriba de lo que fuera, se tropezó con ella y la mandaron volando en dirección mía. La escena podría haber terminado en desastre, pero logre cogerla y evitar que se cayera, aunque el algodón de azúcar acabó tirado en la hierba.

"La pareja que había provocado el accidente era totalmente ajena al mismo, y continuaron caminado por el campo haciendo eses y tropezándose el uno o con el otro.

"Jennifer estaba visiblemente molesta por la suerte de su dulce, pero una vez que yo la solté ella se dio la vuelta para agradecerme que evitase que se cayera. Hice un chiste sobre el no haber sido lo suficientemente rápido como para haber salvado su golosina también y ella se rió. Obviamente no iba a servir de nada perseguir a la pareja pues ellos ya se encontraban en el medio de todo el gentío, así que en lugar de eso me ofrecí a comprarle otro algodón de azúcar.

"Al principio me dijo que no podía aceptarlo, pero antes de que ella pudiera impedírmelo, yo ya tenía el dinero en el mostrador y había pedido el algodón de azúcar.

"Cuando le ofrecí el dulce por el palillo, Jennifer se inclinó y me dio un beso en la mejilla. Se que debí de ponerme rojo porque noté como me ardía la cara."

"Es bueno saber que aun existen los caballeros", dijo ella, intentando no reírse por mi reacción al besarme.

"Ambos nos presentamos y casi sin darme cuenta la guie hasta una zona del campo mucho mas tranquila donde pudiéramos sentarnos en un banco y hablar. Estaba desesperado por saber todo sobre ella; donde vivía, que cosas hacía, cual eran sus ambiciones, que hobbies tenía, y al final la bombardeé a preguntas durante tanto tiempo que cuando me volvía poner en pie, el sol ya se estaba ocultando en el horizonte.".

"Por supuesto mientras tanto las bandas seguían tocando y el publico no quería que pararan, pero cuando Jennifer se puso la mano delante de la boca para bostezar, me di cuenta de que había monopolizado casi todo su tiempo, y no era justo tratar de mantenerla conmigo durante más tiempo.

"Lo malo era que a pesar de haber estado hablando durante tanto tiempo, aun no me atrevía a pedirle formalmente una cita. Apesadumbrado, recuerdo mascullar algo sobre dejar que volviera con sus amigas ya que estarían preocupadas por no saber de ella durante tanto rato. Pero para mi sorpresa, no digamos alegría, el grupo con el que ella había venido habían acordado ir cada uno a la suya en cuanto llegaran al festival y que de hecho ella no había visto a nadie de su grupo desde que llegaron.

Jonathan notó como se le empezaba a secar la garganta y tomó varios tragos de la cerveza para lubricarse la garganta.

"Aun así", continuó el, por raro que parezca, todavía no sabía que excusa poner para seguir en la compañía de Jennifer.

"Recuerdo que hubo un momento de silencio muy extraño mientras yo trataba desesperadamente de pensar en que decir. Jennifer no ayudaba mucho, estaba sentada en la hierba mirando el campo, pensé que quizás quisiera comer algo.

"Al final le pregunté si tenía hambre, pero dijo que no. Entonces le pregunté si quería beber algo, pero también me dijo que no, decía que no tenía sed. Sentía que ella estaba perdiendo el interés por mí así que continué estrujándome el cerebro para pensar en que podía decir. al final cuando creí que todo estaba perdido, ella apoyó la cabeza en mi pecho y se acurrucó suavemente contra mi como si se fuera a dormir."

"Decir que yo estaba sorprendido era decir poco. Recuerdo que me sentía atontado, como si me hubieran disparado un dardo tranquilizador, o algo así y durante unos instantes no podía mover ni un musculo para responder a la acción de Jennifer. Afortunadamente el efecto era temporal, y lentamente empecé rodearla con mis brazos hasta poder sujetarla correctamente.

"Estuvimos así durante siglos, fue algo maravilloso, y por mi, ese momento no hubiera acabado nunca. Pero anocheció completamente. Aunque estábamos aún a mitad del verano, se empezó a levantar viento, y Jennifer solo llevaba puesta una blusa, así que no pasó mucho rato hasta que la sentí tiritar entre mis brazos.

"Ahora suena ridículo, sobretodo dicho en voz alta, pero en ese momento y dadas las circunstancias, tenía miedo de que se rompiera la magia del momento y traté de ignorar el hecho de que ambos estábamos congelándonos de frio tratando de ignorar la sensación como si no fuera el caso.

"Pero, al final Jennifer ya no pudo soportarlo mas. Ella se apartó de mi y se cubrió los hombros con sus brazos, frotándolos vigorosamente para recuperar la circulación de la sangre. Por una decima de segundo pensé que iba a poner una excusa y que nunca volvería a verla. EL hecho de haber estado acurrados juntos no significaba nada en aquella época, en la que todo el mundo empezaba a ser más abierto con sus sentimientos y sobretodo las mujeres que le estaban perdiendo el miedo a que les pusieran la etiqueta de facilonas.

"Pero mis temores resultaron ser infundados".

"Oye, no se tu", empezó ella, "pero yo necesito algo más que tus brazos para mantenerme caliente esta noche".

"Antes de que ni siquiera yo tuviera oportunidad de responder, ella me besó suavemente en la mejilla y se levantó del banco".

"¿Por qué no vas y te traes algo para calentarnos?, sugirió ella. "Y nos vemos aquí después".

"Eso les hubiera sonado a algunos como una manera educada de deshacerse de alguien", una manera educada de buscar una excusa para marcharse y nunca volver. Pero miré a Jennifer a los ojos y de alguna manera vi que sus palabras eran sinceras, y que ella tenía la intención de mantener su promesa y volver al banco.

"Partimos en direcciones diferentes y en cinco minutos había cogido mi suéter y mi chaqueta de la tienda y estaba de vuelta en nuestro banco.

"Esperé lo que me pareció una eternidad, pero en realidad, probablemente no fue más de media hora, antes de ver a Jennifer reemerger de entre la multitud y dirigirse hacia mi, arropada con un suéter que le quedaba grande, un plumífero y una sonrisa resplandeciente en la cara.

"Pasamos la noche haciendo malabarismos para estar juntos en ese banco solitario, suficientemente apartado de la multitud para sentir que estábamos a solas, pero no demasiado lejos para poder escuchar la música procedente de los distintos escenarios diseminados por el campo.

"Yo nunca había creído en el amor a primera vista hasta esa noche. Por la mañana me sentí inundado de una emoción abrumadora, y antes de pudiera tratar de controlarme le expresé mi amor a Jennifer como un adolescente enamorado"-

"Jonathan miró a su audiencia tratando de deducir por sus expresiones si les estaba aburriendo hasta quedarse dormidos o no".

A el le chocó que esta fuera la primera vez que compartía con un extraño recuerdos de su esposa, por no decir a un grupo de extraños, y sin embargo con que facilidad las palabras fluían a través de el.

Había tantas cosas maravillosas que podía contar sobre su esposa, cosas que el tanto anhelaba divulgar, pero el sabía que este no era ni el momento ni el lugar.

Los allí reunidos solo se habían quedado porque les había picado la curiosidad porque el decía que había oído su canción hacía muchos años, y por que el solo escucharla le provocaba terribles pesadillas. Pesadillas con las que el había tenido que vivir durante más de cincuenta años, pesadillas que eran demasiado terroríficas para contárselas a nadie.

¡Pero ahora parecía que había llegado la hora de hacerlo!

¿Cómo reaccionó Jennifer ante tal efusividad?, era la otra chica de la banda la que hacia esta pregunta.

Jonathan sonrió. "Afortunadamente para mí Jennifer no solo era increíblemente simpática, si no también era muy sensata, y me dijo clara y llanamente que, aunque se sentía atraída por mi, necesitaba conocerme más para enamorarse de mi".

"¡Que mujer más sensata ¡", observó Meryl, guiñándole el ojo con complicidad a su marido.

"Así era ella", Jonathan asintió. "Era sensata, guapa, bondadosa, compasiva… describir sus virtudes sería un no parar. Pero desafortunadamente, la historia que os tengo que contar tiene muy poco que ver con la felicidad que mi esposa me trajo, y mas con el terror que tuve que sufrir a manos de otra persona.

3

"Todo empezó para mí en septiembre de 1970. Jennifer y yo nos habíamos casado en junio de ese año, y como íbamos un poco justos de dinero habíamos decidido esperar hasta que pudiésemos permitirnos un viaje de bodas en el extranjero como era de rigor. Un día me llegó una carta de un albacea informándome de que yo había heredado una casa solariega de un familiar lejano- del cual, hasta ese momento, yo nunca había oído hablar.

Por lo visto según me dijo después el albacea era un primo lejano por parte de mi padre y según las condiciones de su testamento habían certificado que yo era su único familiar hombre vivo y por lo tanto único beneficiario.

"Mis padres habían muerto en un accidente de coche el año anterior de conocer a Jennifer dejándonos solos a mi y a mi hermana menor Jane. Jane solo tenía diecinueve años cuando ellos murieron y ella se acababa de ir a la universidad. La muerte de nuestros padres nos afectó muchísimo y ella se tomó un año de descanso en la universidad para empezar con mas fuerza el próximo año.

Ambos heredamos la casa familiar, y en ese momento nuestra única intención era vivir juntos allí hasta que encontráramos estabilidad en nuestras vidas. Nos llevábamos muy bien y a ambos nos gustaba vivir juntos para hacer mas llevadero la pesadumbre de las primeras semanas posteriores al funeral.

"Yo ya había empezado a trabajar en el banco así que al menos teníamos cierta estabilidad que nos proporcionaba mi salario, pero pasados un par de meses, Jane empezó a sentirse culpable por no contribuir a los gastos de la casa. A pesar de que yo no paraba de decirle que no se preocupara, al final ella encontró un trabajo en un hotel por medio de una agencia de trabajo de temporal para mantenerse ocupada hasta que regresara a la universidad.

Resultó que trabajando en el hotel conoció a su futuro marido Neil quien era el director adjunto del hotel, y aunque yo estaba preocupado de que su relación fuera un romance pasajero, ¿Quién era yo para meterme en su vida?

"La única pega fue que Jane ya no volvió a la universidad, pero ella era, y todavía lo es, muy feliz, y Neil resultó ser un buen marido y buen padre de sus tres hijos, así que al final las cosas le salieron bien."

Cuando ella y Neil decidieron buscar un sitio para vivir, yo rehipotequé la casa de nuestros de padres para poder darle a ella su parte. Se me pasó por la cabeza vender la casa y empezar de cero, pero tenía tantos recuerdos tan bonitos de mi niñez y además en circunstancias normales pagar la hipoteca entera de una casa yo solo estaba fuera de mis posibilidades económicas, así que como yo trabajaba en el banco ellos me ofrecieron un precio especial por la rehipoteca de la casa de mis padres para que quedara dentro de mi presupuesto.

"Solo había tenido que tratar con un albacea una vez antes de aquello, y fue cuando tuve que ir a oír el testamento de mis padres. El albacea que me tocó en aquella ocasión tenía la cara adusta, era un tipo hosco, sin habilidad ninguna para el trato con el cliente y además tenía un grave problema de olor corporal. No es que cuando pienso en un albacea inmediatamente lo asocie con aquel hombre, pero el me vino a la cabeza mientras hablaba por teléfono con el albacea que me llamaba por la herencia del solar[1] de aquel familiar lejano.

"La propiedad que yo había heredado se encontraba en Northumberland, que yo recordara solo había estado una vez antes allí, fue en un viaje familiar que fuimos a visitar a la hermana mayor de mi padre. A mi padre le tuvieron siendo mis abuelos ya mayores así que el y mi tía se llevaban treinta años de diferencia y por lo que me pareció entender nunca habían tenido una relación muy cercana.

"Tanto Jennifer como yo estábamos, como es natural, contentísimos ante la perspectiva de heredar una nueva casa, pero el destino quiso que en el banco andáran desesperadamente cortos de personal y yo ya me había pedido un par de semanas libres para la boda, así que cuando acudí a mi jefe para decirle que necesitaba cogerme mis vacaciones, el me recordó que la lealtad y la dedicación eran claves para un empleado que un día quisiera ascender en el escalafón de la empresa, como yo bien sabía. Así que acordamos que me dejaría cogerme una semana de vacaciones, pero solo después de que mis compañeros se reincorporaran tras regresar de las suyas. Así que tuve que tener paciencia.

"Naturalmente, Jennifer estaba decepcionada, pero ella sabía que mi trabajo en el banco era un buen empleo y lo aceptó. Durante las dos semanas siguientes solo hablábamos sobre la casa solariega de Northumberland. El albacea nos había mandado una carta contándonos detalles de como era la casa y cuando la abrimos para la leerla no podíamos creer lo que veían nuestros ojos.

"La descripción de la propiedad, junto con los planos incluyendo las tierras adyacentes, decían que la propiedad era enorme y la grandeza de la estructura de la casa nos recordó la de una de esas casas solariegas de estilo victoriano que habíamos visitado en alguna de nuestras salidas dominicales con la Fundación Nacional para Lugares de Interés Histórico o Belleza Natural.

"Según la documentación, el edificio en sí, había sido construido en el siglo dieciocho, sobre sus propios cimientos y elevándose tres alturas, cuatro si incluías el sótano que albergaba la cocina y la galería. La entrada principal de la casa se encontraba bajo un enorme arco, el cual lo soportaban cuatro pilares de cemento, con unos leones de piedra guardando la parte inferior de las escaleras.

"Según la descripción, la propiedad necesitaba de importantes reparaciones, pero el primo de mi padre había vivido allí durante toda su vida, así que al menos, sabíamos que el solar[2] tenía que ser habitable. ¡No es que estuviéramos pensando en mudarnos a Northumberland! Jennifer estaba muy apegada a sus padres y yo sabía que ella nunca querría mudarse lejos de ellos. Además, ella trabajaba para su padre en un estudio de fotografía, y con el transcurrir de los años el había ido delegando en ella cada vez más y más. Ella me había confesado en varias ocasiones lo obligada que se sentía a quedarse trabajando en el estudio de fotografía, ya que no estaba segura de que su padre pudiera regentar el estudio el solo. Encima de todo eso a ella le encantaba el trabajo en el estudio y le gustaba el tener que atender a distintos tipos de personas que venían al estudio para hacerse retratos o contratar a un fotógrafo para su boda u otros eventos especiales que quisieran conservar para la posteridad.

"A poco que hubiera podido, a Jennifer nada le hubiera gustado más en el mundo que trabajar en el caserón. Ella no solo era una fotógrafa excelente, si no que también podía trabajar cualquier cosa con sus manos, lo mismo dominaba la pintura, el dibujo, el ganchillo, el diseño de moda, tapizado, cualquier trabajo manual que ella intentara. Ella se imaginaba emocionada después de la cena como ella diseñaría unas cortinas a juego con unas cubiertas para los muebles o de colores pintaría cada una de las habitaciones, o que papel sería el que quedara mejor para empapelar las paredes.

"Aunque yo no tenía talento para los trabajos manuales, me dejaba llevar fácilmente por su entusiasmo y a veces ella estaba tan entusiasmada con una idea que no se nos hacían las doce de la noche casi sin darnos cuenta.".

"Pero a pesar de todo su afán y entusiasmo, ambos pensamos que debíamos decidir de una manera pragmática. Lo mejor que podíamos hacer una vez que tuviéramos claro los derechos sucesorios que el albacea nos estaba calculando, era vender la propiedad y con suerte, si nos quedaba bastante, liquidaríamos nuestra hipoteca. Aun así, era como dinero caído del cielo y una sorpresa muy agradable, pero éramos realistas y sabíamos que, aunque una casa así valdría una fortuna en Londres, no iba ser lo mismo en el lugar en el que estaba situada la propiedad actualmente.

"También según el albacea, había que tener en cuenta el estado en el que se encontrara la propiedad, además de los derechos sucesorios, el albacea nos había informado de que podría haber deudas cortesía de nuestro benefactor."

"Pero aún con todo eso, nada podía apagar nuestro entusiasmo. Jennifer y yo debatimos si debíamos darle a Jane una parte de nuestras ganancias. Jennifer entendía lo mucho que Jane y yo nos queríamos, así que decidimos esperar a que todo pasara y saber cuanto dinero nos iba a quedar y partir de ahí lo decidiríamos juntos Jennifer y yo.

"Pero sobretodo estábamos muy emocionados sobre lo que nos deparaba el futuro, especialmente en lo concerniente a nuestra nueva adquisición.

"Estábamos contando los días para empezar nuestra aventura, parecía que no iba llegar nunca el día en el que esta empezaría y por primera vez en mi vida me empecé a plantear lo tediosa y aburrida que podía llegar a ser la profesión que yo había escogido. No podía dejar de mirar el minutero del reloj que parecía como si se estuviera burlando de mi por mi impaciencia.

"A menos de una semana antes de que pudiéramos empezar nuestra aventura, al padre de Jennifer le ofrecieron un contrato muy lucrativo para una cadena de tiendas de moda que iba a expandirse y vender también accesorios además de ropa, a el le habían ofrecido el puesto gracias a haberse encargado junto con Jennifer de una

boda hacía un par de meses, a la que casual-
mente asistió uno de los directores de la cadena ".

"En circunstancias normales Jennifer hubiera estado tan feliz como su padre por la noticia, ya
que representaba una oportunidad increíble para
que ellos pudieran demostrar su talento lo cual
podría llevar a recibir encargos por parte de la
compañía.

"Como siempre suele pasar en estos casos, la
reunión estaba concertada para la misma semana
en la que nosotros íbamos a ir a Northumberland
para visitar nuestra nueva casa. Lógicamente no
tenía sentido el pedirle a la cadena de tiendas de
moda que pospusiera su nuevo lanzamiento, ya
que sin duda eso haría que ellos buscaran a otro
para el puesto y el padre de Jennifer perdería su
comisión, por no mencionar el desperdicio de las
oportunidades que el futuro podría ofrecer de
recibir nuevos encargos de trabajo por parte de
dicha organización."

"Jennifer estaba destrozada. Por una parte, ella se
moría por venir conmigo y ver la casa, pero, por
otro lado, ella entendía lo desesperado que estaba su padre por hacerse con este nuevo- y muy
influyente- cliente, y no había manera de que el
pudiera realizar ese proyecto sin la ayuda de
Jennifer.".

El había dicho en varias ocasiones que de no haber sido por la pasión que Jennifer tenía por el negocio el tendría que haberlo recortado o incluso haberlo traspasado.

"Jennifer y yo hablamos largo y tendido sobre la situación, pero ambos sabíamos que nos sentiríamos culpables si dejábamos a su padre en la estacada. Yo incluso le pregunté a mi jefe si podía posponer mis vacaciones durante una semana, pero después del embrollo que se había formado por culpa de mi primera petición, ambos decidimos que no era una opción viable."

Jonathan le sonrió al grupo que se reunía alrededor de la mesa.

"Echando la vista atrás un trabajo en un banco era a lo mejor que podía aspirar alguien como yo, con los estudios que tenía, y en aquel entonces, la ley no protegía al trabajador de la manera que hoy si que lo hace.". Había visto despedir a compañeros míos por la menor indiscreción, así que yo sabía que lo mejor para mi era dejar las cosas tal y como estaban."

"Así que al final decidí que lo mejor que podía hacer era ir a la casa tal y como habíamos planeado, y con suerte Jennifer podría venir conmigo antes de que acabara la semana, despendiendo de como fueran las cosas con el lanzamiento de la tienda. Si aun nos quedaba algo por hacer en la casa, siempre podríamos acércanos cualquier fin de semana, lo único es que era una pena que nos perdiéramos la ultima semana de vacaciones del año en el banco. Iba a ser un largo viaje el recorrer toda esa distancia solamente para un día, pero si esa era la única manera de que Jennifer pudiera ver la casa, merecería la pena. Además, el banco cerraba durante las vacaciones de Navidad, de manera que eso nos daría otra oportunidad para que Jennifer pudiera visitar la casa, si es que ella podía espera tanto tiempo."

"Al mismo tiempo que Jennifer se esforzaba en impedir que sus padres supieran lo decepcionada que ella se sentía por no poder venir conmigo, contra más cerca estaba mi fecha de partida más desanimada Jennifer se sentía. Yo sabía lo difícil que me iba a resultar irme sin ella, pero no podíamos hacer nada, no dependía de nosotros."

"Entonces, el fin de semana antes de marcharme llegó. Si nos hubiéramos podido ir juntos, hubiéramos partido a primera hora del sábado. Pero como me iba solo, decidí posponerlo para el lunes, para poder pasar un buen fin de semana juntos, quería darle ese gusto a mi mujer como una pequeña recompensa por su decepción."

"Pasamos la mayor parte del sábado de compras. Formaba parte de nuestro trato y prometí que no me quejaría. Siempre he odiado ir a comprar ropa, desde que nuestros padres nos obligaban a Jane y mi a ir con ellos cuando éramos pequeños. Al mismo tiempo que me gustaba estar con Jennifer, era un tedio para mi, el tener que ir de tienda en tienda mientras yo tenía que esperar lo que me parecía una eternidad en la puerta de los probadores mientras se probaba todos los vestidos de la tienda. ¡Para que al final se comprara el primer vestido que se había probado!

Hubo un par de risitas provenientes de dos de los hombres, incluyendo el marido de Meryl quien recibió un certero codazo en las costillas por la cara.

Meryl no quería molestar a Jonathan mientras hablaba así que movió los labios sin hablar a Mike par que volviera a llenar las bebidas a todo el mundo.

Jonathan continuó. "Esa noche cenamos en nuestro restaurante favorito y el domingo, como salió un día con un tiempo muy agradable, Jennifer sugirió que pasáramos el día en la cerca del mar. Nosotros siempre habíamos compartido nuestro amor por el mar, y nunca necesitábamos una excusa para visitar los muchos centros vacacionales accesibles a solo unas horas de coche de Londres.

Ese día en particular, escogimos Brighton como destino ya que hacía algún tiempo que no lo visitábamos. Al ser temporada baja no nos costó mucho tiempo llegar, e incluso encontramos plaza de aparcamiento justo delante de la playa.

Desde el momento en que bajamos del coche nos sentimos imbuidos por la embriagadora mezcla de los bares y puestos de comida de al lado de la playa y los vendedores ambulantes. Como era costumbre nuestra cuando íbamos a la playa pedimos un desayuno rápido, para luego poder atiborrarnos a pescado con patatas, donuts, manzanas caramelizadas y naturalmente el favorito de Jennifer, algodón de azúcar.

Jennifer siempre había sido una excelente nadadora y su atracción por el mar era tan abrumadora que se había traído su bañador para pegarse un chapuzón antes de la comida del medio día. Yo, por otra parte, prefería la piscina de nuestro barrio para nadar, así que mientras ella se ponía el bañador, yo extendí dos toallas en la arena para ver como nadaba.

"Jennifer solía nadar demasiado lejos de la orilla para mi gusto, pero sin ser una temeraria ni mucho menos, ella se aseguraba de no pasar de las boyas que habían puesto como marca. La observé desde la orilla, mirando con los ojos medio cerrados por el sol como ella era ya solo un puntito habiendo casi desaparecido de mi vista. A menudo cuando ella hacia eso yo aguantaba la respiración hasta que la veía de venir de nuevo nadando hacia la orilla. Pero nunca se lo dije porque no le quería arruinar la diversión."

Después de nadar Jennifer se envolvió en una toalla y se cambió en uno de los retretes del paseo marítimo, entonces nos tumbamos un rato al sol para no descuidar el bronceado que habíamos adquirido durante el verano. Logré echarme una cabezadita, pero afortunadamente Jennifer me despertó antes de que me quemara. El tiempo que había estado nadando le había abierto el apetito, así que nos fuimos aun restaurante donde servían pescado al lado de la carretera donde siempre conseguíamos coger mesa.

"Luego más tarde decidimos bajar la comida andando un poco por el paseo marítimo. Como siempre planeamos visitar las salas de juegos y el parque de atracciones más tarde, así que caminamos en la dirección opuesta dejándonos un buen paseo para el camino de regreso."

"En el camino de vuelta, como cada vez estaba mas abarrotado, debido a la gente que venía a ultima hora, decidimos cambiar de planes y caminar por la orilla.". Tardamos mucho más en completar el camino de vuelta que el de ida, porque había un montón de pequeñas tiendas de artesanía muy cerca de la orilla del mar y Jennifer no podía parar no podía resistirse a parar y comprar todo lo que le llamaba la atención.". Era como una niña en una tienda de caramelos cuando estaba en las tiendas de artesanía de las ferias.

"Cuando nos acercábamos al muelle, sugerí que usáramos la siguiente rampa para subir al nivel de la calle. Estábamos a punto de girar cuando algo llamó la atención de Jennifer y empezó a tirar de mi, haciendo gestos excitadísima hacia lo que parecía ser una vieja carreta como la de las películas del oeste que debería de haber tenido un caballo atado a la parte delantera, los paneles, a diferencia de los de lienzo que generalmente se ven en las películas- estaban fabricados de madera robusta y estaban decorados con dibujos ornamentales increíblemente detallados de varios animales, bosques, planetas y cosas así.

"Mientras nos acercábamos, vi el letrero que tanto había excitado a Jennifer. El cartel anunciaba una vidente gitana, que prometía adivinarte el futuro a cambio de una pequeña cantidad de dinero. Personalmente yo nunca he creído en videntes ni en gente que dice que puede hablar con los muertos. En mi opinión todos ellos eran unos sacadineros".

De pronto Jonathan se golpeó la cara con la mano y se le puso la cara roja de vergüenza.

"Lo siento", dijo el excusándose, mirando a cada miembro de la banda. "No quería ofenderos a ninguno de vosotros ni a vuestras tradiciones, ¡Como he podido ser tan estúpido!".

Melissa se inclino en la mesa y le puso la mano en el brazo. "Por favor, no se lo reproche. Sabemos que no tenía la intención de insinuar nada malo con eso, por favor, continúe con su historia. Estoy impaciente por saber que le dijo la vidente."

Los otros miembros de la banda asintieron y sonrieron al viejo, como diciéndole que estaban de acuerdo con ella en que no les había ofendido.

Jonathan dio un sorbo de cerveza para aclararse la garganta antes de continuar.

El estaba agradecido que los miembros de la banda no fueran de naturaleza rencorosa, pero el aun se sentía como un tonto por haber dejado que se le escaparan tales palabras sin tener en cuenta los sentimientos de los miembros de la banda.

"Ahora", continuó el, "¿por donde íbamos?" Jonathan se tomó un momento para retomar el hilo de la historia antes de continuar." Pensaba por la insistencia de Jennifer que ella quería visitar el vagón. Instintivamente empecé a retroceder cuando empezábamos a aproximarnos. Viendo mis reticencias, Jennifer me giró y me miro con esa cara de excitación que siempre ponía cuando quería desesperadamente convencerme para probar algo, comprar algo o que hiciera algo que ella sabía que a mi no me gustaba o no quería hacer. Aunque ahora no había quien me moviera de ahí. Pero como siempre Jennifer cambio su expresión a la de una niña suplicando con los ojos tristes y haciendo pucheros, desesperada por salirse con la suya, me desmoroné.

"Madame Zorha, según decía el letrero en la puerta del vagón, había viajado por el mundo adivinándoles el futuro a reyes, reinas y estrellas del pop y por eso estaba muy solicitada, lo que me hacía preguntarme que hacía trabajando en un viejo vagón en la playa. Sin embargo, no se lo dije a mi esposa.

Así aliviaría un poco la culpa que sentía por irme sin ella a Northumberland, pensé al complacerla con ese pequeño capricho sin quejarme demasiado.

4

"Una vez que Jennifer se dio cuenta que yo había cedido, ella ya sabía que yo lo haría. Me arrastró por la manga hasta la puerta del vagón. Naturalmente fui yo el que tuvo que llamar a la puerta, lo que hice dubitativamente después de subir las escaleras de madera que guiaba a la puerta con forma de arco. No tuvimos que espera mucho antes de que nos invitaran a entrar al santuario donde una voz gritó un poco ceremonioso, "Si".

"Yo, que iba en cabeza, dejé la puerta entreabierta y miré hacia el interior. El habitáculo estaba muy mal iluminado, creó que estaba hecho a propósito para crear la atmosfera adecuada."

El pequeño espacio estaba abarrotado de con todo tipo de cómodas y cajas rebosantes, de lo que parecían ser pernos de tela de diferentes colores. Las cajas estaban dispuestas de tal manera que permitían una clara vista del otro extremo del vagón a cualquiera que entrara.

"La iluminación era muy tenue, como poco, e inmediatamente el olor procedente de unos palitos de incienso me inundó las fosas nasales. En el otro extremo del vagón había una pequeña zona cortinada, pero con una tela tan fina que apenas disimulaba lo que tenía detrás y esforzándome para ver entre la oscura neblina solo pude intuir la figura de una pequeña mujer sentada en una mecedora, detrás de una pequeña mesa ovalada.

"Recuerdo volverme hacia Jennifer al sentir que ella me apretaba suavemente la mano, al principio no estaba seguro si quería decirme que ella aún quería entrar o que nos marcháramos. Así que paré para preguntarle que era lo que quería hacer. Solo pude intuir a través de la atmosfera oscura y nebulosa a la mujer haciéndonos señas para que nos sentáramos con ella. Acerque a Jennifer suavemente hacia mí para poder quitarla de en medio de la puerta para poder cerrarla.

"Os sonara un poco extraño, pero mientras pasábamos con cuidado entre las cajas y cajones, recuerdo que pensaba el vagón parecía emanar un aura extraña que hizo sentir inmediatamente un poco incomodo. Al principio lo achaqué a el olor a incienso, pero cuando le pregunté a Jennifer, ella me dijo que tuvo la misma impresión al entrar.

"Nos dirigimos hacia la cortina que actuaba de separación y una vez que estuvimos lo bastante cerca para ver a la mujer tras esta me sentí obligado a preguntarle si podíamos estar ahí. Una vez más, la gitana indicó con la mano que nos acercáramos sin hablar y cuando atravesamos las cortinas ella nos señaló las dos sillas que teníamos delante de ella para que nos sentáramos.

"Cuando tomamos asiento, Jennifer y yo nos cruzamos las miradas rápida y nerviosamente. Era muy fácil olvidar que estábamos en la playa con un día estupendo, confinados en ese sarcófago de madera mientras fuera había multitudes de juerguistas felices disfrutando de un clima magnifico. A ello también ayudaba el hecho que cuando cerramos la puerta detrás nuestra, no se oía absolutamente ningún ruido del exterior.

La mujer, ahora que nos estábamos acercando me di cuenta de que parecía muy mayor y arrugada, algunos también dirían marchita, cerró los ojos y empezó a murmurar para sí misma mientras se mecía en hacia atrás y hacia delante en la mecedora. Ambos nos sentamos en esa atmosfera inquietante por lo que me pareció una eternidad, ninguno de los dos nos atrevíamos a interrumpir los conjuros de la mujer. Al final cuando ella terminó de hablar y nos miró a los dos antes de agarrarnos la mano.

"Cogí la indirecta y alcancé a coger mi cartera de mi bolsillo trasero, saqué una libra y la puse directamente en la palma de su mano. No había ningún cartel donde pusiera los precios, ni dentro ni fuera, así que pensé que una libra sería suficiente para pagar la sesión. Pero cuando la vieja gitana no quitó la mano incluso sin menospreciar el dinero que ya le había dado, me di cuenta de que me había equivocado.

"Pensé en ponerle en la palma la mano diez chelines más, pero me imaginé que con una libra más bastaría, pero no, así que hablé en voz alta y le pregunté que cuanto quería por sus servicios. Aunque sabía las ganas que tenía Jennifer de que le adivinaran el futuro, también sabía que si el precio era desorbitado era no insistiría en que nos quedásemos.

"Afortunadamente, la vieja cogió los billetes y los metió en un bolsillo de su falda. Debo admitir, que se me escapó un suspiro de alivio por no tener que regatear con la vieja.

"La vieja se estiró sobre la pequeña mesa para extender sus manos, con la palma hacia arriba Jennifer y yo tomamos la iniciativa y colocamos nuestra mano derecha en cada una se sus manos respectivamente. Estuvimos ahí sentados tratando de mantenernos tranquilos, aunque para mi la situación se parecía cada vez más a un programa de humor de la televisión.

"Finalmente la vieja empezó a hablar, aunque ella mantenía la mirada fija en nuestras manos, lo que debo admitir me pareció un poco extraño, pero le seguí el juego por Jennifer más que por cualquier otra cosa.

"Ambos tenéis muy buena salud, dijo ella, con su mal ingles" y hay felicidad en vuestros corazones".

"Entonces ella se detuvo un momento mientras seguía estudiando nuestras manos"

"Uno de vuestros trabajos no bueno muy aburrido, sin emoción"

"En ese momento ella me miró y me señaló con el dedo índice".

"Tu no disfrutas con tu trabajo como esperabas, pero trabajas mucho".

"Entonces ella miró a Jennifer".

"Tu tienes un trabajo artístico, bien por ti, pero tienes talento para expandir tu éxito a otro trabajo que aun nos has descubierto.

"Ambos nos intercambiamos miradas. La gitana esta dando en el clavo por lo que yo sabía. Mi trabajo en el banco cada vez se me estaba haciendo cada vez más tedioso desde el pasado año, pero como ella acababa de decir, no podía permitirme dejarlo y buscarme otra cosa, además no sabía que otro trabajo podría hacer de todos modos.

"Y con Jennifer ella también había acertado de pleno. A ella le encantaba trabajar con su padre y ya había demostrado aptitudes para los trabajos artísticos. Por lo tanto, era perfectamente posible que ella pudiera descubrir otro trabajo relacionado con eso, que a la larga pudiera resultar incluso mas lucrativo que la fotografía.

"Tengo que confesar, que llegados a este punto empezaba a sentirme cada vez más intrigado por lo que la gitana iba a decir. Me impresionó el hecho de que ella no nos hubiera hecho ninguna pregunta sobre nuestras vidas antes de hacer una descripción tan increíblemente acertada de las mismas. Por supuesto, ella era excepcionalmente observadora y como había visto que Jennifer llevaba un anillo en la mano y al vernos a los dos juntos, ella se arriesgó a decir que éramos felices y que estábamos sanos. Pero lo que dijo sobre los trabajos apenas pudo haberlo intuido por nuestra apariencia o comportamiento, así que ella se merecía un al menos una felicitación, aunque solo fuera por eso.

"La vieja continuó la racha un poco más de tiempo. Ella acertó que mis padres habían muerto los dos y que tenía un hermano mas pero que Jennifer era hija única. Incluso logró describir acertadamente el lugar en el que nos conocimos, añadiendo el hecho que la primera vez que hablamos fue sobre "algo dulce", refiriéndose al algodón de azúcar que le tiraron al suelo a Jennifer en el concierto.

"Pasados unos minutos la vieja nos soltó las manos y ambos las apartamos simultáneamente. Fue extraño, pero por un momento sentí un hormigueo por los dedos, así que empecé a agitar la mano, abriéndola y cerrándola para aliviar esa sensación. Jennifer también, me di cuenta que hacía algo parecido a lo que yo estaba haciendo, aunque ella de manera mucho más discreta que yo.

"La gitana se giró en la silla, con algo de esfuerzo, cogió un objeto cubierto por un paño de una estantería cercana y lo colocó en mitad de la mesa. Ella murmuró entre dientes unas extrañas e incomprensibles palabras, y entonces levantó el paño para revelar una gran bola de cristal esférica alojada en lo que parecía ser un soporte metálico en forma de garra.

"Jennifer y yo intercambiamos una mirada furtiva. Aunque estábamos impresionados con las predicciones de la señora hasta ese momento, la repentina aparición de la bola de cristal le daba a todo aquello un aire de pantomima. Jennifer pudo aguantarse la risa; yo sin embargo recibí una dura patada bajo la mesa mientras trataba de no reírme.

"La vieja gitana no debió de notarlo o decidió ignorar mi comportamiento estudiantil mientras se mantenía concentrada en la esfera de cristal. Cuando conseguí recomponer la compostura ambos estamos de nuevo en silencio, esperando a ver que decía nuestra anfitriona.

"Observé detenidamente mientras la vieja miraba la bola de cristal con los ojos entrecerrados, tenía en los ojos una expresión mezcla de curiosidad y profunda sabiduría. Ella ahuecó las manos a ambos lados del orbe de cristal, pero sin llegar a tocarla. Se quedó así durante varios minutos, transpuesta con lo que fuera que estuviera viendo en el cristal.

"De repente apartó rápidamente las manos del orbe de cristal cuando un intenso calor emanaba de este, y se lanzó contra el respaldo de su silla.

Ella gemía en voz alta, casi chillaba, y se tapa los oídos con la palma de las manos como intentando bloquear un sonido que no era de este mundo.

Jennifer y yo nos miramos desconcertados. Debo confesar que aún veía aquel episodio con cierto escepticismo y empecé a preguntarme si todo aquello no era más que un truco para que nos marcháramos dando por terminada la sesión para que pudiera entrar el siguiente cliente. Pero mi cinismo desapareció pronto cuando la vieja gitana metió la mano en el bolsillo de la falda y lanzó a la mesa las dos libras que le había dado antes.

"¡Hoy no hay nada!" ¡iros, por favor, ya no hay nada más hoy, iros, iros!

"Mientras hablaba ella nos indicaba la salida con la mano para que no quedara duda alguna de que quería que nos marcháramos. Por unos instantes Jennifer y yo nos quedamos pasmados en silencio. Se me pasó por la cabeza que la gitana se hubiera enfadado porque yo antes me había reído cuando ella había sacado la bola de cristal, pero entonces pensé que si hubiera estado enfadada por eso no hubiera estado tanto tiempo estudiando la bola de cristal antes de decirnos que nos marcháramos. Más aun, el hecho de nos hubiera devuelto el dinero hubiera sido algo extraño si quería que nos fuéramos porque yo no había guardado el debido respeto.

"La vieja se levantó de la silla como un resorte tirando la silla al suelo hacia atrás detrás suya. Ese repentino movimiento nos hizo a Jennifer y a mi ponernos en acción y ambos nos levantamos para macharnos. Yo quería quedarme para disculparme formalmente, por si acaso yo había dicho o hecho algo que hubiera molestado a la gitana, pero Jennifer me agarró la mano de tal manera que supe que ella quería marcharse de inmediato.

"Después de dar unos pasos hacia la puerta de salida, la vieja nos llamo. Coloqué a Jennifer delante de mi casi para protegerla de los gritos de la mujer mientras me giraba para mirarla. Para mi asombro la vieja gitana ya había llegado a nuestra altura sin habernos dado ni cuenta, y allí estaba tirándome el dinero a la cara.

"Levanté la mano queriéndole decir que se podía quedar el dinero, ella me lo metió a la fuerza en el bolsillo de la chaqueta antes de darse la vuelta y dirigirse arrastrando los pies hacia su silla que aún estaba tirada en el suelo.

"Una vez fuera de la caravana Jennifer y yo nos miramos el uno al otro, sin estar seguros de lo que decir del tema. Había sido toda una experiencia, eso seguro, pero una que ninguno de los dos tenía ninguna prisa por repetir. La atmosfera dentro del vagón, probablemente debido a la estrechez del mismo, había sido claustrofóbica y creo que Jennifer estaba incluso mas contenta que yo de estar al aire libre rodeados de gente.

"Decidimos olvidarnos del tema y que esa mala experiencia no nos arruinara lo que quedaba de día. Comimos pescado con patatas fritas para comer. Después de comer caminamos por la costa en la dirección contraria en la que lo habíamos hecho antes y por último nos dirigimos al muelle. Esperé hasta que Jennifer fuera al servicio antes de ir a por cambio para que ella jugara en las maquinas recreativas. Eso era algo que a ella le había gustado desde que tenía edad para fijarse en las luces y los mágicos diseños de las maquinas. Jennifer me había contado a menudo como cuando ella era pequeña la llevaban a cualquier sitio que tuviera ese tipo de maquinas, ella les suplicaba y les rogaba que la dejaran jugar hasta que sus padres finalmente cedían.

"Afortunadamente, incluso a tan temprana edad, Jennifer sabía desde el principio que nunca iba a ganar nada, y lo que ganara iba de nuevo directamente a la maquina. Personalmente nunca he compartido la afición que tenía mi mujer por tirar un dinero que cuesta mucho de ganar para que se lo quede un ladrón de metal, pero cuando la veía tan feliz como una niña pequeña cuando le enseñaba la bolsa de los peniques que yo llevaba en la mano se puede decir que merecía la pena.

"Pasé la siguiente media hora siguiendo a Jennifer de aquí para allá mientras ella decidía a que maquina jugar, en incluso lo celebramos juntos cuando a ella le tocó un premio. Cuando se acabó el dinero nos fuimos a la feria del final del muelle. La feria era otro de los pasatiempos favoritos de Jennifer, así que cuandoquiera que visitábamos uno de los muchos complejos turísticos playeros que teníamos a poca distancia en coche nos asegurábamos de que tuviera una feria. Afortunadamente, Brighton era uno de los destinos que nosotros sabíamos que tenía feria durante todo el año.

"Además de las atracciones de siempre que ya habíamos probado en otras ocasiones, resulta que había una nueva llamada "cohete volador, era un artilugio muy feo que consistía en una vía tambaleante que subía más alta que la montaña rusa y se movía más rápido que los coches de el látigo. Lo que lo hacía peor era que los organizadores habían escogido montar esta monstruosidad al final del muelle así que cuando el coche llegaba a su punto más alto parecía que te fueras a aterrizar justo en el mar.

"Eso, naturalmente hizo que la atracción resultase demasiado tentadora para Jennifer como para perdérsela e ignorando mis protestas me llevó excitadísima hacia la cola. Mientras esperábamos en la fila yo observaba a los coches subir y bajar mientras el corazón casi se me salía por la boca. Contra más avanzábamos en la cola, más rápido sentía que me latía el corazón. Yo sabía demasiado bien que no habría manera de convencer a Jennifer de no subir en ese maldito cacharro, pero cuando íbamos a subir a la atracción con el siguiente grupo le dije a Jennifer que no podía subir a la atracción.

"Me di cuenta inmediatamente de lo decepcionada que estaba ante mi negativa, pero comprendiendo que no estábamos hecho de la misma pasta estuvo de acuerdo en subir sola.

"Eso fue hasta que ella vio el cartel que informaba que estaba prohibido subir sola en el coche. La cara de Jennifer era un poema y un sutil gemido de desesperación escapó de sus labios antes de que poder evitarlo. Ella me miró haciendo pucheritos con los labios y los ojos transmitiendo una súplica de anhelo, lo cual no había hecho nunca antes, y me aseguró lo mejor que pudo que ella cuidaría de mi y amos estaríamos a salvo y pisando tierra firme antes de darnos cuenta.

"Estuve a punto de ceder, por la pasión con la que me lo había pedido, pero justo en ese momento una de las chicas de un grupo de chicas jóvenes que teníamos delante le preguntó a Jennifer muy educadamente si le importaría subir con ella, ya que ella tampoco tenía a nadie con quien subir. La idea parecía resolver todos nuestros problemas, y debo admitir que sentí una tremenda sensación de alivio cuando me di cuenta de que ya no se requería mi presencia.

"Me salí de la cola y retrocedí unos pasos de manera que pudiera observar a Jennifer y a su nueva amiga desde una distancia segura.

"Cuando todo el mundo incluida Jennifer, se subió en el coche y fueron atados por el operario de la atracción, la saludé mientras el gigantesco aparato cobraba vida.

"Estábamos en las ultimas horas de la tarde y el sol se estaba ocultando, y una ráfaga de aire frío me hizo tener un escalofrío. Sentí como una mano me cogía de la manga de la chaqueta. Miré hacia abajo y ahí al lado mío estaba la vieja gitana del vagón de al lado de la playa. Me quedé tan sorprendido al verla que me imaginé que ella me había estaba buscando para que le devolviera el dinero.

"La situación parecía bastante cómica, porque cuando estábamos en el vagón no me había dado cuenta de lo baja que era la mujer. Apenas me llegaba a la cintura y desde lo lejos debería de parecer como si una niña le estuviera suplicando a su padre que le comprara algo.

"De todos modos, el frío que yo acababa de experimentar por culpa de la ráfaga de viento, no era nada comparado con el penetrante pavor que me embargó dejándome frío como el hielo cuando le miré a sus malvados ojos. Llevaba una bufanda negra que le cubría la parte inferior de la cara, y en la incipiente negrura sus globos oculares parecían ser negros.

"Tuve que hacer un gran esfuerzo por no sacudírmela de encima con el brazo, tal era el miedo que me había producido su súbita aparición. Pero en vez de eso respiré profundamente e intenté poner una especie de sonrisa, antes de preguntarle que podía hacer para ayudarla.

"Su diminuto puño aun me agarraba la manga de la chaqueta, y por muy pequeña que fuera me di cuenta de que sería imposible quitármela de encima, ni aunque hubiera estado desesperado por hacerlo. Me incliné para que me oyera en medio de todo el ruido de la feria, pero antes de tener la oportunidad de hablar, ella me estaba señalando con el dedo índice.

"¡No vayas... ¡No vayas...tu, no vayas!

"Ella dijo esas palabras más en tono de orden que de petición, su voz se escuchaba por encima de todo el ruido de la feria. Me parecía una situación tan surrealista en aquel entonces que no pude evitar esbozar una sonrisa mientras le intentaba contestar. La vieja gitana, obviamente tomó esa expresión como que no le estaba tomando en serio, porque lo siguiente que hizo fue empezar sacudirme con todas sus fuerzas hasta el extremo de que estaba seguro de que iba a romperme la chaqueta.

"Me di cuenta de que alguna gente a nuestro alrededor empezaba a darse cuenta de lo que ocurría y tenía miedo de que pensaran que intentaba atracar a la vieja, por la ferocidad con que ella estaba luchando contra mi. Intenté calmarla lo mejor que pude, pero mis esfuerzos fueron en vano. Ella incrementaba el volumen de su voz llegando casi a gritarme, no pude evitar darme cuenta de la mirada de absoluto terror que tenía en los ojos.

"En ese momento, una muchacha muy amable apareció de la nada y apartó a la gitana de mi.

Ella le habló a la vieja en un idioma que no reconocí y pude darme cuenta por sus gestos de que a la vieja no le había gustado nada la interferencia de la muchacha.

"Esperé hasta que hubo una pausa en su conversación antes de hablar. Le pregunté a la muchacha cual era el problema, y yo estaba tratando de explicarle que era lo que había sucedido en el vagón, y que no me importaba reembolsarle el dinero a la vieja por leernos el futuro si ese era el problema. Al principio no estaba totalmente seguro de que la muchacha entendiera lo que le estaba diciendo, incluso si sabía que me estaba dirigiendo a ella ya que la chica estaba totalmente concentrada en la gitana.

"Finalmente la muchacha logró calmar a la vieja y una vez que lo consiguió se giró hacia mi dedicándome una media sonrisa.

"Lo siento", dijo ella excusándose. "No pasa nada, siento el arrebato de mi abuela, no se encuentra muy bien últimamente".

"Le devolví la sonrisa y me ofrecí una vez más a pagarle a la gitana, pero la joven me aseguró que el dinero no era el problema y me deseó que pasara una buena tarde mientras intentaba llevarse a la vieja por donde había venido.

"Aunque la vieja aun parecía estar reticente a marcharse por propia voluntad, la joven se había puesto definitivamente al mando de la situación y la vieja le permitió acompañarla.

"Me quede observándolas un rato como se marchaban mientras se perdían entre la multitud. Estaba tan concentrado en ellas que no me di cuenta que tenía a Jennifer al lado mía hasta que ella me agarró del brazo. ¿A que venia eso?, me preguntó con curiosidad. Me encogí de hombros y le conté como la vieja gitana había aparecido de la nada y me había seguido presuntamente por haberme marchado del vagón sin pagarle. "Pero ella insistió en que no quería el dinero", me recordó Jennifer. "¿No has intentado dárselo otra vez?".

"Le aseguré a mi esposa que, si que lo había intentado, pero que la joven me había asegurado que no hacia falta. "Que extraño", fue todo lo que dijo Jennifer y yo estaba totalmente de acuerdo con ella".

5

―――――

"Por extraño que resulte, sobretodo en estos tiempos, cuando Jennifer y yo nos despertamos a la mañana siguiente e íbamos a estar separados el uno del otro una semana entera, ambos teníamos ganas de llorar. Resulta que desde que nos casamos no habíamos pasado ni una sola noche separados. Incluso cuando ella todavía vivía con sus padres no había pasado una semana entera sin que nos viéramos por lo menos dos o tres veces.

"Así que cuando iba conduciendo por la autopista me sentía deprimido cuando debería de haber estado contento ante la perspectiva de ver al fin la propiedad que había heredado.

"Tenía una cita para ese día por la tarde con el albacea de mi benefactor, explicándole que me acercaría con el coche y que esperaba llegar allí a primera hora de la tarde, como no me quería pillar los dedos no quise concretar una hora para la cita y el albacea parecía estar satisfecho con la hora estimada de mi llegada.

"En aquellos tiempos no se había inventado el GPS, al menos no para los coches particulares, así que tuve que guiarme por las señales de la carretera y un atlas de Gran Bretaña que Jennifer había comprado especialmente para la ocasión.

"Jennifer y yo habíamos pasado la mayor parte de la tarde anterior tratando de trazar mi ruta y aunque no nos resultó difícil hacerla, aun así, me perdí por el camino. Llegado a ese punto, paré en una gasolinera para repasar mi ruta y me di cuenta de que había estado conduciendo en la dirección equivocada durante treinta kilómetros.

"Para empeorar las cosas varías de las carreteras que habíamos escogido para la ruta eran carreteras comarcales o locales que no tenían literalmente ninguna señal y para colmo de males estaban llenas de tractores y otros vehículos agrícolas, los cuales parecía que no podían sobrepasar los quince kilómetros por hora, y debido a la estrechez de las carreteras eran imposibles de adelantar. El otro problema, en el cual debo admitir, no había pensado antes de salir, era que conducía el viejo Granada de mi padre, el cual no estaba para muchos trotes. El coche era una de las posesiones de mi padre de las que era reacio a deshacerme, debido a todos los recuerdos felices que tenía de el cuando mi padre lo conducía para llevarnos de excursión. Mi padre entendía mucho de motores de coche y estaba muy orgulloso de haberse encargado el mismo de todo el mantenimiento y reparaciones que el coche había necesitado. Yo, por el contrario, no tenía ni idea de coches, más que para poner gasolina, y me reproché a mi mismo mi falta de entusiasmo cunado mi padre me ofreció enseñarme algunos trucos sobre mecánica de coches.

"Sin el mantenimiento de mi padre, yo tristemente dejé que el vehículo se denigrara cada vez más hasta el punto de que ya estaba muy lejos de ofrecer un buen servicio. Durante el viaje pude comprobarlo cuando cogía un bache o una curva muy cerrada de camino a la oficina del albacea, y algunos de los ruidos que hacia el coche me hacían preguntarme si iba a poder completar el viaje sano y salvo.

"Afortunadamente, al final llegué a la pequeña ciudad de Briers Market intacto, aunque mucho mas tarde de lo que pensaba. El señor Peterson, me había enviado las indicaciones para llegar a su oficina, las cuales eran afortunadamente muy directas y fáciles de seguir. Conseguí encontrar plaza de aparcamiento en la cera de enfrente de la oficina, miré mi reloj mientras cruzaba la carretera. Eran casi las cinco en punto de la tarde y las oficinas y tiendas que había a lo largo de la calle tenían las luces encendidas ya que estaba anocheciendo.

"Una vez dentro me encontré con una señora de mediana edad con cara de malas pulgas, la cual una vez que yo me presenté, me miró bajándose un poco las gafas con mirada de desdén.

"¡El señor Peterson lleva esperándole varias horas!"

"Ella no hizo nada por disimular su enfado en la voz, como si yo hubiera venido de la otra punta de la ciudad en lugar de desde Londres. Le presenté mis disculpas, aunque pensé que estaba siendo demasiado severa con sus criticas. Su expresión se ablandó cuando le confesé que me había tomado mucho más tiempo del que pensaba el viaje en coche hasta allí. Hizo un gesto para que tomara asiento y se fue a avisar al señor Peterson de mi llegada.

"La oficina era bastante pequeña y desordenada, a decir verdad, había muchos paquetes de documentos atados con una cinta, incluso en el suelo, colocados cerca de las esquinas para que la gente no se tropezara con ellos. Me sorprendió que alguien tan puntilloso, después de haber conocido a su secretaria, estuviera a gusto trabajando entre tanto desorden.

"Mis pensamientos fueron interrumpidos por la reaparición de la secretaria del albacea. Ella no se molestó en venir hasta donde yo me encontraba sentado, si no que, decidió quedarse en la esquina del otro extremo de la habitación después de salir de lo que yo presumí que seria el santuario de Peterson y bramó a todo pulmón que podía pasar a ver al señor Peterson. Me hizo sentir como un alumno que se había portado mal y le habían ordenado ir al despacho del director.

"Al aproximarme a la puerta del despacho de Peterson, la secretaria no se movió del sitio y cuando casi había llegado, me di cuenta de que no tenia espacio suficiente para pasar. Me paré justo en el umbral de la puerta y le sonreí, esperando que cogiera la indirecta y se quitara de en medio para dejarme pasar. Pero no captó mi sutil gesto. En vez de eso me volvió a anunciar que podía pasar al despacho hasta que finalmente se apartó a un lado.

"Peterson era mucho más joven de lo que parecía por teléfono. Se levantó de su silla como un resorte cuando entré a su despacho y me tendió la mano. Mientras nos dimos la mano el me hizo una seña para que tomara asiento.

"¿Puedo ofrecerle un té o un café?"

"Mientras me ofrecía tomar algo, miró hacia su secretaria quien todavía estaba merodeando por el umbral de la puerta. Pero cuando la miré, me di cuenta inmediatamente, por la expresión de su cara, de que ella no estaba de humor para hacer de anfitriona, así que decliné amablemente la oferta, aunque la verdad es que tenía el estomago vacío ya que no había tomado nada desde la hora de desayunar. Después de que su secretaria cerrase la puerta, me disculpé con el señor Peterson por mi tardanza y le explique lo malo que era mi sentido de la orientación y le conté los obstáculos con los que me encontré en la carretera. Peterson se moría de la risa.

"No se preocupe, señor Ward, había empezado a pensar que se habría parado en algún lugar a hacer noche y que continuaría con su viaje mañana"

"Estuve de acuerdo que, a toro pasado, esa habría sido la mejor opción, pero me pudieron unas ganas

irresistibles por llegar pronto para poder ver el solar que había heredado. Como había llegado con el tiempo justo, estaba ya anocheciendo y sabía, que, por lo tanto, no podría ver la casa bajo la luz del sol hasta la mañana siguiente. Pero aún estaba emocionado por la posibilidad de verla en persona, esa misma tarde.

"Durante la hora siguiente, Peterson cumplió minuciosamente con todos los tramites relacionados con mi herencia. A petición mía, el evitó la jerga jurídica para que yo no tuviera que estar parándole todo el rato preguntándole por el significado de algo que el hubiera dicho. El albacea tenía un archivo enorme que contenía, al parecer, varios cientos de documentos y hojas sueltas de documentación que habían empezado a amarillear con el tiempo.

"Se hizo evidente durante el curso de nuestra conversación que la familia de mi benefactor había confiado en la familia de Peterson durante generaciones y algunas de las carpetas donde estaban guardados algunos documentos databan del siglo pasado.

"Me he tomado la libertad de enviar la escritura de su nueva propiedad al registro; aunque imagino que estará buscando a un comprador para la propiedad, siempre es mejor tenerlo todo siempre en regla. Estoy seguro de que usted lo comprende.

"Le expliqué a Peterson que Jennifer y yo tomaríamos la decisión final de si nos quedábamos con la propiedad o la vendíamos. Al oír esto, Peterson me miró con curiosidad, y procedió a explicarme que, en su opinión el coste de reformar la casa solariega y el subsiguiente mantenimiento tenía un mayor coste que el que alcanzaría la propiedad en el mercado una vez que las reformas estuvieran terminadas.

"Desde luego, le estoy hablando como albacea de su familiar, entiendo que usted no me ha otorgado poderes. Pero me siento en la obligación de decirle las cosas tal y como son, ya que la firma, esta supedita a varias transacciones pendientes de los antiguos dueños relativas a la propiedad.

"Le di las gracias por su sinceridad, pero le reiteré que, aunque la casa se estuviera cayendo a pedazos, no tomaría ninguna decisión sin que Jennifer tuviera al menos la oportunidad de verla. Peterson pareció comprenderlo y siguió con la entrevista. Firmé tantos documentos diferentes que me empezó a palpitar la mano. Las cosas me parecieron mucho más fáciles cuando Jane y yo heredamos la casa de nuestros padres. Pero me propuse llegar hasta el final, pensando que cuando terminara la reunión, ambos quedaríamos satisfechos.

"El tiempo seguía pasando e una interminable fila de documentos y formularios eran colocados encima del escritorio ante mi para que los firmara, empezaba a sentirme cansado por el viaje, e incluso tuve que reprimirme de bostezar en varias ocasiones, disculpándome ante mi anfitrión. Al final, cuando el reloj que estaba sobre una de las estanterías tras el albacea marcó la hora en punto, Peterson se giró en la silla como para confirmar la hora, y antes de que pudiera girarse hacia mi llamaron a la puerta de la oficina.

"El albacea le dijo a su secretaria que entrara, lo que hizo inmediatamente y me dirigió una mirada de pocos amigos antes de recordarle a Peterson la hora".

"Si, claro Ruth, puedes irte a casa, ya cerraré yo".

"Después de eso, ella le dio las buenas noches y me dedicó un casi imperceptible saludo con la cabeza. Una vez que ella se hubo marchado, Peterson y yo continuamos con nuestra reunión, hasta que el reloj tras de el, nos informó de que había pasado otra hora. En ese momento el albacea miró su reloj de pulsera y se quedó pensando un momento antes de anunciar;

"Señor Ward, debido a lo tarde que es le sugiero que se hospede en un hotel y ¿le parece que terminemos esto mañana por la mañana?

"El se dio cuenta inmediatamente por la expresión de mi cara de que había dicho un inconveniente. El hecho era que no se me había pasado por la cabeza que necesitara registrarme en un hotel. Estaba decidido a quedarme en la casa sin importar el estado en el que se encontrara. Le expliqué la situación a Peterson y el se acarició la barbilla mientras estudiaba mi situación. Un momento después, Peterson puso los codos en su escritorio e hizo una torre con los dedos, antes de aconsejarme de que, en su opinión, sería mucho más práctico si fuera a ver la propiedad de día, en vez de estar allí a oscuras, tropezándome con todo.

"El me confirmó que los Jarrow, que eran la ama de llaves y el encargado del mantenimiento la casa de mi pariente lejano, vivían en las tierras que pertenecían a el solar, pero hasta donde el sabía, ambos tenían otro trabajo y desde la muerte de mi benefactor también trabajaban por las tardes, así que ninguno de los dos regresaría a casa hasta mas tarde. Peterson me dejó claro que el también tenía cosas que hacer esa noche y que ya llegaba tarde, de manera que el no podría acompañarme y enseñarme la casa.

"Le aseguré de que no quería ser un inconveniente, pero el hecho era que, como no había contado con pasar la noche en un hotel, no llevaba suficiente dinero en la cartera, y que como ya era muy tarde, los bancos ya estarían cerrados.

"Peterson me dijo que no me preocupara y que el se encargaría de todo. Entonces el cogió el teléfono de su escritorio y marcó un numero, el cual, el obviamente sabía de memoria. Pude oír el tono de llamada desde donde estaba sentado, y después de un par de tonos, alguien respondió al teléfono.

"Jerry, aquí Ralph Peterson...mira necesito un favor, un cliente acaba de llegar a la ciudad, más tarde de lo acordado, y necesita una habitación para pasar la noche y algo de cenar... sabía que lo harías, lo único es que todos los bancos están cerrados, pero respondo por el que te pagará mañana en cuanto abran... Fantástico, gracias, Jerry... Se llama Jonathan Ward... gracias otra vez amigo, te debo una."

"Peterson parecía muy satisfecho consigo mismo cuando colgó el teléfono".

"Ahí lo tiene, señor Ward, todo esta arreglado. Se hospedará en "El jabalí", uno de nuestros mejores hoteles, y puede pagar la estancia cuando abran los bancos.

"Peterson me acompaño hasta la calle, el cielo iba ido oscureciéndose desde que entré a la oficina y ahora ya era totalmente de noche. Nos quedamos de pie junto a la puerta de entrada mientras Peterson me indicaba el camino hacia el hotel. El Jabalí tenía aparcamiento, así que el albacea me sugirió que fuera con mi coche hasta el aparcamiento en vez de dejarlo aparcado en la calle durante toda la noche. Le di las gracias por su ayuda y nos dimos la mano antes de marcharnos. Mientras cruzaba la carretera noté que se empezaba a levantar viento, y tuve que esquivar un par de periódicos y una bolsa de plástico perdida que habían salido volando.

El camino hacia el hotel duró menos de diez minutos en coche, y por el camino vi una sucursal de mi banco, la cual, me dio un gran alivio descubrir. Ahora yo al menos sabía que podría pagar la factura del hotel por la mañana, aparqué mi coche en el aparcamiento del hotel y cogí mi maleta del maletero, antes de dirigirme a recepción. El hotel según el cartel que colgaba de una pared en el vestíbulo, que habían sacado de un periódico viejo, era en realidad una posada con un establo para que descansaran los caballos reconvertido en hotel, que databa del siglo diecisiete, y, a juzgar por la decoración, los dueños habían intentado conservar la atmosfera del lugar exactamente como debió de haber sido cuando fue construida.

"Me dirigí a recepción, y cuando estaba a punto de tocar la campanilla cuando un hombre corpulento con la cara rojiza y un gran mostacho apareció y se me presentó como el dueño."

"Ralph me explicó su situación por teléfono, señor Ward. No se preocupe, le alojaremos esta noche".

"Me quede muy agradecido de oír esas palabras, ya que, me daba cuenta de que, si me había perdido algo del acuerdo entre el albacea y el dueño del hotel, sería demasiado tarde para ir a hablar con el albacea para aclarar las cosas. Pero todo marchó bien y me acomodaron en una cómoda habitación doble, con vistas a la calle principal a través de la ventana.

"Una vez que deshice la maleta y me preparé la ropa que me pondría el día siguiente, me dirigí al comedor principal para la cena, parando en la cabina de teléfono del vestíbulo para llamar a Jennifer. El teléfono me dio al menos diez tonos de llamada y cuando estaba a punto de colgar y de llamar otra vez cogieron el teléfono de repente, y entonces escuché la dulce voz de mi mujer al otro lado del teléfono.

"Le conté a Jennifer el viaje tan horrible que había tenido y le puse al día de lo que me había dicho Peterson en la reunión y mi subsiguiente cambio de planes para pasar la noche. Jennifer parecía más decepcionada que yo, por el hecho de que no pude ir a ver el solar aún. Le expliqué que como la reunión con el albacea había durado mucho y se había hecho muy tarde, que como mucho hubiera podido ver la casa a oscuras. Pero Jennifer me dijo que, si ella hubiera estado conmigo, hubiera insistido en ver la propiedad esa noche, sin importar la hora que fuera, y yo la creía. Hablamos hasta que me quedé sin cambio, y le prometí que la llamaría otra vez al día siguiente por la tarde.

"Me senté ante una suntuosa cena, que se componía de sopa, unas cortadas de lomo con puré de patatas casero, guisantes y salsa de cebolla, seguido por un pegajoso pudin de caramelo con natillas, hechas justo como a mi me gustan. Lo regué todo con un par de cervezas de la región, que tenía un sabor mucho más fuerte del que yo estaba acostumbrado en Londres. Después del largo viaje que yo había realizado y el hecho de que no había parado a desayunar, la cena me supo mejor que nada que yo hubiera comido antes jamás.

"Después de terminarme la cena, me fui a la cama y solo fue cuestión de tiempo antes de que cayera en los brazos de Morfeo. Dormí toda la noche seguida y me despertó el dueño del hotel llamando a mi puerta a la mañana siguiente informándome de que ya eran las ocho en punto. Me duché rápidamente y me cambié de ropa antes de volver a recepción.

"Como no podía pagar la factura en ese momento, no estaba seguro si el dueño del hotel querría custodiar mis cosas hasta que yo volviera con el dinero. Pero comprobé que no tenía el por que preocuparme, el dueño del hotel estaba tan encantador como la noche anterior. Me aseguró de que no había prisa en pagar la factura e insistió para que me sentara a desayunar antes de ir a la oficina de Peterson.

"Después del desayuno me hice la maleta y conduje para salir del aparcamiento, dirigiéndome de nuevo a la ciudad, hacia la oficina del albacea. Cunado llegué allí, me atendió de nuevo la recepcionista con cara de pocos amigos del señor Peterson, quien me informó que su jefe estaba con un cliente en la ciudad y que no volvería a la oficina hasta dentro de una hora. Le di las gracias, educadamente, y aproveché esa hora para ir al banco antes de conducir de regreso al parking del hotel para pagar mi deuda.

"Recuerdo que pensaba en ese momento en el que conducía de aquí para allá por la ciudad, en el día tan bonito que hacía. Era una de esas mañanas de otoño, fresca y soleada, en la que los rayos del sol contrastan con el viento que te cala hasta los huesos si no te proteges con las suficientes capas de ropa.

Jonathan se apoyó en los codos y puso la cara en sus manos, frotándose la piel vigorosamente con sus ásperas manos, como intentando deshacerse de algo que se le hubiera quedado pegado en la cara.

"Ojalá hubiera sabido lo que se ahora, hubiera dado inmediatamente la vuelta para regresar a Londres junto con mi querida esposa.

6

———

Cuando volví a la oficina del albacea, me sentí aliviado al ver que Peterson había regresado. Eso significaba al menos que no tendría que esperarle yo solo junto a su antipática secretaria.

"Peterson sonreía de oreja a oreja mientras me acompañaba a entrar a su despacho, disculpándose por el hecho de haber olvidado mencionar ayer por la noche antes de despedirnos que tenía esa cita esta mañana. Le aseguré que no tenía importancia y nos sentamos liquidando los últimos documentos que yo debía de firmar.

"Una vez que hubimos acabado con la documentación, Peterson sugirió que usáramos su coche para llegar a mi nueva propiedad. Me explicó que las carreteras eran un poco difíciles de negociar para alguien que no estuviera acostumbrado a ellas, y me aseguró que era lo mejor para mi era el poder fijarme en la ruta sin tener que concentrarme en la conducción.

"He hablado con el señor Jarrow esta mañana y le he explicado la situación. El y su esposa nos esperarán allí para enseñarnos la propiedad, y cuando este listo, Jarrow le llevará de nuevo a la ciudad para que recoja su coche. Esperemos que para entonces se haya aprendido usted bien el camino hasta la casa.

"La sugerencia de Peterson me resultó un tanto extraña, ya que en mi opinión hubiera sido más practico que yo le siguiera con mi coche. Pero accedí a sus recomendaciones, principalmente porque el parecía bastante convencido de que hiciéramos el viaje en su coche, y después de todo lo que el había hecho por mi no quería parecer desagradecido.

"Nos llevó unos quince minutos cruzar por el centro de la ciudad, después de lo cual salimos a la carretera dejando el trafico y a la multitud atrás. Aunque Briers Market era una ciudad relativamente pequeña, comparada con Londres, también tenía su cuota de congestión.

"Mientras dejábamos atrás la ciudad, las carreteras se hacían mucho más estrechas, y las pintadas de señales blancas que normalmente se veían en el centro de la ciudad ya no estaban por ningún lado. Las oficinas y tiendas daban paso a las granjas, y contra más nos alejábamos de la ciudad, más distancia había entre cada una de ellas. Empecé a perderme entre la magia del paisaje, olvidando por un momento que se suponía que debía de memorizar la ruta.

"De repente Peterson rompió el silencio del viaje, con una noticia la cual yo me preguntaba si el era reacio a anunciar después de lo convencido que yo estaba la tarde anterior de no vender la casa hasta que Jennifer la hubiera visto.

"Siento que es mi deber informarle, señor Ward, que el cliente que he ido a visitar esta mañana me pidió que le hiciera entender que el esta deseando de hacerle una oferta muy generosa por su nueva propiedad.

"Peterson mantenía los ojos firmes en la carretera mientras hablaba, lo que no era nada extraño, pues la carretera era muy estrecha y estaba llena de baches. Pero al mismo tiempo, yo no podía evitar pregúntame si por alguna razón, el lo estaba haciendo a propósito para evitar cruzarse la mirada conmigo. Le di las gracias por la información, pero le reiteré cual era mi intención la cual ya le expliqué en nuestra reunión anterior.

"Lo comprendo perfectamente, señor Ward, mi otro cliente solo deseaba que yo le hiciera saber cual era la actual situación. El es dueño de las tierras adyacentes a su casa solariega y a el le gustaría expandir sus tierras. Solo para que lo tenga en cuenta por si se presenta la ocasión.

"Nosotros seguimos conduciendo un rato mas hasta que no había nada más a ambos lados del coche que arboles y hierba. Mientras Peterson seguía conduciendo, me di cuenta de que los arboles que teníamos delante parecían estar mas juntos de manera que sus ramas se tocaban formando una especie de túnel sobre la carretera por la que estábamos a punto de pasar. Ya dentro del improvisado túnel la carretera giraba hacia un lado, luego hacia el otro y después de que pasara un rato se oscureció tanto que Peterson tuvo que encender las luces para ver hacia donde se dirigía. Cuando salió del túnel de arboles, la carretera se empezó a empinar, haciendo que Peterson bajara una marcha para que el coche pudiera subir la cuesta.

En la cima de la colina la carretera viraba hacia la izquierda y mientras nos aproximábamos a la curva, Peterson redujo aun mas la marcha y empezó a tocar el claxon. Miré a nuestro alrededor para ver a quien el le estaba haciendo señas, pero no parecía haber nadie mas en la carretera

"El albacea aparcó a un lado, y tocó el claxon una vez más. Justo cuando le iba a preguntar que por que hacía eso, escuche el sonido de otro claxon mucho mas fuerte respondiendo. Peterson tocó un poco el suyo otra vez y segundos después un camión articulado enorme apareció doblando la esquina.

El conductor nos avisó de que nos había visto con un gesto de agradecimiento con la mano, antes de pasar por delante de nosotros.

"Miré hacia mi izquierda y descubrí para mi espanto que estábamos justo al borde de una cuesta que se terminaba a unos nueve metros en una hilera de arboles. Me preocupaba lo cerca del borde que Peterson había parado el vehículo, pero entonces me di cuenta de que si no lo hubiera hecho el camión no hubiera podido pasar.

"Antes de reanudar la marcha, Peterson volvió a tocar el claxon. Esta vez no hubo respuesta, condujo cuidadosamente por el borde y tomó la curva donde el ya pudo comprobar que el camino estaba despejado. Me resultó un tanto extraño todo ese procedimiento, así que, por curiosidad, mientras me agarraba al asiento, le pregunté a Peterson si seguían ese procedimiento por alguna razón en especial.

"Esta era la razón por la que pensé que sería mejor que yo le llevara a su nueva propiedad, esa curva y esa cuesta han causado tantos accidentes durante años que la gente de la ciudad la llaman "La enviuda mujeres", si es que usted cree en esas cosas, humor negro si quiere saber mi opinión.

"Han intentado poner varios tipos de señales, espejos convexos o carteles de advertencia, pero todo ha resultado inútil. El problema es, que esta carretera es un atajo que lleva a la siguiente ciudad, así que está muy transitada por repartidores y camioneros.

"Continuamos conduciendo unos cuantos kilómetros mas y delante veíamos de nuevo otro túnel de arboles, pero esta vez, al entrar, Peterson puso el intermitente derecho y giró entre dos grandes arboles de roble, llevándonos a lo que parecía ser una carretera sin asfaltar. Al final llegamos a un claro y esa fue la primera vez que vi a mi nueva casa, Denby Manor asomándose en el horizonte.

"Al acercarnos a la propiedad me quedé asombrado por la absoluta inmensidad del lugar. La casa realmente parecía más grande en persona que en la escala la que me la enseñó Peterson en los planos. Mas hacia delante puede ver a un hombre y a una mujer que estaban delante de unas puertas de hierro, las cuales yo asumí que eran las puertas de entrada a la casa.

"Sin duda al reconocer el hombre el coche de Peterson levantó el brazo a modo de saludo y empezó a manipular la puerta principal, que el abrió para permitirnos el acceso.

"Esos son los Jarrows, como ya le dije. Le darán un tour por la casa, y como ya habíamos quedado ellos y yo le llevarán a la ciudad para que coja su coche cuando haya terminado de ver la casa.

"Peterson condujo hasta el garaje de gravilla donde aparcó el coche justo delante de la casa. Salí del coche de un salto, así estaba yo de contento, y me quedé parado, con las manos en la cintura mirando la casa que acababa de heredar. Recuerdo desear mas que nunca que Jennifer pudiera estar allí conmigo para explorar juntos el interior. Pero me tragué mi pena pensando que el hecho de que ella no estuviera allí no había sido culpa mía. Incluso así me hubiera encantado tenerla allí conmigo.

"Esperamos en el garaje hasta que los Jarrow se nos unieran. La señora Jarrow caminaba ligeramente delante de su marido. Ella era alta, delgada, de aspecto casi demacrado y esa severa expresión que tenía en la cara me hizo preguntarme si ella se habría reído alguna vez en su vida. Su marido también era alto y al contario que su esposa que andaba mas recta que el palo de una escoba, el caminaba con una ligera cojera. Tenía la cara roja y algo despellejada, lo que achaqué a la combinación de alguien que trabaja al aire libre mucho tiempo y alguien que le gusta mucho empinar el codo.

"Cuando Peterson me presentó, les tendí la mano. Jarrow se quitó el sobrero mientras nos dábamos la mano y su esposa tuvo que pararse a si misma de hacerme una reverencia, lo que encontré muy extraño. Naturalmente yo no sabía como la había tratado mi pariente lejano el tiempo que trabajó para el, pero lo que estaba claro era que yo no me sentía cómodo con que ellos me trataran como el terrateniente de la finca.

"Cuando acabaron las presentaciones, Peterson me aseguró que el seguiría a mi servicio y que podía contactar con el si tenía algún problema o alguna duda, tras lo cual se despidió dejándome en las fiables manos de los Jarrows. Ellos iban delante de mi, abrieron la puerta con una llave de un manojo que llevaba en la mano. La pesada puerta de madera se abrió con un chirrido de bisagras, haciéndome sentir automáticamente como si hubiera viajado en el tiempo a la era de Dickens.

"Sorprendentemente el interior de la casa no estaba de ningún modo tan destartalado como Peterson me había hecho creer. A juzgar por algunas de sus descripciones en nuestras reuniones había llegado pensar que el edificio estaba cogido con palillos. Pero cuando observe el recibidor me vinieron a la mente imágenes de bailes de mascaras y fiestas del ayer.

"El suelo era de buena madera solida, y tenía un color apagado como si lo acabaran de pulir. Al recibidor daban seis puertas y una enorme y majestuosa escalera con una barandilla de madera tallada y adornada.

"¿Le gustaría que Jarrow le acompañe, o preferiría verlo todo usted solo?".

"Fue la señora Jarrow la que hizo la pregunta, que me sacó de mis pensamientos. Le di les gracias y le dije que en aquellas circunstancias preferiría un tour guiado. La parte de debajo de la casa albergaba el comedor, completo con una mesa para doce comensales con sus sillas a juego. Había un salón delantero y otro trasero, que por el aspecto parecía que los habían convertido en una sala musical. Vi un clavicémbalo o posiblemente una espineta en una esquina del otro extremo del salón, con varias sillas alrededor como esperando a una impaciente audiencia que tomaran asiento.

"Había una biblioteca, aunque tristemente faltaban la mayoría de los libros. También había un recibidor principal, , una puerta al final del pasillo que llevaba a la cocina y la galería. Todas las habitaciones tenían enormes chimeneas y me alegré de ver radiadores en buen estado. De las paredes colgaban quemadores de gas en soportes de latón con mantos de vidrio cubriéndolos. Afortunadamente también había luz eléctrica en todas las habitaciones, que Jarrow encendía y apagaba para demostrar que funcionaban correctamente.

"La cocina y la galería eran ambas muy frías y no muy atractivas. Había una mesa grande que dominaba el centro de la cocina y una bonita cocina de gas, no muy bien cuidada a juzgar por el estado en el que se encontraba, que ocupaba casi un lado entero de la habitación. En el otro lado había un armario enorme que de nuevo ocupaba la mitad de la pared. Estaba hasta los topes de todo tipo de porcelana china y vajilla, y en los cajones, presumí yo, guardaban los utensilios de cocina y las ollas. Estaba claro desde el principio que a mi pariente lejano no le gustaba mucho cocinar, ya que la cocina en cualquier casa grande, era, hasta donde yo sabía el corazón de la casa, pero esta parecía tristemente apartada y abandonada.

"Pasamos a la galería que contenía las escaleras y un congelador para conservar la carne. Había una puerta de madera al fondo con un gran panel de cristal congelado en la parte de arriba, y Jarrow la abrió con otra de las llaves de su manojo. Justo al salir por la puerta había una caseta, que por un momento me temí que me dijeran que era el WC".

"Era la habitación del generador".

"Creo que conseguí disimular el alivio en mi cara cuando mi guía lo dijo. Jarrow me llevó al desvencijado edificio de madera y me enseñó el generador eléctrico, y lo que era mas importante también me enseñó como se encendía, por si acaso dejaba de funcionar de repente. Una de las esquinas del edificio estaba llena hasta casi hasta el techo de troncos, precariamente almacenados unos encima de los otros formando una improvisada pirámide. Al lado de la pila madera había varias latas de metal oxidadas. Le pregunté a Jarrow por ellas, y me explicó que contenían parafina para las linternas.

"El ultimo dueño tenía una linterna casi en cada habitación por si el generador fallaba durante la noche. Yo siempre me aseguraba de que las latas estuvieran llenas, por si acaso."

"Señalé al generador, y le pregunté a Jarrow si los radiadores de la casa también funcionaban por medio del generador. Pero el negó lentamente con la cabeza y me hizo un gesto para que lo siguiera de vuelta a la casa. Una vez en la cocina, me llevó hasta lo que parecía ser una despensa, justo detrás de la puerta. El la abrió revelando una especie de caldera grande".

"Esto es lo que hace funcionar los radiadores, pero el dueño tuvo una discusión con la compañía del gas hace años sobre la facturación y al final el se negó a pagarles y la compañía le cortó el suministro. Supongo que le podrían dar servicio, pero tendría usted que hablarlo con los de la compañía del gas".

"Le pregunté a Jarrow como hacía mi familiar para mantener la casa lo suficientemente caliente como para poder vivir en invierno, y el me informó que la señora Jarrow se encargaba casi todo el tiempo de que la chimenea siempre tuviera madera y estuviese lista para poderla encender. Pero parece ser, que incluso así mi benefactor solía ceñirse a usar solo las chimeneas del comedor, salón delantero y la de su habitación.

"Cuando subimos al piso de arriba, nos encontramos con la señora Jarrow que estaba ocupada haciendo una cama para mi en una de las ocho habitaciones dobles de las que la casa se enorgullecía de tener. A ella casi parecía saberle mal cuando me explicó que no estaría cómodo en la habitación de mi pariente, así que se había tomado la libertad de escoger para mi una de las habitaciones que daban al norte de la propiedad para que no despertara el sol por la mañana.

"Todas las habitaciones parecían del mismo tamaño, aunque solo cinco de ellas tenían camas. Las demás estaban llenas de distinta parafernalia, incluyendo; baúles, maletas, alfombras enrolladas y módulos de muebles viejos, la mayoría de los cuales parecían haber sido colocados ahí, sin tener en cuenta el espacio ni la decoración. Había incluso un par de cuadros de pintura al oleo en una de las habitaciones. Retratos principalmente, aunque había uno de la casa cuando había vivido mejores días. Me preguntaba si alguno de los retratos era de algún pariente mío y decidí que lo estudiaría con más detenimiento cuando tuviera mas tiempo.

Había dos cuartos de baño, uno a cada extremo del pasillo y un aseo, que según Jarrow había construido el mismo. El piso superior albergaba el ático, al cual se accedía por una escalera de madera plegable empotrada. La estructura se extendía prácticamente por toda la longitud del techo, y había sido dividida en habitaciones más pequeñas, que yo supuse una vez fueran usadas por el servicio de la casa. En una de las esquinas descubrí un par de baúles desgastados y abollados. También me pareció un sitio algo extraño donde colocarlos, sobretodo teniendo espacio de sobra en las amplias habitaciones del piso de abajo, pero supuse que su momento habría habido alguna razón para ponerlos ahí.

"Una vez que mi visita guiada terminó, le di las gracias a los Jarrows por su tiempo, y le pregunté al señor Jarrow si estaba listo para llevarme a la ciudad para que pudiera recoger mi coche. Al decir esto, la pareja se intercambió una mirada extraña, y aunque no dijeron palabra, tuve la clara impresión que con los ojos estaban teniendo una conversación del tipo que solo los matrimonios que llevaban muchos años casados podían tener. Al final ellos rompieron su conexión psíquica, y Jarrow se giró hacia mí con cara de preocupación.

"¿Volverá usted esta noche señor?"

"Yo me quedé un poco sorprendido ante esa pregunta, ya que pensaba que Peterson ya le habría explicado la situación. Le expliqué a la pareja, que una vez que recogiera mi coche, mi intención era volver a la casa para pasar la noche. Al decir esto la señora Jarrow se quedó momentáneamente sin respiración, emitiendo un sonido entrecortado, que al darse ella cuenta que yo había oído, trató de disimular tapándose la boca con la mano. Pude sentir que ellos dos se sentían incomodos y estaba seguro de que ambos querían decirme algo, pero por alguna razón, ninguno de los dos deseaba hablar sin que se les invitaran a hacerlo, por lo tanto, les pregunté directamente si había algo que me quisieran decir.

"Bueno, verá, el señor Jarrow y yo nos preguntamos si quizás estaría usted más cómodo en la ciudad.

El antiguo dueño ya se había acostumbrado a la casa, pero como verá, no es el sitio más cómodo donde alojarse, y desde su muerte, mi marido y yo doblamos el turno en el trabajo para ganar un dinero extra así que no hemos tenido tiempo de prepararle la cena."

"Les aseguré a ambos que había malinterpretado su reacción, y les agradecí su preocupación. Pero les aseguré que podía ser autosuficiente si la situación lo requería, y que tenía la intención de tomarme la situación un poco como una aventura. El anunciarles la situación me proporcionó otro ejemplo de su comunicación mental, ya que ambos se cruzaron una mirada extraña. En ese momento la pareja estaba empezando a irritarme, ya que era obvio que querían decirme algo, pero ninguno de los dos se decidía a decir que era lo que les preocupaba. A pesar de todo me aguanté el genio ya que no quería discutir con ellos, así que decidí que su manierismo era meramente el resultado de que eran gente de campo que llevaban un estilo de vida diferente al de la gente que vive en Londres.

"Habiéndose dado cuenta de que ya había tomado una decisión y que nadie me podría convencer de lo contrario. La señora Jarrow insistió en que se prepararan las chimeneas del salón delantero y la de mi habitación, y que todas las linternas de la casa fueran correctamente recargadas en caso de que fallara el generador eléctrico.

"Me quedé perplejo, aunque no totalmente sorprendido, cuando Jarrow repitió el número con el que Peterson me obsequió cuando llegamos a la pronunciada curva llamada "la hace viudas". Jarrow no era muy hablador, así que me pasé el viaje tratando de familiarizarme con la ruta para mi viaje de vuelta esa misma tarde.

"Una vez que aparcamos cerca de mi coche, Jarrow me ofreció muy amablemente esperarme y dejar que le siguiera con mi coche en su camino de vuelta a la casa. Pero le aseguré que estaba bastante seguro de acordarme del camino, y que quería pasar algún tiempo en la ciudad antes de dirigirme hacia la casa.

Al final, aunque algo reticente, eso me pareció a mi, el estuvo de acuerdo en marcharse. Entonces justo cuando estaba saliendo del coche, el se estiró por encima de mi asiento y me cogió por el codo".

"Lo siento señor, casi se me olvida decírselo; si por alguna razón decide que no desea quedarse en la casa, sería más que bienvenido a quedarse con la señora y conmigo. Tenemos una habitación de sobra, y ella es una cocinera fantástica, mi mujer".

"Mirándole de reojo con la cabeza ya fuera del coche, no pude evitar pensar que tenía una mirada de nerviosismo, casi de miedo mientras hablaba conmigo. Recuerdo que pensé que Jarrow parecía incluso que tenía miedo de dejarme ir. Eso me dejó con una incomoda sensación de inquietud durante toda la tarde, pero aún así, le di las gracias una vez más por su amable oferta y le pedí que le diera las gracias a su amable señora también de mi parte", pero que estaba decidido a pasar la noche en la casa.

7

"**P**asé las ultimas horas de la tarde paseando sin prisas por la ciudad. El sol pegaba con toda justicia para la época del año en la que nos encontrábamos, y me hizo sentir como si estuviéramos en verano. La ciudad tenía un aire antiguo y me sorprendió agradablemente la cantidad la cantidad de sonrisas y saludos con la cabeza que recibí mientras iba caminando.

"Me dejé caer en un supermercado local para comprar provisiones. Me acordé de que no había visto que hubiera ningún frigorífico en la cocina, aunque probablemente la misma habitación era lo suficientemente fría como para que alimentos como la leche y el queso se mantuvieran frescos durante días. Cuando regresaba al coche, vi una cabina telefónica, y fue entonces cuando me acordé de que aparte del frigorífico tampoco había visto ningún teléfono en la casa.

"Me miré el reloj y vi que ya eran las cinco. Mi pregunté si Jennifer ya habría llegado a casa, si lo había hecho bien, pero si no, entonces me di cuenta que tendría que entretenerme un rato más por la ciudad para poder llamarla. No me gustaba la idea irme hacia la casa conduciendo y luego volver otra vez para llamarla.

"Metí las provisiones que había comprado en el supermercado en el coche, y me dirigí hacia la cabina de teléfono. Puse el dinero suelto que me habían devuelto al pagar en el supermercado y lo puse en la repisa de la cabina y lo dispuse en montones individuales para que me fuera mas fácil meterlas por la ranura del dinero, Marqué el numero y esperé. Cuando habían sonado al menos diez tonos de llamada iba a colgar el teléfono cuando de pronto lo cogieron en el otro lado y escuché a una Jennifer que le faltaba la respiración, contestar.

"Resultaba que ella acababa de llegar del trabajo, y estaba en el umbral de la puerta buscando las llaves en el bolso cuando oyó sonar el teléfono. Me alegraba tanto de oír su voz que escuché atentamente mientras ella me contaba lo de la sesión de fotos y lo bien que parecía que marchaba todo. Su padre le había dado la buena noticia de que en la compañía donde los habían contratado estaban tan impresionados con su trabajo que ya había habido conversaciones para nuevas oportunidades de colaboración. Jennifer también me contó que pensaba que acabaría el trabajo a tiempo para ir a ver nuestra nueva propiedad conmigo antes de que yo tuviera que volver a Londres.

"Ella me preguntó por la casa, y le conté detalladamente mi visita guiada nuestra nueva propiedad y las aparentes reticencias de los Jarrow a dejarme allí solo por la noche. Jennifer, obviamente, estaba intrigada, igual que yo, encontró extraño que la pareja no hubiera dado ninguna razón por la cual ellos sentían que era necesario recomendarme un lugar alternativo para pasar para la noche cuando la casa estaba ahí desocupada.

"Era ya cuestión de minutos que se me acabaran las monedas. Le avisé a Jennifer cuando metí la ultima para que no se enfadara cuando se cortara la llamada. Me di cuenta por el sonido de la voz de Jennifer que ella estaba empezando a enfadarse. Yo me sentía conmovido y aliviado a la vez de que ella me echara de menos tanto como le echaba de menos a ella. Casi me hace meterme en el coche y volverme directamente a Londres para darle una sorpresa. Pero como de costumbre, antepuse el sentido común, sabía que eso hubiera sido una terrible perdida de tiempo, no digamos ya, de gasolina.

Al final, ambos oímos el pitido de aviso, y nos apresuramos a decirnos adioses y te quieros, como pudimos antes de que se cortara la llamada. Me quedé por un momento en la cabina apretando el auricular contra mi pecho, hasta que noté que había una señora esperando para usar el teléfono fuera de la cabina Colgué el auricular en la horquilla y mantuve la puerta abierta de la cabina después de salir para que entrara la señora.

"Con gran merito por mi parte conseguí regresar a la casa sin equivocarme ni una sola vez. Cuando llegué a "la hace viudas" ya había oscurecido, y llevaba las luces encendidas. Paré en el mismo sitio que Peterson lo había hecho horas antes, e hice sonar el claxon de mi coche dos veces. Me quedé escuchando si escuchaba alguna respuesta, pero todo estaba en silencio. Cuando metí una marcha y el coche empezó a moverse, una furgoneta estaba tomando la curva, y se dirigía directamente hacia mí. El conductor, que parecía no saber el modo de proceder de la gente de la ciudad con esta curva, me vio en el ultimo momento y pisó los frenos a fondo. En esa decima de segundo, puede echar marcha atrás lo suficiente para evitar el choque y vi a la furgoneta patinar en la carretera, aguanté la respiración, seguro de que se iba a salir de la carretera y se iba a estampar contra los arboles.

"Afortunadamente. De milagro, el conductor consiguió recuperar el control de su vehículo y rozó el borde antes de volver a la carretera. El conductor ni siquiera paró, si no que siguió en dirección a la ruta por la que yo acababa de venir sin tomar muchas precauciones. Yo, por potra parte, me quedé ahí sentado durante un par de minutos, esperando a que me bajaran las pulsaciones. Ahora comprendía por que Peterson había puesto tanto empeño en demostrarme antes la importancia de tener doble precaución cuando pasaras por la zona. La verdad es que yo le estaba muy agradecido en ese momento.

"Cuando llegué a la casa, de repente me di cuenta de que los Jarrow no me habían dejado su manojo de llaves antes de irse. Me quedé fuera de la puerta principal con las bolsas de la compra en las manos, y sopesé que era lo mejor que podía hacer en ese momento. Sabía que la pareja vivía cerca, pero lógicamente no tenía ni idea de en que dirección. Además, a juzgar por lo que la señora Jarrow había dicho antes, probablemente ellos aún estaban en el trabajo.

"Por probar suerte subí los escalones de piedra y empujé la puerta. Aliviado comprobé que se abrió hacia dentro crujiendo en sus bisagras, y respiré con alivio. Una vez dentro vi encima de la mesa del recibidor más cercana, que los Jarrow me habían dejado el manojo de llaves, probablemente al venir a recoger a su esposa y darse cuenta de aún llevaba las llaves encima. También había una nota escrita a mano de los Jarrow, informándome que habían dejado todas las chimeneas de las habitaciones preparadas para poder encenderlas. También añadieron que todas las linternas de la casa estaban cargadas, y que había comprobado todas las mechas, y las que se habían consumido, las había cambiado por otras nuevas, por si acaso. Cogí las llaves de encima de la mesa y probé a encender el interruptor. Respiré aliviado cuando el primer grupo de luces cobraron vida.

"Me abrí paso por la casa, encendiendo las luces donde creí necesario, y encendí la chimenea del salón principal, que fue donde había decidido pasar la noche.

Ahora que el sol se había puesto la casa estaba helada, y la inmediata calidez del fuego de la chimenea fue bien recibida. Me quedé ahí un rato, junto a la chimenea dejando que el calor me calentara el cuerpo. Una vez que me había calentado lo suficiente llevé mi comida a la cocina y la metí en uno de los armarios. Antes de prepararme para la noche, subí a la habitación que la señora Jarrow me había recomendado que me quedara a dormir y encendí también la chimenea. Coloqué el protector de metal y puse el seguro, antes de bajar a la parte inferior de la casa.

"Me hice una cena modesta a base de sándwiches de jamón de york y queso, con una bolsa de papas fritas de sabor cebolla y queso como guarnición. Me había dado el capricho de comprarme una botella de vino y conseguí encontrar los vasos de vino que estaban guardados en la despensa. Me senté ante el fuego para comerme la cena. Después de acabarme el sándwich, degusté el fuerte sabor a frambuesas del vino, mientras observaba como las llamas lamían vorazmente los troncos de madera y bailaban en la chimenea para entretenimiento mío.

"Con la barriga llena y el reconfortante calor del fuego, pude sentir como el vino empezaba a apoderarse de mi. Se me cerraban los ojos y afortunadamente logré poner el vaso encima de la mesa antes de quedarme dormido.

"Cuando abrí de nuevo los ojos el fuego que tenía delante de mí, casi se había apagado, con los últimos troncos manteniendo aun las llamas con vida. Me levanté del sillón y estiré las piernas y los brazos, frotándome los ojos tratando de despertarme mientras soltaba un gran bostezo.

"Decidí irme a la cama, ya que no estaba yo para mucho mas trote. Miré mi reloj y vi que eran casi las once de la noche, lo cual quería decir que me había quedado dormido durante más de horas. El sillón donde me había quedado dormido era tan cómodo, que por un lado pensé en añadir mas leña a la chimenea y pasar ahí el resto de la noche. Pero por otro lado pensé que pasar toda la noche encorvado en un sillón, -por muy cómodo que fuera-, me haría levantarme con dolor de cuello y tener agarrotadas las articulaciones. Por lo tanto, decidí que mi plan original sería la acción más fructífera a seguir.

"Cuando me aseguré de que la puerta de entrada a la casa estaba bien cerrada me di cuenta de que me había dejado la maleta en el coche, y aunque estaba aparcado ahí justo al bajar las escaleras de entrada a la casa, solo el pensar en salir afuera me hizo tener un escalofrío. Me quedé un momento sopesando mis opciones. Al final decidí que dormir una noche sin pijama no iba a ser el fin del mundo, así que me di la vuelta subí las escaleras para meterme en la cama.

"Casi había llegado al final de las escaleras cuando se fue la luz. La sorpresa de encontrarme a oscuras me pilló desprevenido, y casi me tropiezo con el siguiente escalón antes de poder mantener el equilibrio. Esperé un momento para acostumbrarme a la oscuridad absoluta en la que estaba. Podía oír el fuerte tic-tac del reloj de pie de arriba de las escaleras, que al menos me dio una idea de a que altura de las escaleras me encontraba yo.

"Subí lo que me quedaba para llegar a la parte de arriba de la casa cuidadosamente, deseando el haber sido lo bastante previsor como para haber llevado una linterna. Pero para ser justos, ¿como iba yo a saber que el generador iba a decidir pararse justo en ese momento? Conseguí llegar a la habitación sin ningún incidente y una vez allí me desvestí y me metí rápidamente bajo las mantas. En pocos minutos me quedé dormido.

"Fui despertado por el sonido de unos persistentes porrazos, que penetraron en mis sueños. Eran casi como si alguien estuviera desesperado por entrar, o escapar de donde le tuvieran prisionero. Abrí los ojos y los entrecerré parpadeando tratando de regresar de la tierra de los sueños. Al estar las cortinas corridas apenas pude distinguir alguna forma familiar entre las sombras que invadían la oscuridad.

"Me senté en la cama un momento y me quedé escuchando un momento esperando a ver si el sonido que me había despertado se repetía, pero no se escuchaba nada más, aparte del incansable reloj de pie en el rellano. Esperé lo que pareció una eternidad, pero no pude oír nada mas. La casa parecía tranquila. El pensamiento de andar tropezándome por la casa no me resultaba muy atractivo, así que decidí que el ruido que había conseguido despertarme, solo había sido parte de un sueño, del que no me acordaba en ese momento.

"Estaba a punto de tumbarme y continuar des- cansando cuando me vino una necesidad urgente y decidí que no me podría volver a dormir si no iba al cuarto de aseo antes. A regañadientes me destapé y recibí la bienvenida de una corriente de aire helado, lo que hizo que todo mi cuerpo temblara sin yo quererlo. Decidí no molestarme en buscar una linterna por ahí a oscuras, ya que sabía que el cuarto de aseo estaba a solo un metro de distancia en el pasillo.

"Después de haber orinado volví a la cama al re- lativo calor de las mantas de mi cama. Al minuto de apoyar la cabeza en la almohada, lo oí otra vez. Esta vez ya no había duda. No era parte de un sueño o un sonido de esos raros que se escu- chan por la noche. Pude oír los porrazos a lo lejos tan seguro como que oía el reloj de pie del re- llano. En la oscuridad, intente descubrir de donde procedía el ruido, no me llevó mucho tiempo el darme cuenta de que procedía de la parte de debajo de la casa.

Volví a sacudirme las mantas y me dirigí hacia la repisa de la chimenea para coger la linterna. Una vez que conseguí cambiar el fusible y volver a poner la tapa de cristal, localicé mi ropa y me vestí apresuradamente, cogí las llaves antes de salir al rellano y llegar al final de la escalera.

"Los portazos eran intermitentes, no parecían urgentes, así que bajé los escalones de uno en uno, manteniendo el equilibrio agarrándome a la barandilla, cuando llegué al principio de la escalera se hizo aparente de que los portazos no provenían de detrás de la puerta de entrada. Sino de algún lugar de la parte trasera de la casa. Apunte con la linterna a mi reloj para ver la hora, eran las tres y quince. Mil pensamientos me pasaron por la mente tratando de averiguar quien había estado golpeando la puerta a esta hora tan intempestiva de la mañana. La única persona que me vino a la mente fue el señor Jarrow, ¿Qué se le pasaba a este hombre por la cabeza para pensar que lo que fuera que el quisiera no podía esperar hasta una hora mas razonable?

Cuando sonaron de nuevo los golpes, de repente me empecé a sentir muy vulnerable. Empecé a perder la calma y a agitar la linterna alrededor mío, deseando poder encontrar algún tipo de arma en su haz de luz. Sim embargo no había nada alrededor para poder usar como un palo improvisado. Los portazos se hicieron más intensos, y me di cuenta de que lo único que podía hacer era averiguar que era lo que estaba sucediendo. Pensé en salir por la puerta principal y rodear la casa para poder sorprender a mi madrugador visitante, y como resultado, tomarle ventaja. Pero razoné que el ruido que la puerta hacía en sus oxidadas bisagras cuando la abrías o la cerrabas sería más que suficiente para alertar al visitante de todos modos. Así que en vez de eso decidí abrirme paso hasta la cocina y localizar la fuente y localizar la fuente del ruido antes de pensar que acción tomar.

"Al entrar en la cocina, los frenéticos portazos sonaron una vez más. Era obvio para mi que el sonido venía de la puerta de la galería que guiaba a la choza del generador. ¡Como deseé en ese momento que hubiera una mágica manera de hacer que todas las luces de la casa se encendieran simultáneamente! Nada me hubiera ayudado más.

"Me dirigí lentamente a la galería. Ahora podía ver la puerta trasera por primera vez. Bajé la linterna para permitirme la mejor vista posible a través del cristal, pero para mi sorpresa no había ninguna sombra de nadie que estuviera ahí fuera que se reflejara en el congelado cristal. Aguanté la respiración y esperé. La luna debe de haber estado a un lado de la casa, pero aún había suficiente luz para iluminar la silueta de alguien que hubiera estado fuera al lado de la puerta.

"Se me ocurrió que mi indeseado visitante podría haber dado la vuelta a la casa hasta la entrada principal, al no recibir respuesta por la parte trasera. Por un momento consideré en desandar mis pasos y volver a la puerta principal, de manera que yo pudiera vigilar y abrir la puerta inmediatamente al oír el primer golpe; de ese modo sorprendiendo a mi visitante, pero en esa misma milésima de segundo se escuchó otro feroz portazo en la puerta de la galería, lo suficientemente fuerte como para hacer temblar la puerta en su marco.

Abrumado y alarmantemente falto de coraje no me da vergüenza admitirlo, respiré profundamente y grité, pidiendo saber quien estaba ahí fuera. Me quedé ahí en la semioscuridad, temblando mientras esperaba una respuesta, pero no obtuve ninguna. Llamé otra vez, esta vez insistiendo en que no abriría la puerta si no se identificaban quienes fueran que estuvieran ahí fuera. Aunque no había todavía ninguna evidencia de una sombra tras la puerta, para mi sorpresa oí una vocecita traída por el viento de fuera.

"¡Por favor, ayúdame!"

"Había un viento feroz afuera, y el llanto era apenas audible entre el sonido de este. La voz era femenina, y por lo que pude intuir era de desesperación y terror en igual mesura. Me alumbre con la linterna para examinar el manojo de llaves que llevaba en la mano, intentando identificar la que abría la puerta de la galería. Me llevó tres intentos localizar la llave que encajaba en la cerradura.

"Desde afuera pude oír la diminuta voz llamándome una vez mas, y en mi desesperación por ayudarla seguí intentando girar la llave en sentido contrario. Al final lo conseguí y oí como se abría el pestillo dentro de la cámara, Agarré el pomo de la puerta, y girándolo tiré de esta.

Justo en el umbral de la puerta había una mujer joven y guapa, que no tendría más de diecinueve años o veinte, le echaba yo, llevaba un vestido de flores estampadas. Tenía el pelo largo y moreno y le caía en cascada por los hombros, y los ojos verdes, mas penetrantes que he visto en la vida, aunque solo había tenido un momento para mirarle la cara noté que sus ojos tenían la mirada perdida, que transmitían una tristeza que era el resultado de haber sufrido mucho durante su corta vida.

"Me quedé ahí durante un segundo, transpuesto por su belleza, mientras ella me miraba de una manera que me hacía sentir que si pudiera mirar en mi interior. Pero no antes de tenerme cautivado y petrificado en el mismo sitio, como cuando un gato que ve las luces de un coche ir hacia el, ella de repente se giró hacia la izquierda y señaló a la oscuridad.

"Están intentando robarme a mi bebe, por favor ayúdame, ¡no dejes que se lo lleven!"

"Lo repentino de la súplica me sacó de mi estado de trance, y me devolvió de golpe a la realidad. Eché a correr pasando por delante de ella, el corazón me latía muy deprisa y giré hacia la dirección a la que me había indicado, no tenía ni idea de que era lo que me iba a encontrar, pero en ese momento no me importaba. Esta pobre chica ha venido en busca de ayuda, en un lugar que está a kilómetros de ninguna parte, y si no le prestaba mi ayuda, nunca me lo perdonaría.

"Sin embargo, todo lo que me encontré una vez estuve afuera fueron las sombras de la luz de la luna que brillaba a lo largo de las vacías tierras de mi propiedad. Me quede allí de pie durante un momento, aun llevaba la linterna, intentando concentrar mi vista en la oscuridad por si veía alguna sombra o alguna señal de movimiento. Pero no había ninguna señal de ningún agresor, tampoco había ningún sonido de pisadas, ni el crujido de la gravilla del garaje de alguien, intentando escapar.

"Entorné los ojos para tratar de ver en la oscuridad un poco más solo para asegurarme de no había nadie agazapado en la maleza nos estuviera espiando, , y una vez que vi que todo estaba despejado me di la vuelta para asegurarle a la chica que ella estaba ahora a salvo.

¡Pero no pude verla por ninguna parte!

Me di la vuelta rápidamente, y al hacerlo sentí como si algo tan frío como el hielo hubiera pasado a través de mi. Me di la vuelta de nuevo y no pude ver ni rastro de la chica. Me dio a mi que ella debía de haber ido corriendo a la galería, mientras yo buscaba a sus perseguidores. Me dirigí hacia la puerta de la galería que estaba abierta y le levanté la linterna para mirar dentro. No había rastro de ella. La llamé asegurándole que no quería hacerle daño, pero no obtuve respuesta. O se había adentrado mucho en la casa y no me oía o lo más probable es que estuviera oyendo, pero no contestaba porque tenía miedo.

"Lentamente volví a entrar en la galería, avisé de que iba a cerrar la puerta en un tono alto pero amable. Una vez que lo hice, me quedé ahí una vez más tras la puerta y le dije a la chica que estaba a salvo y que no le haría ningún daño.

Como no me respondió, me dirigí cautelosamente desde la galería a la cocina, comprobando cada rincón con mi linterna, anticipándome a encontrar a la chica escondida en cualquier rincón temiendo por su vida. Pero llegué hasta el pasillo sin encontrar ni rastro de ella.

"Me quedé ahí un momento, seguro de que mi voz llegaría a la mayoría de los rincones de la casa, y la llamé una vez más, asegurándole ora vez de que ella ya no estaba en peligro y de que solo quería ayudarla. Pero aún no obtuve respuesta. Me resigné al hecho de que la chica estaba tan asustada que tendría que buscar por toda la casa para encontrarla.

"De repente reparé en que no sabía nada sobre la chica, aparte de que ella se había presentado en la puerta trasera de mi casa buscando refugio. Por lo poco que sabía de ella, bien se podría haber escapado de un manicomio y podría estar esperándome detrás de una oscura esquina de la casa con un enorme cuchillo de cocina que ella hubiera encontrado en la casa o que llevara disimulado entre sus ropas.

"Me deshice de esos pensamientos y decidí que no debía dejar volar mi imaginación o saltaría incluso al ver mi propia sombra. Busqué por las habitaciones de la parte inferior de la casa y estaba concentrado por si escuchaba pisadas procedentes de una u otra habitación.

"Una vez me convencí de que no había nadie en la parte de abajo de la casa, volví a las habitaciones del primer piso. Busqué sistemáticamente en cada habitación, comprobando los armarios e incluso mirando debajo de las camas, pero fue en vano. Después de mirar en el baño y en el aseo, me dirigí al ático, suponiendo que no había ningún otro lugar en la casa donde ella se hubiera podido esconder.

Seguí llamándola de vez en cuando mientras la buscaba-y me dirigía hacia el piso superior de la casa. Alumbré con mi linterna a mi alrededor, acercándome lo que fuera necesario a cada oscuro rincón para asegurarme de que estaba vacío antes de dirigirme al siguiente. Después de haber registrado todo el ático descubrí que la chica no aparecía por ninguna parte. Me empecé a preguntar si ella habría entrado en la casa en primer lugar. Tan concentrado estaba yo buscando a su asaltante, que ella bien podría haber dado la vuelta a la casa y girar la esquina antes de que yo me diera cuenta de que ella ya no estaba ahí. ¡En cuyo caso, habría desperdiciado casi una hora registrando la casa para nada!

"Justo en ese momento, oí a alguien cantar. Era la voz de una mujer, potente y perfectamente afinada, y la dulzura de la melodía me sumió en un trance durante un momento en el cual lo único que yo quería hacer era quedarme ahí quieto escuchando.".

Jonathan se quedó mirando a la banda, y asintió con la cabeza, como respondiendo a una pregunta silenciosa, la cual de alguna manera el sabía que ellos querían preguntar.

"Si, era la canción que habéis tocado al final de vuestra actuación esta tarde. Es una canción que yo nunca podré olvidar".

El viejo levantó la vista como si estuviera tratando de leer una pizarra invisible. Entonces el empezó a cantar, la voz era más potente de lo que hubieran imaginado los que tenía a su alrededor.

"Contra más profundas se hacen las
   aguas, mas anhela mi alma volar.
En las alas de un águila, esperare para
   siempre jamás.
En los brazos de mi verdadero amor,
   esperare que me llegue la hora.
Así que abrázame por siempre, hasta que
   seas mío.

"Llora por mi amor mío", hasta que el mar
   se seque

Nunca busques respuestas, ni preguntes
    el por qué.
El camino al que estoy destinada, no esta
    pavimentado con oro
Pero la calidez de tu amor, me quita el
    frío.

Así que, duerme profundamente cariño
    mío hasta que la mañana llegue
Contempla la belleza a tu alrededor, a
    través de tus ojos azules.
Sabes que te quiero, y no dejaré que te
    hagan daño,
Hasta que estés a salvo en el calor de mis
    brazos.

Hubo un coro de aplausos por su esfuerzo, y Jonathan se lo agradeció a su audiencia con una sonrisa, el dio otro sorbo de su cerveza antes de continuar su historia

"Aunque yo estaba en una habitación diminuta, pude ver claramente que no había nadie allí conmigo, pero si sonaba a mi alrededor, la cantante debía de estar cerca. Sujeté la linterna delante de mí y regresé caminando hasta el ático, volviendo a comprobar cada rincón de la habitación. La voz parecía estar en todas partes, a mi alrededor, sin importar a donde fuera yo. Pero de la cantante no había ni rastro.

"Regresé al rellano, temiendo, que mi linterna pudiera quedarse sin batería y apagarse. Levanté la linterna para poder ver el fusible y lo ajusté para que estuviera totalmente expuesto. Ello me permitió tener más iluminación que antes y la luz de la linterna no parpadeaba tanto de alguna manera. Mientras estaba parado en el rellano, la canción sonaba como si viniera de abajo. La dulce voz hacía eco por toda la casa, pero definitivamente me pareció que el sonido procedía de algunas de las habitaciones de la parte de abajo de la misma. ¿Pero, como era eso posible? Ya había buscado por toda la parte de abajo sin éxito alguno.

Un tanto enfadado, empecé a descender de nuevo las escaleras. Pero cuando había llegado a la mitad, la dirección del sonido había cambiado y ahora lo tenía encima de mi. Me quedé ahí parado incapaz de desentrañar que era lo que estaba pasando. ¿Cómo podía esa chica haberse escondido de mi habiendo yo registrado la casa de arriba abajo? Encima de todo eso, si lo que quería era esconderse, ¿por qué se ponía a cantar para llamar mi atención?

¡Tan abruptamente como empezó a cantar, de repente paró!

Todo estuvo en silencio durante una milésima de segundo, y entonces se oyó un grito desgarrador que penetró el aire y me atravesó como un cuchillo afilado.

"Con la linterna en una mano no pude bloquear el sonido tapándome los oídos con amabas manos, así que tuve que soportarlo hasta que paró. Me quedé ahí en las escaleras, con la menta hecha un lío llena mayormente de pensamientos irracionales. Si la muchacha estaba en la casa, ¿por qué no había podido encontrarla? Del mismo modo, si no estaba en la casa, entonces ¿Dónde cantaba y de donde venía ese horrendo grito?

No había nadie más en la casa que pudiera hacerlo, decidí que debía buscar de nuevo en toda la casa. Me llevé la linterna a el salón delantero, y localicé una segunda linterna allí. La encendí, y la reemplacé por mi linterna original, la cual parpadeaba cada vez más. Me dirigí hacia la galería, y empecé a buscar con brío y determinación. El dormir era ya un recuerdo lejano; estaba totalmente desvelado podría seguir despierto durante horas.

"Registré la casa de punta a rabo. Mientras iba de habitación en habitación casi podía oír aún el grito de antes reverberando en mis oídos, y estaba convencido de que en cualquier momento sonaría otra vez.

"Esta vez me llevó mas tiempo registrar la casa que la otra vez, en vez de meramente apuntar con la linterna para intentar ver todos los rincones de las habitaciones, ahora me propuse investigar cada parte de cada una de ellas, asegurándome de registrar armarios, incluso aquellos que yo sabía que eran demasiado pequeños para esconder un cuerpo.

"Podía oír el sonido de mi corazón latiendo en mis oídos mientras seguía mi investigación. Esta vez estaba seguro de que si la chica estaba en la casa la encontraría, costara lo que costara. Pero de nuevo mis esfuerzos fueron en vano, y no pude encontrarla por ninguna parte.

"Al final, abandoné la búsqueda y me fui de nuevo a la cama. Esta vez dejé la linterna encendida encima de la mesita de noche. El resplandor de su luz me ofreció algo de confort, que me hacía mucha falta, mientras yacía en la cama mirando al techo.

"Justo cuando empezaba a quedarme dormido, pude oír el sonido de la muchacha cantando su canción una vez más, me forcé a mi mismo a cerrar los ojos, y finalmente me volví a dormir.

8

"Comprensiblemente pase toda la noche despertándome a ratos. En los ratos en que estaba dormido, mis sueños se intercalaban con visiones de mi visitante. Excepto que esta vez mi subconsciente había conseguido de algún modo mezclar y oscurecer sus rasgos angelicales, de manera que cuando aparecía ella, en vez de ver a la mujer guapa que había conocido tan brevemente, ella se parecía a una especie de bruja horrible. Tenía la boca llena de dientes rotos y podridos que al reírse formaban una sonrisa burlesca. Su piel tan pura y perfecta cuando nos conocimos, estaba ahora completamente demacrada y parecía tener la textura del papel de lija, aunque estaba blanqueada con un tono enfermizo de color blanco pálido. Incluso sus dedos ya no parecían los de una mujer guapa y ahora parecían garras en vez de dedos.

"Pero lo peor de todo era la expresión de sus ojos, los cuales no transmitían esa tristeza de nuestro primer encuentro, sino que reflejaba un espíritu casi malévolo que se abrió paso a través de mi alma.

"Cuando apareció en mis sueños, yo sabía que no era porque ella necesitaba consuelo o protección sino más bien para rodearme la garganta con esos dedos esmirriados y absorber la vida de mi cuerpo como en todo ese tipo de pesadillas. Me sentí sin fuerzas para defenderme e incluso para tratar de escapar, como un bebe en brazos yo estaba indefenso, a la merced de esta vieja bruja mientras ella se acercaba cada vez más, para sellar mi destino.

"Lo peor aún estaba por venir, una vez que yo me resigné la lo que fuera que la criatura tuviera reservado para mi, aparecería mi esposa, mirándome de esa manera cariñosa que ella tenía de mirarme, alargando sus brazos para abrazarme para mantenerme a salvo. Durante un momento, mis miedos se derretirían como cera en el fuego, y olvidaría a la vieja bruja. Pero justo cuando me relajé y empecé a pensar en la perspectiva de sentir el tierno abrazo de Jennifer, la vieja bruja volvía a aparecer. Esta vez ella estaba flotando detrás mi guapa esposa, concentrada en su nuevo objetivo.

"En mi sueño grité, chillé y gesticulé frenéticamente tratando de advertir a mi querida esposa de la amenaza que tenía tras ella. Pero todo fue en vano. Por el motivo que fuera Jennifer no podía ver mis desesperados intentos por alertarla. En vez de eso ella seguía caminando hacia mi, con los brazos todavía extendidos, con la misma mirada dulce y amorosa en la cara. Mientras se acercaba a mi el cuerpo de Jennifer parecía casi oscurecer la malévola forma tras ella. Pero yo sabía que aún estaba ahí, acercándose cada vez más a mi hermosa esposa, su maldad se concentraba ahora en ella en lugar de en mi.

"Intenté gritarle a la bruja pidiéndole que dejara a mi esposa en paz, y cuando eso no funcionó, le supliqué que volviera su rabia contra mi, diciéndole que no me resistiría, y que podía hacer conmigo lo que quisiera, siempre que dejara a mi esposa en paz. Pero todo lo que hizo como respuesta fue esbozar una sonrisa con aquellos colmillos deformes y con una cara de siniestra maldad y malicia.

"Afortunadamente el sonido de un martilleo procedente de la parte de debajo de la casa me sacó de mi pesadilla. Me senté en la cama con la pesadilla todavía en la cabeza, estaba bañado en sudor y me froté la frente para impedir que las gotas de sudor me cayeran a los ojos.

"Recuerdo quedarme sentado allí durante un momento inseguro de si los martillazos formaban parte o no de mi sueño, o es que la realidad había venido a salvarme de mi noche de terror. Esperé solo para estar seguro. Entonces escuché el sonido una vez más. Por un segundo pensé que podría ser la chica que había regresado. Golpeando la puerta de la galería con todas sus fuerzas, preparada para hacerme de nuevo bailar. Pero esta ve el sonido se parecía más al metal cuando lo golpean mas que a un puño golpeado la madera. También parecía menos urgente de lo que había oído hacía unas horas.

"La luz del amanecer que iluminaba mi habitación desde detrás de las cortinas me dio valor. Así que yo necesitaba desesperadamente saber más. Si iba a volver a vivir lo que había vivido la noche anterior, al menos me reconfortaba la máxima de que todo parece estar más en su sitio por la mañana. Me deslicé fuera de la cama apresuradamente, antes de coger mis llaves de la mesita y dirigirme a la parte de debajo de la casa.

"Cuando estaba a medio camino, me di cuenta de que algunas de las luces de abajo estaban encendidas. Sospeché que el señor Jarrow había hecho una visita a la habitación del generador esa mañana y yo inmediatamente me sentí agradecido por su intervención.

"Oí otra vez el golpeteo. Esta vez estaba lo suficientemente cerca como para ver que procedía de la puerta principal de la casa, y recordé que había una aldaba de latón con la forma de un león o un lobo o un animal de ese tipo, que había visto en la puerta cuando vine a la casa la primera vez con Peterson.

"Abrí la puerta con la llave y la empujé para encontrar a la señora Jarrow ahí fuera con un abrigo de lana y una bufanda, con una cesta de mimbre bajo el brazo cubierta con un paño que protegía su contenido. Cuando me vio, no estoy seguro de si notó mi cara de alivio al verla, porque su expresión parecía más de vergüenza que de otra cosa."

"Siento haberle molestado, señor, pero ya había llamado antes a la puerta y supuse que estaría dormido, así que pensé en dejarle dormir un poco mas y volver más tarde."

"Miré mi reloj, ya eran más de las once. Obviamente había dormido más tiempo del que yo pensaba, después de todo."

"La invité a entrar, al calor de la casa, y le pregunté donde estaba su marido. Ella me dijo que estaba recogiendo algunos troncos más para almacenarlos junto a los que ya había en la choza, y había venido a traerme el desayuno como solía hacer con mi pariente lejano."

"A mi marido y a mi nos han pagado hasta final de mes así que queremos asegurarnos de ganarnos el sueldo y no estábamos seguros de que tareas querría usted que nos encargáramos mientras esté aquí."

"Debo admitir que me atraía muchísimo la perspectiva de sentarme ante un desayuno recién hecho, así que le agradecí su amabilidad y la deje que fuera a la cocina mientras yo iba al coche a coger la maleta para cambiarme de ropa.

"Me di un baño, el agua no estaba tan caliente como a mi me hubiera gustado, pero lo achaqué a que el generador llevaba solo unas horas funcionando ya que había estado apagado durante casi toda la noche. De todas formas, el baño me hizo sentir muy bien, y saqué toda la ropa de la maleta para decidir que ponerme, y entonces colocar el resto en el armario y en la cómoda de mi habitación.

"Desde luego la señora Jarrow sabía como llegar al corazón de un hombre. El desayuno que ella había preparado apenas cabía en el plato, tuve que comerme los últimos bocados sin ya tener hambre para no parecer desagradecido.

"Cuando ella regresó para llevarse los paltos sucios, le pregunté si le apetecía tomarse un café conmigo. Me di cuenta de que se sintió incomoda ante mi propuesta, por alguna razón, la señora Jarrow pensaba que había que mantener las distancias entre el jefe y los empleados y bajo aquellas circunstancias, naturalmente ella me veía como a un jefe. Así que le expliqué que quería saber cosas sobre mi benefactor y sobre la casa solariega. Cuando le mencioné aquello, ella pareció relajarse, casi esbozó una sonrisa y fue a la cocina a traer los cafés.

"En ese momento yo no estaba seguro de si sería prudente mencionarle lo de mi visitante de la noche anterior. Ya tenía varias teorías rondándome por la cabeza concernientes a la muchacha. Pensé que quizás podría haber sido una de las trabajadoras de mi benefactor y que su aparición de anoche había sido programada. O quizás ella solo fuera un familiar, uno que pensaba que le correspondía mi herencia y había venido a desmostarme lo injusta que era la situación.

"Debo confesar que bajo la luz del frío día, no me ocurrió que ella pudiera ser un fantasma. No era porque yo no fuera de los que creían en esos fenómenos, solo era el hecho de que yo pensaba no creía que eso le pudiera pasar a alguien como yo. En mi mente los fantasmas eran visiones en blanco y negro que llevaban cadenas y que merodeaban castillos y cosas así. Tenía un compañero de trabajo en el banco cuyo tío había sido alabardero de la torre de Londres y el aparentemente había visto el fantasma de Ana Bolena en varias ocasiones caminando por los jardines con la cabeza bajo el brazo. Eso no me pareció algo descabellado y no tuve motivos para dudar de dicha aparición. Pero mi visitante parecía tan real, y en absoluto daba tanto miedo, dejando mi sueño aparte, como yo creía que eran los fantasmas.

Jonathan hizo una pausa y suspiró.

"Parece algo extraño dicho en voz alta ahora que lo pienso. De todos modos, en ese momento yo estaba más interesado en aprender cosas sobre la casa y me pariente, que por una pobre chica caminado de madrugada en aquel estado en el que se encontraba. Dicho eso, cuando la señora Jarrow volvió con el café, durante nuestra conversación le pregunté si conocía a algún familiar que hubiera visitado a mi pariente de cuando en cuando."

"Visitas, no, no me viene ninguna a la cabeza me temo. Si me permite decirlo señor, su primo era un poco huraño, espero que no le moleste. El tenía unos hábitos y nunca se salía de ellos, que yo sepa.

"Le sugerí que el debió de haber vivido una existencia muy solitaria si nunca salía de la casa, y nunca invitaba a nadie a que viniera."

"Oh, el tenía por costumbre visitar un pub de la ciudad no lejos de aquí casi todos los días después de la comida. Mi marido le veía por allí a menudo, pero incluso entonces, el solo le saludaba con la cabeza y mi marido decía que el nunca se atrevió a ir a sentarse con el porque sentía que su compañía no era bienvenida. Pero como digo, el siempre se atenía a sus costumbres, como mucha gente lo hace y diría que el prefería estar solo.".

"Le pregunté si el había estado casado, que ella supiera, y la señora Jarrow admitió que nunca habían hablado sobre ese tema, y que ella no se hubiera sentido cómoda curioseando en su pasado de esa manera. Pero me confirmó que ella nunca había visto ninguna evidencia de que alguna mujer hubiera vivido en la casa, ni siquiera una vieja fotografía."

"Hay algunos viejos cuadros arriba, en una de las habitaciones, y ahora que lo pienso, uno de ellos es un retrato de una señora joven. Recuerdo que lo vi cuando les estaba sacando el polvo. No estaba cotilleando ni nada, ya sabe, su primo lejano era muy particular, sobre ciertas cosas que el quería que se hicieran. Así que vi esa pintura por casualidad."

"Le agradecí al ama de llaves su sinceridad, y también por el desayuno que había preparado. Entonces me preguntó si me parecía bien que ella siguiera con las tareas generales de cuidado y manteamiento de la casa; barrer las cenizas de la chimenea, poner mas madera y más leña, recoger la cocina y asegurarse de que había vajilla suficiente en los armarios de la cocina, limpiar el baño y hacer la cama.

"Le aseguré que siempre que le hiciera feliz continuar con sus quehaceres, le estaría muy agradecido. Le mencioné el estado de mi ropa de cama después de mi pesadilla, aunque no entre en detalles sobre el contenido de esta. La señora Jarrow me contestó que ella se llevaría la ropa de cama para lavarla en su casa y la traería mañana. Mientras tanto, me informó, que ella tenía varios juegos de ropa de cama de repuesto en previsión de mi llegada. Ya que Peterson no le había especificado cuanta gente iba a venir. Por la tanto, volver a hacer la cama no sería un problema.

Justo entonces llamaron a la puerta de la galería. Durante un segundo me transporté a la madrugada pasada y a mi visitante indeseado. Sentí que un escalofrío me recorría el cuerpo, como si alguien acabara de caminar sobre mi tumba, estaba muy feliz en ese momento de tener compañía con la señora Jarrow y por la luz del día que podía ver tras la ventana."

"Ese debe ser el señor Jarrow que viene a por su té del mediodía, ¿si me disculpa señor?

"No le pude transmitir a la señora Jarrow lo reconfortantes que me sonaron sus palabras en ese momento, por miedo que me tomaron por un colgado. Me sentí visiblemente relajado cuando mencionó la llegada de su marido Como si fuera algo cotidiano. Mi ultima experiencia de oír golpear esa puerta estaba muy lejos de ser algo cotidiano. Dejé que se marchara a ver a su marido y subí al piso de arriba para completar mi aseo matinal.

"Regresé a la parte de abajo de la casa, después de escoger la ropa que me iba a poner para ese día. Tenía la intención de bajar a la ciudad y hablar con Peterson una vez más. Se me ocurrió que como albacea de mi benefactor, podría ser la única persona que supiera de alguien más que quisiera reclamar la herencia, tanto si era otro pariente como si no.

Llegados a este punto yo ya me había convencido de que en la escena de la película donde desaparece la chica no había nada espectral y mi sospecha inicial fue que ella simplemente se había escabullido por la parte trasera del edificio mientras yo estaba entretenido buscando a sus perseguidores, lo que era la respuesta más obvia.

"Fui a la galería, donde el señor Jarrow estaba disfrutando de su té de media mañana, acompañado de una grande porción de pastel de frutas. El se puso en pie, arrastrando la silla al verme, así que yo le hice una señal para que se sentara. Debo decir que me sentía bastante incomodo por la forma en la que me trataba la pareja, respecto a que ellos insistían en comportarse como si fueran mis sirvientes.

Naturalmente yo comprendía que, al ser el dueño de la casa y su arrendador, para ellos yo era a todos los efectos su jefe de hecho. Pero me hacía sentir muy incomodo que me trataran como a alguien superior, sobretodo gente que eran mayores que yo, ya que yo siempre he respetado a mis mayores.

"Jarrow estaba obviamente incomodo ante la perspectiva de tomarse su tentempié de media mañana delante de mí así que le anime a que continuara. Su esposa abrió una gran bandeja redonda de hojalata que estaba todo el rato encima de la mesa y me ofreció un trozo del mismo pastel de su marido. Decliné la invitación amablemente porque estaba lleno a causa del magnífico desayuno que ella me había preparado antes, no sin antes comentar lo delicioso que parecía ya que yo sospechaba que lo había hecho ella misma.

"Le mencioné que iba a ir en coche a la ciudad y Jarrow se levantó de un salto inmediatamente una vez más y me ofreció ir el en mi lugar para ahorrarme el viaje. Le agradecí su amable oferta, pero le expliqué que tenía que ver a Peterson para unos documentos que necesitaba. Decidí que era mejor en ese momento embellecer un poco la verdad para no parecer desagradecido.

"Como no iba manera de telefonear para avisar de que iba a ir a la oficina me esperaba una fría bienvenida por parte de la secretaria de Peterson, ya que no había pedido cita. Así que resigné a la posibilidad de que cuando yo llegara, tendría que concertar una cita si el albacea ya estaba reunido con algún cliente. Ante esa perspectiva prefería no pasar más tiempo del estrictamente necesario en la sala de espera bajo la mirada de desaproba-ción de su secretaria.

"Para cuando yo salí de la casa ya era primera hora de la tarde, y el sol de otoño estaba en todo su apogeo, trayendo consigo una bienvenida cali-dez. Al aproximarme al cambio de rasante de la hace viudas me ceñí al proceso que me habían enseñado, y esta vez no hubo ningún contra-tiempo. Tarde poco tiempo en llegar, incluso conseguí encontrar plaza de aparcamiento a poca distancia de la oficina de Peterson.

"Por suerte su secretaria no estaba por ninguna parte cuando entre por la puerta. Podía oír la voz de Peterson que provenía de su oficina, así que caminé hasta la puerta y me quedé ante ella mientras terminaba de hablar por teléfono. Llame a la puerta cuando el colgó el auricular. Peterson se levantó y me invitó a pasar como hizo la otra vez."

"Pase por favor, señor Ward, ¿Cómo se encuentra en la casa? ¿están los Jarrow cuidando de usted?

"Le informé con mucho gusto de que los Jarrow estaban atendiendo todas mis necesidades, y una vez que terminamos con las frases de cortesía de rigor, le pregunté directamente si el conocía, algún otro miembro de la familia o cualquier otra persona que no perteneciera a la misma que pudiera reclamar mi herencia. Me di cuenta por la expresión de perplejidad en su cara que mi pregunta le había descolocado."

"No estoy seguro de si le entiendo, señor Ward, ¿alguien le ha dicho algo?

"Yo ya había decidido que no le contaría nada acerca de mi visitante a el albacea, al menos de momento. Así que hice el comentario casual de que no había conocido a mi primo lejano, no tenía ni idea de si pudiera quedar algún familiar cercano que saliera de la nada para reclamar la casa. No estaba totalmente convencido de que el señor Peterson creyó mi explicación, pero aun así el me aseguró que por el que el sabía tal persona no existía.

"Sin embargo el aprovechó la oportunidad para mencionar el hecho de que el tenía un grupo interesado que estaba dispuesto a pagarme un buen precio por la casa y las tierras que venían con ella. Pero le expliqué una vez más que no iba a tomar una decisión en firme hasta hablarlo con mi esposa primero.

"Cuando dejé la oficina de Peterson me dirigí hacia la calle principal de la ciudad donde encontré una ferretería, allí compré una buena linterna y baterías de repuesto por si el generador de la casa fallaba otra vez. Me di una vuelta por la ciudad, un rato, disfrutando del buen tiempo. A lo largo de la carretera principal descubrí varios restaurantes que imaginé que Jennifer querría visitar cuando viniera. El pensar en leer los menús desde fuera y decidir con excitación que era lo que ella iba a pedir, me hizo echarla de menos aún más, y deseé que ya fuera la hora de llamarla.

"Decidir matar el tiempo tomándome una cerveza en uno de los pubs de la ciudad. Encontré uno que estaba más apartado del bullicio de la calle principal, pero no tanto como para no oír el tráfico. El bar era especialmente pequeño, y en Londres hubiera parecido un poco claustrofóbico. Pero en esta ciudad rural parecía encajar como anillo al dedo.

"Me percaté de que servían la mima marca de cerveza local que había probado en el hotel durante mi primera noche en la ciudad, así que pedí una cerveza y cogí un periódico de la ciudad de una pila que había cerca de la puerta. Me senté en una mesa que estaba en una esquina, al lado de la ventana, para poder ver a los transeúntes mientras yo disfrutaba de mi bebida.

"Por pequeño que fuera el pub, resulta que servían comida caliente tanto para comer como para cenar. Pero yo apenas miré el menú ya que estaba lleno por el desayuno que me había preparado la señora Jarrow. Fui pasando las paginas de mi periódico, apenas medio leyendo un par de artículos mientras iba dándole sorbos a mi vaso de cerveza. Decidí que las vistas que tenía en la ventana eran mucho más interesantes. El pub daba a lo que parecía ser una iglesia medieval por la parte trasera, desde donde yo estaba sentado, era posible apreciar la increíble belleza de su estructura en todo su esplendor. El sol estaba empezando a esconderse, y su luz se reflejaba en las vidrieras de las ventanas de la iglesia. Fue justo en ese momento cuando recordé que Peterson mencionó que mi pariente lejano fue enterrado en la tumba de una iglesia de la ciudad, me pregunté si podría tratarse de esa misma iglesia que yo estaba mirando. Se me ocurrió que debía al menos presentar mis respetos a su tumba, al fin y al cabo, aunque no nos conocimos, el me legó todos sus bienes. Pero yo no quería parecer un ogro con una curiosidad mórbida buscando entre las tumbas con mi linterna durante el crepúsculo, intentando localizar la tumba correcta.

"Decidí que iría una mañana temprano a la ciudad, para tener la oportunidad de visitar la tumba tranquilamente.

"Después de acabarme la cerveza, llevé mi vaso vacío a la barra, y le felicité al dueño por la calidad de la cerveza. El me informó que era su marca favorita; tanto que también la vendía en botellas para llevar, así que no pude resistirme a llevarme varias botellas.

"Aun tenía tiempo libre antes de llamar a Jennifer, así que volví a la tienda donde había comprado mis provisiones el día anterior y me compré algunas cosas para la cena.

Mientras tanto vi que en la tienda tenían a la venta un transistor, el pensamiento de poder escuchar una música tranquila mientras cenaba fue irresistible.

"Llevé mis compras al coche, las metí en el maletero, y cerré el coche. Mientras se acercaba la noche me empecé a preguntar si me esperaría otra noche, o mejor dicho, madrugada despertándome todo el tiempo a causa de mi visitante indeseado. Quizá solo fue una coincidencia, pero se empezó a levantarse viento mientras regresaba hacia mi coche. A menudo me he preguntado si ¿esa racha de viento frío que me atravesó el cuerpo fue el resultado de que el sol ya prácticamente se había ocultado y fue a causa de la subsiguiente caída de la temperatura o era meramente la inconsciente perspectiva de volver a la casa yo solo, en la oscuridad que de repente había causado mella en mi resolución.?

9

"El oír a mi esposa al teléfono fue la cura para mi melancolía. La dejé hablar sobre todos los contactos que ella estaba haciendo gracias a su última sesión de fotos, y lo bien que se lo estaba pasando diseñando alguno de los bocetos. Al parecer el articulo para el que estaban haciendo fotos iba dirigido a una generación más joven, y su padre había dado un paso atrás y había permitido a Jennifer dirigir el proyecto, y el estaba haciendo de su ayudante, lo que a ella también le encantaba.

"Jennifer parecía estar de tan buen humor y tan llena de vida que no tuve el coraje de explicarle mi preocupación sobre el visitante. En vez de eso le conté lo bien que los Jarrow cuidaban de mi, y que pensé que sería apropiado encontrar la tumba de mi primo lejano para ir a presentarle mis respetos. Jennifer estuvo de acuerdo en que eso era lo que debía de hacer, y me reiteró lo mucho que deseaba estar conmigo. Yo sabía lo que le dolía no poder ver la casa y todo lo demás, yo la echaba a ella de menos incluso más que ella a mi, Pero por otro lado estaba preocupado por la chica de la noche pasada y la perspectiva de su regreso.

"Ya estaba pensando que ella podría tener algún tipo de desorden mental, y aunque no me hizo ningún daño, no quería poner a Jennifer en peligro, aunque fuera una posibilidad muy remota.

"Mientras estábamos al teléfono hice una nota mental que si la chica aparecía esa noche, iba a enfrentarme con ella e intentar averiguar que era lo que ella quería exactamente. Si resultaba estar chalada de alguna manera, tenía la intención de comunicárselo a la policía a la mañana siguiente y dejar que intercedieran como según ellos vieran conveniente.

"Dicho esto, había todavía una parte de mi que no pensaba honestamente que ella quisiera hacerme ningún daño. Recordé sus bonitos ojos azules, y la mirada de profundo terror que tenía en los ojos. La manera en la que ella había suplicado mi ayuda y la urgencia en su voz me convenció de lo genuino de sus problemas. ¡Hasta que desapareció!, lo cual, de nuevo, yo ya había determinado que ella probablemente salió corriendo mientras yo estaba de espaldas a ella.

"Pero si ese fuera el caso, ¿entonces de donde venía esa canción?, por no mencionar ese horrible grito.

"¿Hola, estás ahí?".

"El sonido de la voz de Jennifer me sacó del trance y me trajo de vuelta a la realidad, ella obviamente se había dado cuenta de que mi falta de respuesta se debía a que ya no le estaba prestando atención. Me disculpé, profusamente y ella se rió por la manera en la que me arrastré para pedirle perdón. Puse una excusa diciendo que la puesta de sol en la ciudad me había cautivado tanto que por un segundo me había despistado. Solo era una pequeña mentira inofensiva y no me sentí culpable por decírsela. De todas formas ¡no le podía decir a Jennifer la verdad!

"Cuando ya me quedaba poco dinero suelto para la cabima, y Jennifer me prometió que en cuanto terminara la sesión de fotos ella vendría con el primer tren. Hice una nota mental para localizar la estación, para poder ir así a esperarla cuando ella llegara.

"Salí de regreso a la casa, y llegué en poco tiempo y sin incidentes. Ya entendía por que a la gente de la ciudad le preocupa tanto esa abrupta curva, casi cubierta por el follaje, a continuación de un cambio de rasante. Pero aun así pensaba que el nombre era un tanto exagerado, y me preguntaba, si de verdad habría ocurrido algún accidente mortal allí.

"Aparqué fuera de la casa como la noche anterior, descargué mis ultimas compras y las llevé dentro. Una vez más tenía una nota de la señora Jarrow esperándome en la mesilla del recibidor. Esta vez ella me informó de que había hecho sopa para ella y su marido, y que me había dejado un cuenco encima de la estufa, listo para calentar. Ella también había puesto troncos nuevos en todos los hogares que yo había usado la noche pasada, y me había hecho la cama con ropa de cama limpia y una funda limpia para la almohada. Su marido había comprobado el generador y ella me escribió que esperara que funcionara durante el resto de la noche. No estaba seguro de cuanto mi pariente lejano les habría pagado a la pareja, pero ellos desde luego se estaban ganando el sueldo por lo que a mi respecta.

"Accioné uno de los interruptores de la luz, y esta se encendió inmediatamente. Respiré aliviado, al menos durante un tiempo. No tendría que confiarlo todo a mi nueva linterna para poder ver por donde iba. Cogí la comida que había comprado en el supermercado y la cerveza, la llevé a la cocina y destapé el cazo de sopa que la señora Jarrow había dejado para mi. La olí profundamente, y el aroma a tomate, ajo, perejil y albahaca me despertó los sentidos. Inmediatamente mi estomago empezó a quejarse. Por pura casualidad había comprado unos panecillos crujientes en la ciudad, que complementarían a la sopa perfectamente. ¡Ahora estaba deseando tomarme la sopa!

"Primero decidí ir a la parte de arriba de la casa y encender la luz de mi habitación. Como me habían prometido me habían hecho la cama con lencería limpia, y también me di cuenta por el olor a flores de cerezo en el ambiente de que la señora Jarrow había echado ambientador para combatir el olor a sudor de las sabanas a causa de la noche anterior.

"Una vez que encendí el fuego, destapé las sabanas y las mantas para permitir que el calor penetrara en la cama. Me pregunté si mi benefactor tendría algún tipo de bolsa de agua caliente, o quizás un viejo y pasado de moda calientacamas, y decidí que buscaría en la parte de abajo por si hubiera alguno.

"Cuando estaba a punto de descender por las escaleras recordé la conversación con la señora Jarrow esa mañana que me nombró algo sobre unos cuadros y que había un retrato de una chica joven junto a otros apilados contra una pared en una de las habitaciones. Me dirigí por el pasillo hasta que encontré la habitación en cuestión y entré para investigar.

Justamente la luz no funcionaba en esa habitación, y yo no tenía ni idea de si habría alguna bombilla de repuesto en la casa, bajé para coger mi linterna. Una vez que había vuelto a la habitación, dejé la linterna encima de la cama para que iluminara lo máximo posible la habitación, y empecé a coger los cuadros cuidadosamente y a colocarlos de uno en uno alrededor de la habitación para poder tener una mejor vista de cada uno.

"Habría unos quince o así, y aunque no soy un experto creo que estaban pintados al oleo. Un par de ellos eran sobre la casa, pintada desde diferentes ángulos. Otros eran de caballos y en un par de estos también salían carruajes, en el fondo también salían unos mozos de cuadra ahí de pie prestando atención. Había un par de retratos solo de hombres, en algunos solo salía uno y en otros salían en grupo y eran de distintos tamaños. Pero sin embargo no había ninguno en el que saliera la chica. De hecho, no salía ninguna mujer, lo que debo admitir me pareció un tanto extraño. ¡Sobretodo al decirme la señora Jarrow que había visto una en uno de los cuadros!

"Descubrí que al otro extremo de la habitación había un marco vacío apoyado contra la ventana, y me pregunté si alguna podría haber albergado el cuadro al que se refería la señora Jarrow. Si así era, podría significar que podría haberse dañado o destrozado de alguna manera, lo que explicaría que no estuviera junto a los demás cuadros.

"Me di la vuelta un tanto decepcionado para salir de la habitación, cuando descubrí en una esquina un marco de tamaño mediano con unos esplendidos adornos de madera tallada, apoyado contra la pared. Lo cogí y le di la vuelta, solo para descubrir que era un espejo, miré el cristal por si tuviera alguna raja, pero no tenía ninguna. Así que le di la vuelta para comprobar si estaba bien fijado por detrás y efectivamente si que lo estaba.

"Decidí llevármelo a la parte de abajo conmigo, ya que me pareció recordar que la noche anterior me fijé en que había una marca de un marco en la pared encima del hogar. El espejo encajaba perfectamente, de hecho, cuando inspeccioné el espacio encima de el hogar mas de cerca, parecía como si algo de ese mismo tamaño hubiera estado ahí colgado una vez. Después de colgar el espejo retrocedí unos pasos para admirarlo. Decidí que era el complemento perfecto para la habitación.

"Antes de disponerme a cenar, me pasé diez minutos o así buscando en vano algún tipo de calienta camas. Al final me rendí, ya que ahora el hambre me estaba matando. Por lo tanto, volví a la cocina a por mi sopa. Cuando llegué allí, lago en mi interior me dijo que comprobara si la señora Jarrow había cerrado la puerta de la galería, aunque la razón y la cordura calmaban contra dicha acción, ya que no había ninguna razón plausible para sospechar que alguien que había estado cerrando esa misma puerta noche tras noche durante más años de los que yo podía recordar, olvidara hacerlo de repente. Pero sin embargo la razón y la cordura no hicieron la fuerza suficiente para impedirme comprobar la puerta.

"Por supuesto, cuando traté de girar el pomo, la puerta estaba cerrada. Sintiéndome un poco estúpido, y culpable a partes iguales por cuestionar la responsabilidad de la señora Jarrow para con sus tareas. Saqué mis llaves y abrí la puerta, solo para probarme a mi mismo que era seguro hacerlo. Debo de admitir que al empujar la puerta había medio esperado ver a la joven señora en el umbral, pero para alivio mío no había nadie.

"Crucé el umbral de la puerta y me quedé fuera durante unos instantes, respirando el aire de la noche y mirando el oscurecido paisaje. La luna estaba empezando a aparecer en el cielo nocturno, aunque esa noche se escondía tras algunas nubes. Tomé varias bocanadas de aire profundamente y escuché el sonido de las criaturas nocturnas.

"Sin embargo, curiosamente no pude escuchar ninguna. Ni tan solo un pájaro o un murciélago o un búho, ni siquiera un perro en la distancia. De hecho, el único sonido que pude oír, fue el del viento meciendo las ramas de los arboles que tenía a mi alrededor.

"Después de un tiempo, volví a la cocina y me preparé la cena, me llevé la sopa arriba y me senté una vez más en el sillón donde me había quedado dormido la primera noche. La sopa estaba deliciosa, e hice una nota mental para agradecérselo a la señora Jarrow al día siguiente.

Me llevé el cuenco de sopa vacío a la cocina, y me hice un sándwich de jamón y queso con el pan que había comprado en el supermercado. Me lo llevé arriba con un par de las botellas de cerveza que había comprado, y me senté frente al fuego.

"Puede sintonizar en mi transistor una emisora local que esta retransmitiendo un concierto en directo de música clásica. Cuando iba por el final de la segunda botella de cerveza, se me cerraban los ojos de sueño. Pero decidí que, ya que el fuego todavía ardía, esperaría un poco antes de irme arriba. Cerré los ojos para concentrarme en el concierto- la música sincronizaba perfectamente con el ocasional crac de los troncos al quemarse- y en cuestión de minutos me quedé dormido.

"Me desperté sobresaltado. Había oído algo, pero no estaba seguro de lo que era, no siquiera si lo había oído en mis sueños. Me quedé ahí al confort de mi sillón, mientras intenté distinguir los sonidos que pululaban por el aire. La emisora que yo había estado escuchando obviamente había cerrado su emisión durante el resto de la noche, así que me incliné y apagué el bajo zumbido que provenía del altavoz.

"El fuego casi se había apagado, aunque todavía quedaban algunas llamas que lamían lo que quedaba de los troncos. Como me había imaginado las luces se habían apagado una vez más, y fue entonces cuando recordé que había dejado mi linterna arriba. Estaba agradecido por la débil iluminación que me ofrecían las llamas restantes. Algo es mejor que nada, pensé mientras me iba de camino a la cama.

"Frotándome los ojos, coloqué las manos en los brazos del sillón y me obligué a levantarme. ¡Allí reflejada en el espejo que acababa de poner encima del fuego, estaba loa chica joven!

"Llevó uno segundos que mi cerebro medio dormido registrara lo que mis ojos habían presenciado, e incluso entonces, no podía creerlo. Me di la vuelta tan rápido que por poco pierdo el equilibrio y me caigo al suelo. ¡Cuando levanté la vista la chica había desaparecido!, me di la vuelta lentamente para mirar el espejo, temiéndome por un momento que tuviera el poder de reflejarse en el espejo sin estar realmente ahí delante de este, pero cuando miré, todo lo que vi fue mi propia cara expresión de sorpresa que me devolvía la mirada.

"Me dejé caer en el sillón agarrándome al cabeza con las manos. No podía creer que mí cerebro funcionara correctamente. Había visto el reflejo de la muchacha- no había duda de ello. Pero al mismo tiempo. ¿Cómo ha podido hacerlo si no estaba allí? Pensé que era mi imaginación. Quizás la combinación de estar en una casa extraña, el incidente de la noche anterior, el hecho que echaba de menos a mi esposa desesperadamente, aunque odio admitirlo, quizás había subestimado la fortaleza de la marca de cerveza local.

"Además de todo eso, desde el incidente de anoche la chica no se me había ido de la cabeza durante todo el día. Por lo tanto, no era descabellada la posibilidad que mi subconsciente hubiera continuado imaginándola mientras dormía.

Pero no estaba dormido cuando la vi- ¡estaba totalmente despierto!, ¿o no? Quizás estaba atrapado en el limbo entre los sueños y la vida real donde yo creía realmente haber visto su reflejo en el espejo.

"¡Justo entonces oí un sonoro golpe que provenía de la dirección en la que estaba la galería! ¡Tenía que ser ella simplemente sabía que era ella!

"Me puse en pie, las piernas me temblaban como un flan y tropecé con el sillón mientras me dirigía a la galería. El corazón me latía tan fuerte que podía sentirlo en mis oídos. Pensé en subir para coger mi linterna, lo que de lejos hubiera sido lo mas sensato que hacer. Pero en ese momento algo en mi interior estaba pidiéndome que abriera la puerta.

"Un pensamiento repentino me cruzó por la mente. ¿Había cerrado la puerta de la galería después de salir afuera antes? Dejé caer el brazo y sentí el manojo de llaves en el bolsillo de mi pantalón. Debí de haberla cerrado seguramente. ¡Pero tal hubiera sido la ironía el hecho que yo había abierto la puerta para comprobar si el ama de llaves la había cerrado para luego haberla dejado abierta después!

Los portazos sonaron otra vez. Esta vez mucho más fuertes, con el mismo tipo de urgencia que la noche anterior. Instintivamente me di la vuelta y empecé a dirigirme hacia la cocina lentamente. El hecho de yo no ni siquiera tenía una vela para iluminarme no me era completamente ajeno. Pero algo dentro de mi me guiaba. Era como si yo tuviera que contestar pasara lo que pasara.

"Rodeé la mesa de la cocina a tientas y entré en la galería. Como la otra vez no pude ver ninguna sombra tras el cristal congelado de la puerta trasera, y por un momento mi corazón se llenó de jubilo ante la posibilidad de que nadie estuviera ahí. Ese momentáneo momento de euforia fue muy corto ya que los portazos continuaron, haciendo una vez más que la puerta temblara en su marco.

"Esta vez no me molesté en llamar. En vez de eso, conseguí abrir la puerta, cogí el pomo lo giré y la empujé para abrirla.

"Allí estaba ella otra vez, de pie ante mi puerta. Todavía llevaba el vestido con motivos florales, su precioso pelo brillando a la luz de la luna y con esos ojos verdes penetrantes pidiéndome ayuda. Le grité, pidiéndole saber que quería de mi. Pero lamenté mi acción casi inmediatamente. Ahora me daba cuenta al verla en carne y hueso que no tenía corazón para ser maleducado o abrupto con ella. Ella parecía tan vulnerable, asustada y en necesidad de protección. Por un segundo pensé en cruzar el umbral de la puerta y cogerla entre mis brazos para asegurarle que cuidaría de ella. Pero en vez de eso me quedé ahí parado, esperando.

"Como la noche anterior, ella se giró hacia su izquierda y señaló hacia la oscuridad. Ya sabía lo que pasaría después y efectivamente sí sucedió.

"Están intentando robarme a mi hijo. Por favor, no deje que se lo lleven"

"Las mismas palabras dichas en el mismo tono de súplica que me había derretido el corazón la primera vez que la oí pronunciarlas la noche anterior. Una vez más yo salí y miré hacia donde ella había señalado. Pero esta vez me aseguré de seguir viéndola de reojo. No iba a permitir que me hiciera bailar toda la noche como la noche pasada. Otra vez, no había nadie que viniera a por ella desde ninguna dirección que yo pudiera ver. Me di la vuelta para mirarla de frente, aliviado de al menos ella todavía seguía allí y no había intentado escabullirse sin que yo no me diera cuanta.

"Desde la distancia ella parecía incluso más asustada. Su cara angelical albergaba una expresión de terror, incluso aunque no tenía motivo, al menos que yo supiera. La mire fijamente a los ojos. A la luz de la luna sus ojos parecían tener el poder ver a través de mi. Era casi como si ella pudiera ver lo que sucedía detrás de mí sin saber realmente que yo estaba ahí.

"Le pregunté directamente de quien huía, y le dije, tan calmadamente como pude que nadie la estaba siguiendo. Pero ella seguía manteniendo la mirada fija al frente.

"Una pequeña y suplicante mirada de niña que no pude evitar permitir que me tirara del corazón. Estaba a punto de preguntarle si quería pasar adentro, cuando detrás de mí, de repente, pude oír el sonido de una música procedente del clavicémbalo en la habitación musical."

10

"Instintivamente me di la vuelta hacia la dirección de la que provenía la música. La melodía me era muy familiar, aunque al principio, no pude ubicarla. Pero cuando me concentré un poco más, me vino a la cabeza. Era la misma canción que había escuchado la noche anterior.

Me di la vuelta para colocarme de frente a la mujer, ¡pero se había ido!

"Miré a mi alrededor frenéticamente, intentando ver hacia donde se podía haber esfumado. Al menos sabia que esa vez no tuvo tiempo de poder escabullirse en la casa ya que yo me encontraba bloqueando el camino. Decidí que fuera lo que fuera a lo que estaba jugando, yo no le iba a seguir el juego- esa noche no.

"Cerré la puerta de un portazo y giré la llave en la cerradura para asegúrame de que estuviera bien cerrada. Salí de la galería y me dirigí hacia la puerta de la cocina. Me quedé ahí durante un momento, escuchando la dulce melodía que flotaba por toda la casa. La interpretación era perfecta; no se como describirlo de otra manera. Era casi como si el músico estuviera tocando apenas las teclas y fuera un verdadero maestro de la música.

"Pasado un momento caminé por el pasillo hacia la habitación musical, forzando los ojos para acostumbrarlos a la oscuridad. El destello de luz que proveniente del fuego se había apagado, lo que era de esperar considerando que los últimos troncos ya estaban casi gastados cuando yo había abandonado la habitación. Cuando llegué a la puerta de la habitación musical estiré la mano para agarrar el pomo de la puerta; y me quedé paralizado. Lo de la muchacha de afuera era una cosa. Ella era real y estaba viva, ya la había visto dos veces, pero ¿Cómo podía haber alguien más estar en la casa sin yo saberlo? ¿Quién era posible que estuviera tocando al otro lado de la puerta de madera?

"Acerqué la oreja contra la puerta. No estoy seguro que era lo que quería escuchar; quizás una voz familiar o una voz reconfortante. Quizás de alguna manera Jarrow o su esposa había entrado en la casa mientras yo estaba atendiendo a la puerta de la galería, porque esta era la época del año en que uno de ellos afinaba el clavicémbalo para mi familiar muerto. Pero sabía en el fondo de mi corazón que simplemente me estaba aferrando a falsos indicios. Quien fuera o lo que fuera que hubiera tras la puerta era alguien o algo a lo que me tenía que enfrentar y pedirle explicaciones de lo que estaba ocurriendo.

"Permanecí preparado para realizar mi ataque. El sonido de la música parecía penetrar de tal manera a través de la puerta que se filtraba por toda la casa como si estuvieran tocando en todas las habitaciones simultáneamente. Giré el pomo de la puerta lentamente, con cuidado de no hacer ningún ruido que alertara a mi intruso. Se me ocurrió que debería de tener algún arma a mano, pero era demasiado tarde para soltar el pomo lo que haría que la puerta crujiera perdiendo mi ventaja de la sorpresa.

"Abrí la puerta. En ese mismo instante la música paró, dejando la ultima nota flotando en el aire como si de algún modo fuera reacia a extinguirse. Corrí hacia el clavicémbalo, pero me di cuenta antes de llegar de que no había nadie sentado en el taburete. Más aún cuando miré descubrí que la tapa estaba protegiendo las teclas, por lo tanto, nadie podría haber estado tocando el instrumento. Llevaba escuchando tocar ya varios minutos, entonces, ¿de donde procedía la música?

"Justo entonces empezó a sonar la canción. La misma bonita voz que había oído la noche anterior siguió donde la música procedente del clavicémbalo lo había dejado. Una vez más el sonido parecía penetrar por toda la casa y hacia eco en todas partes a mi alrededor. Me sentí como si realmente me hubiera vuelto loco. Escuché durante un momento, ensimismado en la canción como antes, porque, aunque yo no había oído la canción desde la noche anterior era casi como si la hubiera estado escuchando durante toda mi vida. Lograba capturar mi cuerpo, mi alma, estaba perdido en un ensueño que me daba la sensación de estar avanzando a través de un túnel que guiaba hasta quien sabe donde.

"Un repentino estrepito en la parte de arriba me hizo recobrar los sentidos. Salí corriendo de la habitación hacia el pasillo. Cuando llegué al final de las escaleras, miré hacia arriba, pero estaba demasiado oscuro para vislumbrar alguna sombra. Me quede ahí parado un momento intentando concentrarme en el reloj de pie del final de las escaleras, pero estaba demasiado oscuro incluso para eso. De repente me di cuenta de que la canción había parado de sonar y el único ruido que podía oír era el débil ruido del tic-tac de dicho reloj.

"Lentamente empecé a subir las escaleras. Pensé en todo lo que había pasado, todavía había alguna posibilidad de que el estrépito que había oído fue el resultado de un inocente suceso. Quizás algo sobresalía en exceso de alguna estantería sin haberme dado yo cuenta, y que por casualidad había decidido caerse justo en ese momento. Me enfrentaba a tales pensamientos mientras me dirigía hacia el piso de arriba.

Una vez que llegué hasta arriba del todo, decidí recuperar mi linterna antes de realizar cualquier tipo de investigación, la cual encontré, encendida, donde la había dejado. El fuerte haz de luz que emanaba de ella me reconfortó instantáneamente, como si ya no estuviera solo. Alumbre con mi linterna por toda la habitación, y estaba completamente seguro, que cuando alumbré la pared, vi que algunos de los cuadros que había estado mirando antes se habían volcado.

"Solté un gran suspiro de alivio. El estrepito que había oído tenía al menos una explicación racional. Decidí dejar los cuadros que se habían caído justo donde estaban. Al menos ahí tirados en el suelo no podían volcarse otra vez y pegarme un susto de muerte. Los latidos de mi corazón empezaron de disminuir su frecuencia de nuevo. No tenía manera de explicar como el clavicémbalo parecía tocar solo, pero recordé que había visto pianos diseñados para hacer precisamente eso, así que decidí que, por ahora, esa era una explicación tan buena como cualquier otra.

"Me di la vuelta para salir de la habitación, y vi a la chica ahí de pie detrás de mi. El shock de verla me tomó inmediatamente por sorpresa. Me tropecé caminando hacia atrás contra un escabel o algo así, y salí volando hacia atrás. La linterna se me soltó de la mano y oí que golpeó en algo detrás de mientras caía. Afortunadamente conseguí caer de plano sobre la espalda y aunque el golpe me dejó sin aliento, de lo contrario hubiera resultado herido.

"Me quedé tumbado un momento, intentando recobrar la respiración. Mantuve la mirada fija al frente hacia donde estaba la chica. Pero incluso desde corta distancia no pude verla en la oscuridad. Una vez que recobré la respiración me arrastré un poco hacia atrás para recuperar mi linterna. Tenía miedo de apartar la mirada del lugar donde la había visto hacia un momento, por si me perdía algún movimiento entre las sombras que significara su marcha.

"Conseguí encontrar la linterna y deslicé el botón hacia delante y hacia atrás pero no encendía. Toqué el cristal de la linterna a tientas y para consternación mía estaba rajado, aunque todavía estaba en su sitio. Mantuve el interruptor en la posición de encendido y lo golpeé contra la palma de mi mano varias veces, lo cual era un truco que había visto hacer a mi padre un montón de veces. Cuando se volvió a encender el haz de luz yo estaba eufórico.

"Apunté con la linterna hacia donde había estado la chica, pero ella ya estaba por ninguna parte. Estaba seguro de no haberla oído marcharse. Pero tampoco la había oído entrar en la habitación, que para el caso era lo mismo.

"¡Ahora por primera vez empecé realmente a creer que podría ser un fantasma!, solo el pensarlo me hizo sentir un escalofrío que me recorrió toda la columna vertebral. Eso explicaría como la chica era capaz de aparecer y desaparecer a voluntad. Por no mencionar el cante y la música, ¿pero si era un fantasma porque me estaba rondando? Yo nunca había estado metido en el ocultismo, ni había intentado convocar espíritus del otro lado usando una Guija. De hecho, lo más cerca que había estado de eso había sido mi experiencia con la gitana en Brighton.

"Era cierto que mucha gente creía que las casas solariegas viejas eran famosas por famosas por albergar todo tipo de fantasmas y espectros, pero seguro que mi solar no. ¡No mientras yo estuviera

ahí solo, a kilómetros de ninguna parte en la oscuridad, rodeado por nada más que el bosque, las
estrellas y la nada! Estaba claro que toda la situación era realmente inusual, y que ni siquiera me
había molestado en buscar una explicación racional a lo que había ocurrido. Pero yo estaba dispuesto a caer en el reino de lo sobrenatural y la
fantasía.

"Decidí que, por la tarde de la hora, lo que necesitaba era ir a la cama. Pero debo admitir que con
todo lo que había pasado esa noche, sentí que
merecía la ultima copa de la noche para ayudarme a dormir. Usé mi linterna para guiarme
mientras me dirigía a la parte de abajo de la casa.
Un vaso grande de vino sería suficiente, y en ese
momento ese pensamiento me dio el suficiente
confort para empezar a sentir como mi cuerpo se
relajaba otra vez.

"Cuando llegué a la parte de debajo de las escaleras, oí una vez mas los portazos en la puerta de la
galería. No podía creerlo, esta noche iba a recibir
una segunda visita, no había duda. Intenté prepararme para lo que se venía encima. Sabía que
tenía que contestar la llamada en la puerta, o de
lo contrario no había duda de que los portazos
continuarían cogiendo velocidad hasta que yo
me rindiera. ¡Justo cuando me dirigía a la galería
los portazos empezaron a sonar de nuevo!

La triste canción llenó la casa una vez más, esta vez contrastando con quien fuera o lo que fuera que estaba llamando a la puerta. Por le rabillo del ojo creí ver algo moviéndose en la parte de arriba de las escaleras, ¡era la muchacha! Mi linterna la enfocó por un momento en un halo de luz tenue. Incluso desde esa distancia pude discernir la misma expresión de súplica y de añoranza en su cara con la que ella me había recibido cada vez que abría la puerta. Sus ojos, aunque tan jóvenes, parecían albergar mucha más experiencia de lo que cabría esperar para una chica de su edad.

"Tenía la cabeza ligeramente inclinada hacia un lado como si estuviera tratando de escuchar la canción. Aunque yo estaba convencido que el cante provenía de ella, pude ver por el haz de luz de la linterna que sus labios no se movían. Cogí la barandilla fuertemente con una mano, para mantener el equilibrio. Mi mente era ahora un completo revoltijo de pensamientos e ideas y pensaba que era imposible comprender lo que estaba pasando. O bien ella era un fantasma, o un espíritu de algún tipo, o otra cosa mas normal, lo más lógico era que ella meramente se hubiera escondido arriba esperando su momento para aparecer.

"La canción pareció incrementar su volumen, como si alguien hubiera subido el volumen de un estéreo. Me concentré en la chica, aunque de fondo todavía podía oír a alguien dando golpes en la puerta. Cuando la observé la muchacha empezó a levantar lentamente los brazos hasta que los estiró hacia mi. Era como si me estuviera invitando a abrazarla. Entonces vi que ella estaba empezando a descender por las escaleras. No se podía decir que estuviera andando, era como si estuviese flotando. Bajé el haz de luz de la linterna ligeramente para ver si podía verle los pies, pero no parecía haber nada bajo el largo dobladillo de su vestido ya que este se arrastraba contra el suelo en su descenso.

"Subí el haz de luz una vez mas. La muchacha no apartó los ojos de mi ni una sola vez, ella se movía como empujada por el viento a un paso lento, con un ritmo estable, casi imperceptible para el ojo humano. Cogí la barandilla más fuertemente, luchando por mantener viva mi determinación. Quería llamarla, preguntarle que era lo que quería de mi, convencerle de no quería hacerle daño, pero en ese momento, no me salía la voz. Me sentía como si me hubieran pegado al suelo con pegamento, incapaz de mover las piernas, menos aún, de escapar.

"Le miré a su cara dulce e inocente mientras ella se acercaba aún más. No tenía nada que temer de la muchacha. Ella era la que necesitaba ayuda, la que necesitaba apoyo y confort. ¿Entonces por que me sentía las piernas como si se me fueran a doblar? Entonces lo descubrí, mientras ella se acercaba hacia mí, vi que su expresión en los ojos estaba cambiando. El cambio era sutil, pero sin embargo ahí estaba. ¡La mirada de ansia y de anhelo esta metamorfoseándose en una mirada de miedo!

"Ella parecía estar mirándome como si fuera el culpable de todos sus problemas. En segundos esa mirada de miedo en los ojos cambió a una de puro odio, y mientras ella se acercaba a mi, bajó los brazos hasta su cintura y dejó escapar un grito terrible que parecía hacer temblar los cimientos de la casa. Para horror mío mi linterna se apagó, y en la oscuridad, pude sentir, más que ver, que la chica se acercaba cada vez más a mi. No recuerdo perder el conocimiento, presumiblemente lo debí de perder, porque ya no recuerdo nada mas de lo que pasó después.

"Una vez más recobré el conocimiento, gracias al sonido que hacía alguien que estaba llamando a la puerta. Cuando abrí los ojos, vi la luz del amanecer filtrándose por las cortinas de las ventanas y supe que ya era de día. Me di cuenta de que debía de haber estado inconsciente durante toda la noche, y cuando levanté la cabeza del frío suelo de piedra, inmediatamente sentí un chichón en la parte trasera que me dolía por poco que me lo tocara. Me puse en pie demasiado rápidamente, e inmediatamente me sentí un poco mareado así que me agarré a la barandilla para sostenerme en pie. El movimiento me recordó la noche anterior cuando había necesitado la solida barandilla de madera como ayuda, y de repente recordé todo lo que había visto antes de perder el conocimiento.

"Como siempre, a la fría luz del día todo parecía normal otra vez. Miré a la ancha escalera y no pude ver nada fuera de lo normal. Pero comprendí en ese momento que incluso si apareciera la misma visión espectral, no me sentiría en absoluto asustado. Ahora en la casa era de día, lo que me ponía de nuevo al mando.

"Abrí la puerta principal para ser saludado por la sombra de la señora Jarrow que estaba junto a la puerta, con su cesta en la mano. Cuando me vio, era obvio que mi apariencia desaliñada la hizo alarmarse. Sin embargo, siendo ella el perfecto arquetipo de la sirviente perfecta, no dijo en voz alta su desaprobación, si no que meramente me saludo como siempre hacía y esperó a que yo me hiciera a un lado para dejarla entrar."

"Buenos días señor, ¿quiere una taza de café fuerte antes de hacerle el desayuno? Jarrow está fuera viendo el generador. Ya veo que le dijo tirado durante la noche."

"Le agradecí su oferta. Un café fuerte era justo lo que necesitaba. La seguí a la cocina y me senté a la mesa mientras ella lo preparaba. Después del café. Me fui arriba para poder bañarme mientras la señora Jarrow me preparaba el desayuno. Todavía me sentía culpable de que la pobre mujer me tratara como si fuera su amo, pero en ese momento no tuve fuerzas de rechazar otro delicioso desayuno.

Después de bañarme, con el agua incluso más tibia que el día anterior, me vestí y bajé justo cuando la señora Jarrow estaba a punto de llamarme para decirme que ya estaba listo mi desayuno. Recuerdo agradecerle por la maravillosa sopa que me había dejado, y como de costumbre ella recibí mis halagos sin esbozar ni una sonrisa. Mientras comía ella estaba ocupada por la casa, limpiando los hogares y poniendo leña nueva, quitando el polvo y limpiando sin decir ni una palabra.

"Con cada bocado empezaba a sentirme más humano otra vez. La parte trasera de mi cabeza aún la tenía muy sensible, pero me quedé aliviado al comprobar que el chichón estaba empezando a hacerse ligeramente más pequeño. La señora Jarrow me iba trayendo más café conforme yo se lo iba pidiendo, y ya había tomado tres tazas cuando me tomé el ultimo bocado de bacon con huevos. Cuando la señora Jarrow vino a recoger mis platos, le agradecí por otro maravilloso desayuno, y mientras ella se giraba para volver a la cocina recordé los cuadros entre los que yo había hurgado la noche anterior. Le mencioné que no había visto ninguno de una mujer, pero que había un marco que le faltaba el cuadro"

"Eso es muy extraño señor, se que lo vi tan claro como el día. Quizás al señor se le cayó o derramó algo sobre el cuadro".

"Estuve de acuerdo en que eso explicaría la desaparición y le pregunté si ella recordaba como era la chica del cuadro. Ella se quedó ahí de pie al lado mía durante un momento, con mi plato vacío en la mano mientras reflexionaba sobre mi pregunta"

"Me parece recordar pensando en aquellos tiempos que ella era una chica joven, de diecinueve o veinte años. Ella llevaba puesto lo que clasificaría como un vestido de estilo victoriano de la ultima época, oh y ella tenía un pelo precioso de color negro que le caía a la cara y sobre los hombros."

"Eso me sonó a demasiada coincidencia. La muchacha que la señora Jarrow me estaba describiendo tenía que ser mi visitante nocturno, lo que implicaría que era un espíritu y no un ser vivo. El problema era que, sin el cuadro yo no tenía manera de comprobar mis sospechas.

"Le di las gracias y ella se dio la vuelta y abandonó la habitación. El hecho de que yo no pudiera encontrar el cuadro que la señora Jarrow me había descrito estaba molestándome más quizás de lo que debería. Al fin y al cabo, yo sabía lo que había presenciado, mis ojos no mentían. Así que tanto si mi visitante era real como si no, eso no tenía la menor importancia a ese respecto, al menos.

"Pero, por supuesto, si ella fuera un fantasma, un espíritu del pasado, entonces, ¿qué era lo que ella quería de mi?, eso era otro problema totalmente distinto. Quien quiera que ella fuera, o hubiera sido, no tenía nada que ver conmigo. Al fin y al cabo, no nos habíamos visto antes. Bueno, de persona a persona, no. Así que, en ese caso, ella debía de tener alguna conexión con la casa. La pregunta era, ¿Qué conexión? Me temía que, con mi primo lejano muerto, y los Jarrow y Peterson sin saber nada sobre el asunto, cualquier oportunidad de averiguarlo se había perdido.

"¡Entonces llamaron a la puerta!"

11

"Antes de que yo tuviera oportunidad de contestar a la puerta, Pude oír el sonido de los pasos de la señora Jarrow subir corriendo los escalones que llevaban de la cocina al recibidor. Decidí que era mejor permitirle tener la responsabilidad de hacer de ama de llaves, cocinera y limpiadora, ya que era obvio para mi que ella quería ganarse el dinero que mi primo lejano ya le había pagado.

"Me quedé sentado en la mesa donde pude oír el distante sonido de unas voces apagadas afuera. Después de poco rato la señora Jarrow reapareció en el umbral de la puerta para anunciar que el señor Jefferies había llegado y que deseaba hablar conmigo. Naturalmente no tenía ni idea de quien era ese señor, pero como la señora Jarrow no añadió nada más a la presentación decidí no hacerle ninguna pregunta y pedirle que le hiciera pasar.

"Me levanté y saludé a mi invitado mientras estaba entrando en la habitación. Era un tipo alto y esbelto, el cual debería rondar los setenta, pensé yo. Estaba elegantemente vestido con una chaqueta a medida, pantalones color verde oscuro, y unos mocasines de color marrón. Nos dimos la mano y le ofrecí una silla para sentarse, lo que aceptó de buen grado. Me di cuenta de que la señora Jarrow estaba todavía merodeando en el umbral de la puerta, y al notar su presencia ella me preguntó si deseaba que ella sirviera más café. Le trasladé su oferta al señor Jefferies, pero el la declinó, y como yo ya había tomado cuatro tazas, también decliné la oferta.

"Una vez que nos habíamos quedado solos, Jefferies se presentó formalmente"

"Siento presentarme así sin avisar señor Ward, pero la verdad es que he estado hablando con un amigo común nuestro, el señor Peterson, el albacea. Creo que el ya le ha mencionado que yo soy, el tipo molesto que no para de molestarle sobre la posibilidad de comprar esta casa y sus tierras".

"Le aseguré que Peterson me lo había mencionado, pero que yo le había dejado claro que no tenía intención de tomar una decisión hasta que se lo consultara a Jennifer. Jefferies dijo que Peterson le había explicado como me sentía, y que el me entendía perfectamente. El hizo énfasis en asegurarme que no tenía la menor intención de molestarme o acosarme para que tomara una decisión, y que el simplemente pensaba, que, en las actuales circunstancias, podría ser de sumo interés para ambos que nos presentáramos formalmente. El continuó explicando que el había heredado su granja y sus tierras de su padre, quien las había heredado del suyo, y así sucesivamente desde que existían documentos escritos de la ciudad.

"Siguiendo con su explicación el me dijo, que cuando el heredó la propiedad, la herencia de su familia siempre había sido modesta, aunque le permitía vivir comodamente, pero que el siempre se había visto a si mismo como a un hombre de negocios, razón por la cual había estado comprando todas las propiedades de la zona. Y parece ser que el solar era la ultima pieza del puzle"

"No quiero tirarle un jarro de agua fría, señor Ward, pero si usted decide llamar a un experto estoy seguro de que le dirá que la casa necesita un montón de reformas estructurales para hacerla habitable. Sus tierras han sido tristemente abandonadas por su primo lejano y, creo que también por su padre antes de el, así que eso también requerirá de su atención. Durante estos años le he hecho a su primo lejano varias ofertas muy generosas, pero sim embargo el decidió rechazarlas todas. Incluso le ofrecí contratar un topógrafo estructural, para que viniera y le hiciera un informe sobre la casa, pero el tampoco quiso saber nada, de hecho, era un hombre de idea fijas. Ahora que pienso, usted no me conoce de nada, así que naturalmente usted no se fiará de mi palabra, pero puedo asegurarle de que no hay minas de oro escondidas ni pozos de petróleo en sus tierras, y que me interés es únicamente personal"

"Desde luego el tenía razón, yo le conocía de nada, pero mientras me hablaba tuve la sensación de que el era un hombre de honor y de palabra, y aunque yo no iba a ser tan tonto como para dejar la propiedad y marcharme, si se daba el caso, antes de buscar el consejo de un experto, también tuve la sensación de que el experto me diría justo lo que Jefferies me esta diciendo.

Además, Peterson ya había respondido por el hombre, lo cual yo pensaba que su sentido de la ética no se lo hubiera permitido, si mi visitante tuviera algo entre manos.

"Le di mi promesa de que, si decidía vender la casa, le permitiría a el presentar la primera oferta, lo que a juzgar por la cara que puso fue más que suficiente para dejarle satisfecho. El medió las gracias por mi tiempo y yo le dije que había sido un placer. Cuando el se levantó para marcharse, un pensamiento me vino a la cabeza, y le pregunté si me permitía hacerle una pregunta. El retomó su asiento, sonriendo, pero con una mirada de intriga en los ojos.

"En un primer momento yo era reluctante en decidir como sería mejor empezar esta parte de la conversación, y me llevó un momento el decidir como empezar. No me sentía cómodo preguntándole directamente mis sospechas sobre mi visitante nocturno, pero si Jefferies y su familia habían vivido en la vecindad durante tanto tiempo, podría haber una oportunidad de que el pudiera arrojar algo de luz sobre el tema. Al final decidí preguntarle a Jefferies que era lo que el sabía sobre mi primo lejano, ya que yo estaba interesado en saber que tipo de hombre era.

"Bueno, señor Ward, honestamente no puedo decir que lo conociera. A el le gustaba estar solo. Durante todos estos años que he vivido por aquí, podría contar con los dedos una mano las veces que lo vi en la ciudad. Aunque como le mencioné antes, vine a verle a la casa para ver si había reconsiderado mi oferta de compra, y debo reconocerle que el nunca se negó a verme. Aunque naturalmente nuestras conversaciones siempre terminaban de la misma manera, con un educado "no vendo" del viejo compañero".

"Le pregunté a Jefferies si sabía de alguien además de los Jarrow, que pudiera haber visitado a mi benefactor de cuando en cuando. Pero me di cuenta enseguida por la cara de sorpresa de mi invitado que la pregunta le había dejado descolocado. En descarga de el hombre el ya había mencionado que apenas conocía mi primo lejano, así que apenas me sorprendió su mirada de curiosidad cuando le había formulado virtualmente la misma pregunta dando un rodeo.

"Mi pequeña trampa había fallado, desafortunadamente. Así que antes de que Jefferies tuviera oportunidad de pensar en una respuesta, decidí hacer un intento más, y esta vez, preferí no hacerlo tan descaradamente para no meter la pata. Por lo tanto, cambié mi manera de aproximarme y le informé a Jefferies, que, debido a la falta de contacto con esta parte de la familia, me preguntaba si Jefferies, dado el hecho de que el había vivido en la zona durante toda su vida, tenía conocimiento de quien podría haber vivido en la casa cuando el era niño.

"Bueno, pues ahora que lo menciona, recuerdo cuando era un muchacho, oí a mis discutir una vez sobre "Aquellos de la casa" como ellos decían.

Recuerdo que hubo una horrible tormenta aquella noche, con las rachas de viento mas fuertes que he visto en mi vida. Tuvimos arboles que se salieron de sus raíces y todo eso, recuerdo que ese fue el trueno que me despertó, y aunque sabía que mis padres me pillaban fuera de la habitación me ganaría una paliza me pudo la curiosidad.

"Debido a la tormenta mi padre se tuvo que quedar despierto para vigilar el ganado, solo por si alguno de ellos se escapaba, y en esta ocasión mi madre se había quedado despierta para hacerle compañía, porque pude oír las voces de los dos provenientes de abajo al sacar la cabeza por la puerta de mi habitación. Cuando me aventuré algo mas lejos, pude ver la sombra del fuego resplandeciente en el salón, así que caminé de puntillas por el rellano y me acerqué a las escaleras para poder oír lo que decían.

"Afortunadamente mis padres habían abierto una botella de whiskey para hacerles compañía, porque una cosa era segura, cuando bebían incrementaban el volumen de su voz, y con la furiosa tormenta de afuera bajo normales circunstancias, hubiera sido muy difícil escuchar lo que decían desde donde yo estaba. Recuerdo que la cerradura de la puerta principal estaba estropeada, y que mi padre siempre le andaba prometiendo a mi madre que la arreglaría. Y efectivamente el viento sopló tan fuerte que abrió la puerta y la estampó contra la pared. Afortunadamente para mi padre, al menos aguantaron las bisagras, ya que pude oír como mi madre le regañaba mientras el iba a cerrarla de nuevo.

"Una vez que el drama había pasado, mi padre se dejó caer sobre la silla, y entonces le oí decir a mi padre algo sobre que era la peor tormenta que había visto desde que asesinaron a la chica en la casa."

"Jonathan se movió en su silla, para ponerse cómodo, antes de hablar de nuevo."

"Al oír eso, me incliné hacia delante, desesperado por no perderme detalle. Por lo que contaba Jefferies, era posible que yo hubiera descubierto algo al fin sobre mi indeseado visitante. Permanecí en silencio para que pudiera continuar".

Recuerdo que mi madre estuvo de acuerdo con el. Ella tomó otro sorbo de whiskey del vaso y asintió con la cabeza antes de decir que ella recordaba a la joven mujer, nadando en el lago en verano, y lo guapa que era y cuanto quería a la niña pequeña que iba con ella. Mi madre también recordaba que caminando por el bosque ella a menudo oía a la chica cantar para sí misma, y mi madre hizo hincapié en la bonita voz que tenía la muchacha y en lo triste que era la canción.

"Justamente cuando trataba de ponerme cómodo, uno de los tablones del suelo, crujió a causa de mi peso, y me volví corriendo a la habitación antes de que mis padres me pillaran."

"Tardé un poco en darme cuenta de que Jefferies había terminado la historia. Le pregunté si el recordaba si sus padres habían sacado el tema de la chica alguna otra vez. El pensó en mi pregunta durante un momento antes de contestar."

"Pues extrañamente, ahora que lo pienso, el tema volvió a salir otra vez pocos años después. Recuerdo que mi padre dijo que la chica que mataron era la esposa de alguien que vivía en la casa, pero el murió, no estoy seguro como, y un poco después a ella la atropelló un carruaje durante la tormenta. Nadie sabía que era lo que ella estaba haciendo en la carretera, y en mitad de la noche sobretodo con aquella tormenta, pero el caso es que ella estaba allí, de eso no había duda y que la atropellaron. El accidente no ocurrió lejos de aquí, en esa extraña curva donde de pronto la tierra se hunde y se extiende cuesta abajo en un terraplén inclinado".

"La hace viudas, me aventuré a decir".

"Ah, ya veo que usted ha oído hablar de ella ¿no? Bueno y sabe, como es la gente de campo, nos gusta aférranos a nuestras viejas historias, y pequeños nombres extravagantes como ese tienden a quedarse en la memoria colectiva ".

"Le pregunté a Jefferies si el sabía cuando ocurrió el accidente, pero el respondió vagamente, y dijo que el creía que fue por el cambio de siglo. Entonces recuerdo que el dijo que su madre había visto a la muchacha nadar en el lago con una niña pequeña, y le pregunté si ella había mencionado quien era la niña. Pero esta vez el no pudo ayudarme. Lo que el recordaba sin embargo era que poco después de que mataran a la mujer, el padre de mi primo lejano también murió, y se rumoreaba por la ciudad que murió en extrañas circunstancias. Pero de nuevo, Jefferies no puedo ofrecerme más información sobre el asunto."

"Pude ver que Jefferies estaba perdido en sus pensamientos mirando al vacío, así que no le molesté para no estropear la oportunidad de que el pudiera recordar algo más que fuera de utilidad. Estuve feliz de haberlo hecho porque pocos segundos después el recordó algo que podría resultar pertinente.

"Estoy seguro de no equivocarme si le digo que su primo lejano se casó también, algún tiempo después de que su padre muriera, pero su esposa murió mientras dormía solo unos pocos meses después de que ellos volvieran de la luna de miel. Y de nuevo en la ciudad había rumores sobre la manera en la que ella murió, pero nunca supe de que fue exactamente.

"Mi invitado levantó las manos como queriendo indicar que el no podía ser ya de más ayuda. Le di las gracias por su tiempo y le aseguré que había sido de gran ayuda, estuve a punto de contarle el motivo de mis preguntas, pero me paré a mi mismo. Jefferies parecía ser un trozo de pan, pero sin embargo yo aún no estaba preparado para contar lo de mis visitas.

"Cuando acompañe a Jefferies a la puerta, después de asegurarle una vez más que contactaría con el en el caso de que Jennifer y yo decidiéramos vender, el de repente se dio la vuelta y chasqueó los dedos como si se acabara de acordar de algo."

"¿Sabe que podría hacer señor Ward ya que está usted aquí? En la biblioteca del pueblo hay allí acumulados un montón de libros que tratan sobre la historia de nuestra ciudad, y estoy seguro de que cualquier cosa importante que haya podido ocurrir estará en al menos uno de esos libros. Más aun, ahora que lo menciona, la bibliotecaria debe de tener cien años, y ha trabajado allí desde que yo iba a la escuela, de manera que estoy seguro de que ella sabrá algo sobre la historia de la casa solariega o al menos poder ayudarle para ponerle en la pista de lo que usted quiera averiguar".

"Aunque Jefferies hablaba con ciertas dosis de humor en su voz, había esgrimido un argumento muy valido, para ser honesto a mi no se me hubiera ocurrido si el no lo hubiera dicho. Pero contra más lo pensaba, más sentido tenía. ¿Dónde mejor que la biblioteca de la ciudad para aprender sobre la historia local? Aunque mis conocimientos sobre mi familia lejana eran de alguna manera pobres, como poco, el simple hecho de que la casa y las tierras que la rodeaban les pertenecieran, seguramente significaba que ellos habían sido unos miembros importantes de la ciudad, así que probablemente su historia pueda estar documentada.

"Después de cerrarle la puerta a Jefferies, me di la vuelta para mirar a la señora Jarrow que estaba de pie al final del pasillo, mirando en mi dirección. Caminé hacia ella y le pregunté si había algún problema, y ella inhalo una gran bocanada de aire antes de hablar".

"Por favor perdone si hablo a destiempo, señor, sabe que no es mi estilo, pero no he podido evitar oír su conversación con el caballero antes cuando estaba sacando el polvo. Perdone que le pregunte, ¿pero le han estado molestando desde que llegó a la casa?

"Era una experiencia de los más extraña, pero mientras me hablaba no pude evitar sentir de alguna manera, que ella ya conocía la respuesta. Yo no había mencionado nada a nadie sobre mis visitas a la casa. Así que me pregunté si quizás mi primo lejano también fue objeto de estas indeseadas manifestaciones, y quizás se lo hubiera mencionado a ella. Si ese era el caso entonces era bastante compresible que la señora Jarrow, se sintiera obligada a cuidar de mi durante mi estancia, lo que ella desde luego hacía, porque podía haber intuido cuando le abrí la puerta estas dos ultimas mañanas que no había dormido muy bien.

"No se por que, pero en ese momento iba a sincerarme con ella, pero entonces en el ultimo segundo cambié de opinión. Ella hubiera sido sin duda una excelente confidente, no tenía absolutamente ninguna duda de que era de fiar y si le hubiera dicho que lo mantuviera en secreto, ella se lo hubiera llevado mi confesión consigo a la tumba. Pero todavía algo me hacía dudar lo suficiente como para decidir no revelarle mis problemas.

"Así que cuando negué con la cabeza para intentar actuar como si no tuviera idea de a que estaba ella aludiendo, la señora Jarrow se disculpó educadamente por haber hablado a destiempo y rápidamente se dio la vuelta y volvió a sus tareas. En ese momento por un lado yo me sentía culpable por no haber sido honesto con ella, y, como dije, sabía positivamente de alguna manera, que ella sabía la verdad de todos modos pesar de que yo se lo negara. Después de haber trabajado durante tantos años para mi pariente lejano muy bien podría haber todo tipo de información relevante la cual ella guardaba en secreto, y que ella solo compartiría conmigo si se lo pidiera sinceramente.

"Al final decidí que, por el momento, me guardaría mis manifestaciones nocturnas para mi mismo. Solo deseaba que la señora Jarrow no me guardara ningún resentimiento por mi decisión. Ella y su marido obviamente eran buena gente, honestos y trabajadores, que merecían que les contara la verdad. Pero mi indecisión me convenció de que yo aún no estaba listo para divulgarlo.

"Regresé a mi habitación y cogí mi chaqueta para mi incursión diaria en la ciudad. No pude evitar si no notar que cuando entré en la cocina para agradecerle a la señora Jarrow su magnifico desayuno, ella reconoció mi agradecimiento sin darse la vuelta para mirarme. Algo que ella nunca había hecho antes. Para ese momento el señor Jarrow ya acompañaba a su esposa para tomarse su té, y pude notar por lo incomodo que parecía que el también había notado el cambio de la deferencia de su esposa hacia mí.

"Supongo que no podía culparla, así que fingí no darme cuanta y les deseé que pasaran un buen día antes de irme".

12

"Era otro bonito día de otoño, con el sol en lo más alto. Me quedé ahí al aire fresco e inhalé profundamente antes de meterme en el coche. Recuerdo que tenía una perspectiva muy positiva del día que me esperaba. Jefferies había despertado una idea en mi mente con mucho potencial. Bajé un poco la ventanilla para disfrutar de la brisa de aire fresco campestre mientras conducía de camino a la ciudad.

"Al aproximarme a la hace viudas, medité en lo inverosímil que ahora me parecía la costumbre local de llamar así a una traicionera curva en la carretera de camino a la ciudad como resultado de algo que había ocurrido hacía tantos años y que estaban involucrados miembros, aunque fueran lejanos de mi familia. Me pregunté

¿Cuánto tiempo después de que ocurriera el incidente pasó hasta que la gente de la ciudad le puso ese a apodo a la curva? Eso era algo de lo que pretendía averiguar junto a otros detalles mas urgentes y pertinentes en la biblioteca.

"Pude aparcar cerca de donde lo había hecho el día anterior, que estaba a solo cinco minutos andando de la biblioteca. Tan pronto como llegué a el edifico subí los escalones de piedra casi me estampo contra las solidas puertas de madera que bloqueaban la entrada a el edificio. Empuje ambas puertas de nuevo de una en una, pero obviamente estaban cerradas. Giré a mi derecha, y ahí en un letrero con letras grandes estaba escrito el horario de apertura de la biblioteca. Se me cayó el mundo encima cuando leí que el letrero decía que la biblioteca cerraba los jueves y los sábados. Mira que era mala suerte.

"Me quedé ahí durante un momento, observando la barricada de madera que me separaba de aprender potencialmente sobre mis ancestros y la casa que había heredado. Sintiéndome totalmente decepcionado me di la vuelta y empecé a descender las escaleras hasta el nivel de la calle, cuando noté que había una mujer en la acera mirando en mi dirección. Al principio pensé que ella debía de querer entrar en la biblioteca sin darse cuenta de que estaba cerrada.

"A pesar de mi decepción me conjuré en dirigirle una razonable sonrisa en aras de la cortesía, una que ella no me devolvió. En vez de eso, ella siguió mirándome directamente con una expresión de desdén en la cara. Cuando llegué al último escalón, me hice a un lado para evitar chocarme contra ella, y estaba a punto de cambiar de dirección cuando ella me llamo y me preguntó en un tono muy severo, casi despectivo que por que estaba intentando entrar a la biblioteca cuando obviamente estaba cerrada.

"Sonreí, pesar de la severidad en sus maneras, y le expliqué que iba tan entusiasmado que no me di cuenta de que estaba cerrada hasta que fue demasiado tarde. Mi intento por justificarme no pareció tener ningún efecto en su expresión, y me respondió de manera igualmente cortante que la biblioteca siempre había cerrada los jueves, y ella me preguntó que por que este jueves tendría que ser diferente.

"Aunque notaba como me invadía la frustración, respiré profundamente e intenté mantener la voz tan calmada como me fue posible, principalmente por respeto a la edad de la mujer. Me presenté a mi mismo y le expliqué que no era de la ciudad, y que hasta ese momento no tenía ni idea del horario de apertura del edificio. Además, hice hincapié en que la razón de mi entusiasmo en mi intento de entrar era porque había adquirido una propiedad en la zona, y estaba tratando de encontrar información desesperadamente sobre el solar y con suerte también sobre mis ancestros que habían vivido allí.

"Al oír mencionarle la casa solariega , la vieja señora de repente pareció abrir las orejas. Ella me preguntó si me refería a Denby Manor, y cuando le confirmé que así era, ella de repente parecía estar más receptiva hacia mí. Ella me informó de que era una tal señorita Wilsby, la bibliotecaria y que podía confirmarme que de hecho la librería tenía un par de libros que trataban sobre las grandes casas que habían diseminadas por el condado.

"Me pregunté si esta repentina benevolencia en su actitud hacia mi podría llegar hasta el punto que me dejara entrar en el edifico dadas las circunstancias, y, para ser justo con ella, estaba casi compungida por rechazar mi petición. Ella me explicó que los jueves era parte del voluntariado del hospital de la ciudad, y se pasaba el día visitando a los enfermos que no se las podían arreglárselas ellos solos, que era donde ella se dirigía cuando me vio intentando entrar en la biblioteca.

"Le contesté que lo entendía perfectamente, y que me disculpara por haberle preguntado, ante todo. Sin embargo, no traté de disimular mi decepción intencionadamente, y aunque no conseguí ablandarla, ella me ofreció otra solución."

"Siento mucho no poderle ayudar ahora mismo, señor Ward. Sin embargo, la biblioteca abre mañana a las nueve en punto, pero si quiere le espero aquí a las ocho, para poder prestarle atención individual, al menos la primera hora. ¿Qué le parece?"

"Pude darme cuanta por el tono de su voz que iba a hacer conmigo una excepción, lo cual obviamente ella no solía ofrecer. Por lo tanto, decidí que no era cuestión de tentar más la suerte y acepté la oferta con gratitud. Cuando nos fuimos cada uno por su lado tuve la sensación de que la bibliotecaria me estaba observando mientras me marchaba, y efectivamente así era, como pude comprobar cuando vi su reflejo en una tienda cercana, de hecho, ella aún estaba ahí parada donde la había dejado, mirando en mi dirección.

"Achaqué su actitud a que era muy mayor y a que en las ciudades pequeñas siempre había gente de ese tipo, cada cual con sus rarezas y manías propias. Una cosa era segura; Jefferies describió la bibliotecaria perfectamente. Yo dudaba de que ya hubiera cumplido el siglo, pero no me hubiera sorprendido descubrir que tenía ochenta años. El hecho de que todavía trabajara en la biblioteca también confirmaba mi teoría sobre las ciudades pequeñas.

"Como estaba un poco desilusionado por no poder visitar la biblioteca esa tarde, decidir aprovechar el tiempo y visité el viejo cementerio que había visto desde el pub la tarde anterior. Al aproximarme a la entrada de la pintoresca iglesia, me di cuenta de que había un coche fúnebre seguido por varios coches negros pequeños, cada uno de ellos, con varios dolientes.

"No deseaba parecer irrespetuoso, así que esperé a que la procesión entrara en la iglesia para el servicio funerario. Una vez que las puertas se hubieron cerrado, me dirigí al cementerio y empecé a leer las inscripciones de las lápidas. La mayoría de ellas, a juzgar por las fechas grabadas en la piedra eran del siglo pasado, aunque encontré varias de las dos guerras mundiales. A juzgar por el espacio que quedaba disponible, me preguntaba como se decidía a quien se enterraba allí. Briers Market no era ni mucho menos una ciudad grande, pero por las apariencias el muerto se vería obligado a garantizarse un lugar para descansar en este lugar.

"Cuando doblé la esquina del edifico principal de la iglesia vi a un enterrador que estaba al lado de una tumba abierta, aplanando el suelo, sin duda mientras esperaba a que el servicio funerario acabara para terminar su tarea. Era un tipo con la cara rojiza de unos cincuenta años de edad. Vestía una camisa gruesa a cuadros de colores que la tenía metida firmemente por dentro de los pantalones con unos gruesos tirantes rojos sujetándolos. Me di cuenta de que tenía los bajos del pantalón metidos por dentro de sus resistentes botas de montaña, y con la esquina de la boca sujetaba una pipa.

"Noté que el me había visto así que le saludé con la mano, a lo cual el me respondió, así que decidí que podría valer la pena preguntarle si sabía si primo lejano estaba enterrado ahí. Mientras yo me aproximaba el paró de pisar la tierra suelta de alrededor de la tumba que había cavado, y se apoyó sobre la pala. Rompí el hielo hablando del tiempo, y que adivinaba a que el estaba feliz de que hoy no lloviera. El se encogió de hombros en respuesta, y se quitó la pipa de la boca antes de contestarme. Parece ser, me informó el, que no había consideración ninguna ni hacia el ni hacia sus compañeros de trabajo cuando se trataba de un funeral. Ni importaba el tiempo que hiciera, ellos debían de hacer su trabajo, sin quejarse y casi nunca recibían una propina de los organizadores del entierro por su esfuerzo.

"Me fue fácil simpatizar con el. Al yo trabajar en un cómodo banco, bajo techo, naturalmente había es-

cuchado la lluvia caer fuera de la oficina de mi sucursal y daba las gracias por la suerte que tenía de no
trabajar al aire libre bajo un tiempo tan inclemente.
Tenía la impresión de que el viejo enterrador apre-
ciaba mi comprensión, y empezó a hablar bastante
amigablemente durante un par de minutos, contán-
dome experiencias pasadas que había tenido allí en
el trabajo con el pasar de los años. Tuve la impresión
de que el hombre casi nunca tenía a nadie con quien
compartir sus historias, así que le escuché esforzándome por parecer interesado.

"Al final conseguí encontrar un resquicio en la
conversación donde introducir mi pregunta.
Cuando le mencioné el nombre de mi primo lejano el viejo me miró fijamente de una manera
burlona casi desconcertante. Durante unos instantes, el no respondió y simplemente se quitó la
gorra con una mano y todavía sujetándola, se
rascó la cabeza con la misma mano. Acto seguido
el miró su reloj, y luego hacia las puertas cerradas de la iglesia antes de volverse a poner la
gorra, y dejar la pala clavada en la tierra."

"Ven conmigo, chaval".

"Antes de que tuviera oportunidad de responder,
el había empezado a caminar dirigiéndose hacia
el otro extremo del cementerio, le seguí, esperando que el hubiera oído mi pregunta, y que no

pensara en darme un paseo por el cementerio habiéndome tomado por alguien a quien le gustaba una buena historia sobre funerales. Pero entonces, mientras caminábamos, el empezó a hablar, sin girarse para mirarme a la cara mientras hablaba."

"Fue mi gracioso lo de tu primo y todo lo demás. Se hablaba mucho sobre como murió. La gente escucha un rumor y sacan las antorchas, pero yo no soy así. Llevo mucho tiempo en este trabajo para asustarme con tonterías".

"Esperé a que el hubiera acabado de hablar ante de pedirle que me aclarara el rumor que el había oído sobre la defunción de mi primo. El no contestó inmediatamente, si no que esperó hasta que llegamos a nuestro destino, un pequeño nicho detrás de un muro saliente".

"Oí que cunado le encontraron, la cara de tu primo era como una mascara de esas de terror, como si se hubiera muerto de un susto, Estaba blanco como las sabanas, un compañero mío del trabajo me dijo que no pudieron cerrarle los ojos. Al final se los tuvieron que coser."

"El me miró para comprobar como estaba encajando la noticia y sin duda, el se dio cuenta por la expresión de mi cara que estaba entusiasmado con su historia. Pero aún así el continuó contándomela, y señaló hacia el suelo".

"Aquí es donde le pusimos, ahora esta con los de su familia."

"Justo en ese momento amos oímos abrirse la puerta principal de la iglesia. Observé al enterrador alejarse mientras la congregación salía a cuenta gotas de la iglesia, seguidos por cuatro portadores del ataúd que lo llevaban sobre los hombros. Vi como el se colocaba a unos siete metros de la tumba abierta, sin duda para no invadir la intimidad de los dolientes mientras se reunían formando un circulo para bajar el ataúd.

"Sentí que estaba lo bastante lejos de la tumba para que no me vieran y no parecer descortés y poder examinar las lapidas a las que el enterrador me había traído. Había cuatro en total, todas agrupadas en una parcela relativamente pequeña en una esquina.

"La lapida mas nueva, después de inspeccionarlas portaba el nombre de mi recientemente fallecido primo lejano, "Spalding Reginald Hunt". La inscripción bajo su nombre estaba en lo que presumí que era latín, yo no tenía ni idea de latín, así que no podía saber lo que ponía en la inscripción. Al lado de la lapida había una que llevaba grabado el nombre de "Spencer Jethro

Hunt, de nuevo con un verso en latín bajo el nombre, y según la inscripción el había muerto a la tierna edad de veinticuatro años.

"La lapida del otro lado de la de mis primos lejanos pertenecía a Phyllida Rosemary Hunt Nee Cotton y por las inscripciones parecía ser la mujer de mi primo lejano, quien también murió trágicamente a la edad de veintitrés años. La última lapida estaba detrás de las demás y era la más grande y ostentosa. Casi parecía haber sido diseñada para permitir al ocupante vigilar las tumbas de los otros que descansaban allí, en una posición como de autoridad. Por un momento me recordó a mi jefe del banco, de quien mis compañeros se quejaban a menudo de tener la fastidiosa costumbre de aparecer tras ellos asomando la cabeza por encima de sus hombros inspeccionando su trabajo.

La última lapida era la de Artemis Cedric Hunt, y al juzgar por la edad en la que murió, intuyo que debió de haber sido el padre de mi primo lejano. Me quedé ahí durante un momento mirando de lapida en lapida. De fondo podía oír al sacerdote repitiendo los ritos del funeral, giré la cabeza un momento, justo cuando los portadores del ataúd se estaban preparando para bajarlo hasta su lugar de descanso final.

"Me encontré a mi mismo haciendo la señal de la cruz, sintiendo que ese simple acto de respeto era lo adecuado en ese momento. Me giré hacia las tumbas de mis familiares, y de repente un pensamiento me pasó por la cabeza. ¿Podría ser mi visitante nocturno la esposa de mi primo lejano, Phyllida Rosemary Hunt? Me rebusqué rápidamente en los bolsillos hasta encontrar un lápiz y un trozo de papel en los que pudiera anotar sus fechas de nacimiento y defunción. Se me ocurrió que ese detalle me podría ser útil cuando estuviera en la biblioteca con la señora Wilsby.

"No estaba completamente seguro si sería como resultado de estar en un cementerio, o por el hecho de que había presenciado como haber presenciado como daban descanso eterno a otra pobre alma, pero en ese momento, pero me entristeció el pensar que las tumbas ante mí probablemente no volverían a ver a ningún visitante nunca más una vez que yo me marchara, y ese pensamiento me llenó de una profunda tristeza de la que no me podía deshacer fácilmente. Recordé pasar junto a una florista que estaba afuera junto a la puerta principal de la iglesia cuando yo iba a entrar, así que caminé todo lo arrimado que pude al muro del cementerio para no molestar a los dolientes mientras se daban las condolencias antes de ir a sus coches.

Compré un brillante ramo de flores de varios colores mezclados y esperé fuera de las puertas mientras que los coches en los que iban los del entierro empezaran a salir. Llevé las flores de vuelta al panteón familiar y les dejé delante de la tumba de la señora, ya que me pareció que eso era lo más apropiado. Incluso me sorprendí a mi mismo hablándole en voz alta, preguntándole si era mi visitante nocturno, y deseandole que lo que quiera que fuera lo que la molestara encontrara la paz. Incliné la cabeza y recé una oración por las almas de lo cuatro difuntos ante mi, y cuando hube terminado, me di la vuelta hacia el viejo enterrador que estaba tirando grandes palas de arena en el agujero done habían colocado el ataúd. Lógicamente no quería molestarle mientras hacía su trabajo, pero todavía había un par de preguntas que quería hacerle antes de irme.

"El sol empezaba a menguar en el cielo del oeste, y calculé que el tendría menos de una hora para acabar su trabajo, lo cual era otro motivo más que hacía tener que molestarle. Pero para sorpresa mía, cuando el se dio cuenta de que yo estaba mirando en su dirección, el dejó de trabajar y volvió a apoyarse en la pala, casi como esperando a que yo me acercara a el.

"No queriendo perder la oportunidad que se me presentaba, me dirigí trotando hacia el, disculpándome por interrumpir su trabajo, pero le aseguré que sería cuestión de un momento. Ya que parecía que el casi estuviera feliz de tener una excusa para parar. Como ya he dicho no era un hombre joven, y la dureza de la tarea le había dejado goteando sudor y respirando con dificultad. Mientras me acercaba a la tumba no me pude aguantar, así que miré hacia abajo y me quedé sorprendido al descubrir que ya la había llenado de tierra hasta la mitad.

"Siento ser una molestia", le expliqué excusándome, "pero mi preguntaba si lo que dijo sobre mi primo lejano acerca de que parecía aterrado cuando le encontraron. Le agradezco que usted no haga caso a los rumores, pero ¿sabe si hay algún rumor en la ciudad acerca de por que el podría haber muerto con esa expresión en la cara? El enterrador se quitó la gorra y se quitó el sudor de la frente con el reverso de la mano. Me miró como tratando decidir cuanto podía confiar en mi, afortunadamente el decidió a mi favor.

"Ya sabe los Jarrow, sospecho yo; ellos cuidan la casa de tu primo. Bueno fueron ellos los que le encontraron esa mañana y no me entienda mal, ellos tampoco cotillean, son buena gente, pero a veces yo voy a beber al pub donde ellos trabajan, y una noche Jarrow y yo estábamos tomando unas cervezas y contó lo de la mañana en la que lo encontraron. Recuerdo la cara de Jarrow cuando me contó el estado en el que encontraron a su familiar, con la piel blanca como la leche, y los ojos abiertos como platos, mirando fijamente, sin ver claro.

"Yo no sabía por que no había considerado eso antes, por supuesto, tenía sentido que los Jarrow hubieran descubierto el cuerpo de mi primo lejano y después de la manera en la que la señora Jarrow me había hablado esta mañana, era obvio para mi que, si alguien en la ciudad sabía algo pertinente que pudiera explicar lo de mi indeseada visitante, esos serían ellos. Después de haber trabajado para mi primo durante años, y aunque yo estaba bastante seguro por su comportamiento de que el les hablaba únicamente como a sirvientes y nada más, todavía había una posibilidad de que el hubiera confiado en ellos quizás una noche después de beber demasiado.

"Me di la vuelta para mirar al viejo enterrador quien estaba esperando pacientemente al lado de mi, y le pregunté si el era consciente de que hubiera una razón por la que mi familiar hubiera muerto con esa terrible expresión en la cara. Al preguntarle esto, me di cuenta de que el hombre era todavía reacio a divulgar demasiado, yo sabía que teníamos poco tiempo, y que no nos podíamos permitir perder demasiado, sobretodo yo, ya que estaba empezando a anochecer. Estaba empezando a impacientarme así que me metí las manos en los bolsillos y saqué todo el cambio que me había dado la florista, había de sobra para por lo menos tres pintas de cerveza, así que extendí mi mano con el dinero hacia el. Obviamente el era un hombre orgulloso, y movió la cabeza para rechazar mi oferta. Pero no quité la mano e insistí en que solo estaba siendo agradecido por su amabilidad y asistencia.

Al final el accedió, y rápidamente metió el dinero en el bolsillo del pantalón sin dedicar un momento para contarlo. Me preguntaba si quizás el tenía miedo de que el sacerdote pudiera verlo, y que por alguna razón el no podía aceptar gratificaciones."

"Tienes que entender que hay mucha vieja en esta ciudad que lo que más les gusta es inventar historias por que les da la gana. Hace muchos años las hubieran quemado por brujas. Da igual, el caso es que algunas dicen que su primo tenía una maldición. Una vieja maldición gitana que le Habían echado a su familia hace años, y que tu primo tuvo que vivir con ella durante años, hasta que al final murió."

"El viejo parecía como si de repente tuviera miedo de que oyeran nuestra conversación. Una vez se aseguró de que estábamos solos, continuó".

"Algunas dicen que era una maldición que le echaron a la esposa de su primo y a antes al padre de ella. Todo lo que se es que nadie más menos los Jarrow quería ir a la casa para cuidársela al viejo. Incluso alguno de los repartidores de la ciudad, tíos que eran como un armario, se negaban a ir allí a trabajar. Los Jarrow muchas veces tenían que contratar a gente de fuera de la ciudad cuando había que hacer algo que ellos no podían hacer."

"Aproveché la oportunidad para seguir preguntándole si había oído en que consistía la supuesta maldición. El viejo se encogió de hombros sinceramente, y apartó su mirada de mi como queriendo demostrar que me había contado todo lo que sabía, y yo estaba realmente agradecido por su amabilidad. Pero lago me decía que de hecho el sabía algo más y que probablemente tenía miedo de hacer el ridículo si me lo contaba. Intente insistir un poco más pero como el se negaba a divulgar nada más me retire gentilmente.

"Esperé unos instantes a que el se girara en mi dirección e intenté poner mi sonrisa más encantadora. Mi vecino, el señor Jefferies, empecé yo, seguro que le conoce, me comentó esta mañana también sobre ese extraño tema. El parecía pensar que la maldición podría tener algo que ver con la mujer que vivía en la casa. Parece ser que ella la mataron en esa curva traicionera que no está lejos de la casa, la que la gente del pueblo llama "la hace viudas".

"Al mencionarle el nombre de Jefferies, ello pareció infundirle coraje a el viejo enterrador. Supongo que sería por que al ser Jefferies un prominente miembro de la comunidad que quería hablar sobre el tema nadie podría acusar al viejo enterrador de ser un cotilla. Espere un momento, esperando que la significativa pausa le haría continuar de contar lo que el obviamente sabía. Al final mi paciencia dio sus frutos."

"Bueno, pues si el señor Jefferies ha oído las mismas historias que yo, nadie me puede decir que hablo a destiempo, cuando un hombre tan importante también lo hace. Ahora, eso si, le vuelvo a decir que lo que le estoy contando no lo puedo demostrar, tanto si me cree como si no. Yo no me trago esas trolas, pero ese soy yo usted puede pensar lo que quiera. Todos en esta ciudad hemos crecido oyendo lo de la muchacha que mataron en la hace viudas, no es que sea la única, pero la gente dice que podría ser la primera. Bueno el rumor dice que era alguna clase de gitana, y que antes de morir, le echó una maldición a tu primo y a su padre, desde entonces según el rumor, su espíritu rondaba al viejo y al final lo mató."

"Intenté no reaccionar muy notoriamente al oír estas palabras, pero naturalmente sabía que lo que me estaba diciendo era verdad. Tenía todo el sentido del mundo que mi visitante indeseado fuera simplemente un espíritu que continuaba visitando el mismo lugar en el que ella había estado siempre. Cualquiera que fuera la razón para volver al mundo de los vivos, yo había esperado que ahora que mi primo lejano- quien parecía tener algo que ver con su prematura muerte- había muerto, quizás ella ya no sentía que tuviera una razón para continuar con sus visitas nocturnas.

"Yo había oído que los fantasmas eran a menudo espíritus de los muertos que por laguna razón no estaban preparados para abandonar este mundo. Me pregunté si la siguiente vez que ella viniera a visitarme podría convencerla de ya había terminado su trabajo, y de que yo nunca le había hecho ningún daño, ni le deseaba ningún mal a ella, así que ya no tenía motivos para reaparecer. Si eso era todo lo que hacía falta para convencerla de que descansara en paz, entonces, yo estaba más que dispuesto a intentarlo.

"Solo para aclarar las cosas le pregunté al viejo si sabía algo sobre la esposa de mi primo lejano, cuya tumba esta junto a las demás. Por lo que me había contado, supuse que no era la chica gitana que el había mencionado, así que presumiblemente, ella no era mi espíritu".

"Bueno, no lo se seguro, como usted entenderá, pero la gente dice que la gitana hizo la maldición para todo el que vivía en la casa, sea el viejo o su mujer, Pero como ya le he dicho no tengo pruebas de nada de eso.

"Pude ver el cansancio reflejado en sus facciones, y me estaba dando cuenta de que la sombra en el cementerio crecía a cada segundo, así como el hecho de que a el le quedaba todavía bastante por cavar hasta completar su tarea. Pero el hecho de que el no hubiera mencionado el nombre de la última lápida me hizo sentir curiosidad. Le pregunté si Spencer Jethro Hunt también era victima de la maldición gitana, y de nuevo el se encogió de hombros de la manera que solía hacerlo antes de revelar lo poco que el sabía".

"Nadie lo sabe seguro, o por lo menos, nadie lo dice, pero me parece recordar que el murió antes que, la joven muchacha gitana, pero si fue como resultado de la maldición, eso no lo sé."

"Le estreché la mano al viejo para darle las gracias. La información que me había dado bien valía el puñado de peniques que le había dado.

Además, no parecía el tipo de persona que ador-
naría una historia solo para tener a alguien con
quien hablar. Así que, incluso si lo que me había
contado resultaba ser casi todo mentira, yo sentía
que mi tiempo con el había sido bien empleado."

13

"Salí de la iglesia y empecé a caminar hacia la calle principal. Se empezó a levantar viento y algunas de las hojas caídas de la iglesia me golpeaban la espalda, casi como si no quisieran que me fuera. Me abroché el abrigo para protegerme del frío y pensé largo y tendido sobre lo que el enterrador me había contado. Parecía totalmente implausible para mi que hace meramente una semana yo tenía una opinión tan negativa sobre los adivinadores, lo espíritus y esas cosas, y sin embargo ahí estaba yo, experimentado fenómenos etéreos en primera persona, discutiendo la plausibilidad de las maldiciones gitanas con un completo extraño en medio de un cementerio. La experiencia había sido una lección de humildad. Como alguien que había despreciado tales eventos, la experiencia me había hecho volver a poner los pies en el suelo con un sonoro tortazo.

"Pasé por delante de la biblioteca y deseé que ojalá fuera la mañana siguiente. Después de lo que el viejo me había dicho, la aseveración de la señora Wilsby de que había libros y documentos en su santa sanctórum que me permitiría atar todos los cabos de la historia, me hizo sentir un renovado entusiasmo para averiguar cuanto pudiera antes de que Jennifer viniera. Ya había decidido que no quería que Jennifer pasara ni una noche siquiera en esa casa. Aunque ella era una persona que tenía la cabeza muy bien amueblada y quien no rehuiría de lo que quiera que estuviera ocurriendo en la casa, por egoísmo propio no estaría tranquilo si ella estaba en la casa cuando se hiciera de noche, incluso estando yo con ella.

"Comprobé que hora era en mi reloj, Mi corazón pegó un salto cuando me di cuenta de que Jennifer ya habría vuelto a casa del trabajo. Me dirigí hacia el supermercado donde siempre compraba las provisiones y la comida e hice algunas compras al tuntún para tener cambio para llamarla por teléfono. Jennifer contestó a al segundo tono de llamada. Después de hablar todo el día sobre maldiciones, fantasmas y espíritus, el sonido de su voz fue como un río de tranquilidad que emanaba de todo mi ser. En cuestión de segundos había enterrado en el fondo de mi mente cualquier pensamiento sobre mi indeseado visitante, y escuché felizmente la excitante historia de lo bien que había ido la sesión de fotos y que ya podría recoger los bártulos la noche siguiente.

"Hice una nota mental justo en ese momento de comprobar la disponibilidad en el hotel donde me había hospedado mi primera noche en la ciudad. Era solo por si Jennifer decidía venir el sábado para ver la casa- lo cual yo estaba seguro que ella haría. Así, si se hacía muy tarde para volver a nuestra casa en Londres en coche, al menos tendríamos un sitio donde pasar la noche. Casi podía imaginar en mi mente la discusión que tendríamos sobre la conveniencia de pasar la noche en la casa, sabiendo lo fácil que era para ella convencerme de lo que ella quisiera, decidí que podría ponerle la excusa que Jefferies y Peterson me habían advertido que los cimientos de la casa no eran seguros o algo de así de ese tipo. Incluso entonces, debía prepararme para una discusión.

"De nuevo hablamos hasta que se me acabó el dinero suelto, y cuando al final volví a poner el auricular en su sitio sentí una profunda pena desde la boca del estomago, que me pasaba por el corazón y me llegaba hasta la boca, hasta el extremo de casi podía saborear la miseria. Echaba a Jennifer de menos, y sabía que ella sentía lo mismo. Decidí en ese momento que esa iba a ser la ultima vez que pasaríamos tanto tiempo separados, sin importar las circunstancias.

"De camino a casa, paré en "el jabalí" para comprobar la disponibilidad de las habitaciones para la noche siguiente, y felizmente descubrí, que, al ser temporada baja podíamos elegir la habitación que quisiéramos. Hice una reserva provisional y decidí quedarme y pedir una pinta de cerveza para fortalecerme para la noche que me quedaba por delante. Mi bravuconería de antes cuando me prometía mi mismo que desafiaría a mi visitante nocturno, si es que ella volvía otra vez, estaba empezando a menguar y decidí que tener un poco de alcohol en el cuerpo era justo lo que necesitaba.

"Para cuando dejé el hotel el viento soplaba con mucha fuerza, y había incluso algunas gotas de lluvia en el parabrisas cuando me metí en el coche. Me tomé el viaje en coche de regreso a la casa con calma, en parte porque la lluvia se estaba empezando a coger, pero también porque la cerveza me había chispado un poco.

"Conseguí llegar a la casa de una pieza, teniendo precaución extra cuando me aproximé a la curva tras el cambio de rasante llamada la hace viudas, debido a la lluvia y al viento. Solté un suspiro de alivio cuando aparqué fuera de la casa y me quedé un rato en el coche cogiendo mis compras antes de entrar corriendo a la casa por la puerta principal.

"Una vez adentro, tal y como esperaba tenía una nota de la señora Jarrow informándome que había horneado un pastel para la cena y que me había dejado un trozo en el horno. Esperaba que cualquier ofensa no intencionada que ella pudiera haber sentido por mi reticencia a divulgar los sucesos de las noches pasadas hubiera sido olvidada. Mientras pensaba sobre ello, le escribí una nota para que la viera por la mañana, ya que yo sabía que a la hora que ella llegaba yo ya estaría en la biblioteca. Le mencioné que echaría mucho de menos su espléndido desayuno, pero que tenía una importante cita a la que acudir y que no podía llegar tarde.

"Encendí las luces del salón principal y encendí el fuego que ya estaba preparado. El calor del fuego y la luz que emitía me reconfortó y me quedé en la habitación durante un tiempo para que mi cuerpo absorbiera tanto calor como fuera posible. Hasta ese momento no me había dado cuenta de lo frío que estaba por culpa del aire nocturno y de la lluvia.

"Después de haberme calentado lo suficiente, bajé a la cocina para ver que manjar me había dejado la señora Jarrow para la cena, no me decepcionó en absoluto. No solo me había dejado un enorme trozo de pastel de carne y riñones, si no que también me había dejado unas verduras como guarnición para acompañarlo. Supongo que ella y su marido deben de haberlo dejado de camino al trabajo esa tarde porque la comida estaba todavía bastante caliente, y aunque yo estuve tentado de calentarla, tenía tanta hambre que me lo llevé al salón y lo devoré junto al fuego.

"Unté con mantequilla un bollito crujiente que había comprado esa tarde en la ciudad y lo usé para rebañar la salsa de los jugos que la carne del pastel había ido soltando. Probablemente comí demasiado deprisa, pero estaba hambriento, y cada bocado me sabía a gloria bendita. Una vez yo hube acabado, llevé los platos abajo y descorché una botella de vino y llevé la botella y un vaso de cristal arriba y me senté junto al fuego.

"Cuando me estaba tomando el segundo vaso de vino esa noche me entraron muchas ganas de trabajar. Era cierto que ya llevando tres días en la casa solo había hecho el más pequeño esfuerzo por investigar entre las pertenencias de mi primo, con la semana que ya se venía encima, decidí que empezaría esa noche, y con suerte continuaría a la tarde siguiente después de ver a la bibliotecaria. Casi lamenté haber abierto el vino antes de tiempo, ya que, sin duda, sumado a la pinta de cerveza que ya me había tomado estaba empezando a entrarme sueño.

"Decidí guardar el resto de la botella como premio para después de terminar el trabajo, y me obligué a subir y me tiré agua a la cara para que ayudara a despertarme. Fui a la habitación colindante a la mía y abrí el primer baúl que estaba en una de las esquinas de la habitación. Parecía estar lleno de ropa de hombre. Estaban ordenadamente dobladas aparentemente colocadas en el baúl con mucho cuidado. Empecé a sacarla de una en una. Estaba fabricada de un material de alta calidad, aunque estaba un poco pasadas de moda. Algunas de ellas parecían más adecuadas para un caballero de principios del cambio de siglo.

"Había varios abrigos, unos hasta casi los tobillos y otros hasta la cintura, pero definitivamente no eran del estilo de estos tiempos. Tuve la impresión de que las ropas estaban hechas a medida, más que compradas ya fabricadas en un Burtons de la ciudad o un John Collier. En el fondo del primer baúl, bajo la última prenda de ropa, encontré una gran bolsa de cuero cerrada con una correa. Desabroché la correa y encontré dentro unos papeles y documentos que parecían de naturaleza legal.

"Examiné los papeles, pero no pude entender ni siquiera aquellos que no estaban escritos en latín ya que estaban en una letra imposible de entender. Los documentos estaban muy deteriorados, y varios de ellos se deshicieron en mis manos cuando los desdoblé para leerlos. Decidí que sería mejor que Peterson les echara un vistazo y esperaba no haber roto ninguno que fuera importante.

"Una vez que yo había puesto todos los documentos de nuevo en la bolsa, abroché la correa y empecé a colocar las ropas tan ordenadamente como las había encontrado, dentro del baúl. El segundo baúl de la habitación, descubrí que solo estaba lleno de ropas de hombre, más o menos de la misma época que las del primero, y de nuevo, ordenadamente dobladas en su interior. Una vez más cogí cada prenda de ropa con cuidado, esperando encontrar algo interesante en el fondo. Pero esta vez no había nada que despertara mi curiosidad, así que las volví a colocar tal y como estaban y cerré la tapa.

"Me moví de habitación en habitación de la misma manera, y cada vez sufría una decepción al ver que todos los baúles estaban llenos de ropa de hombre de la mismo época y tipo que los que yo había registrado antes. Sintiéndome un poco chafado, me dirigí hacia las habitaciones del ático donde me pareció recordar que había visto otro baúl apartado en algunas de las esquinas durante mi primera inspección de la casa.

Cuando lo encontré me sorprendió descubrir que estaba cerrado, intenté abrir la tapa, pero no cedía ante la fuerza bruta.

"Me intrigaba el hecho de que este baúl en particular estuviera cerrado, cuando todos los demás no lo estaban. Así que bajé las escaleras para coger mis llaves de la casa, esperando descubrir cual de las que había en el manojo de llaves era la que abría el baúl. Antes de subir con las llaves fue a la cocina y encontré un cuchillo grueso, el cual yo esperaba pudiera ayúdame a abrir la tapa del baúl en el caso de que yo no descubriera cual era la llave que lo abría. Volví arriba y empecé aprobar todas las llaves que se parecían a la cerradura, pero no era ninguna de ellas, así que procedía a usar el cuchillo.

"Ello me llevó mucho más esfuerzo del que pensaba, pero al final conseguí abrir la cerradura y la tapa quedó libre. Levanté la tapa inmediatamente, decepcionado al descubrir más ropas, aunque estas eran obviamente de mujer. Me quedé observándolas, más que un poco frustrado por el hecho de que semejante contendido merecía ser guardado con llave.

"Lo único que me sorprendió, porque pensé que era un poco extraño era que mientras que las ropas del hombre habían sido ordenadamente dobladas, estas las habían metido de cualquier manera. Como antes, decidí que merecía la pena investigar el baúl, así que empecé a sacar cada pieza de ropa, tomándome el tiempo para doblarla antes de colocarlas al lado mía, ya que eso me pareció lo más respetuoso. Había principalmente vestidos, también bastante pasados de moda, aunque debo admitir que no soy un experto. También había un par de chales estampados y bufandas mezcladas entre toda la ropa. Cuando llegué al fondo de este baúl, vi que creía que era otro paquete de documentos, atados flojamente con una cinta.

"Saqué el paquete, y al tocarlo me di cuenta de que no era papel sino algún tipo de pergamino de buena calidad, y quité la cinta antes de extenderlo en el suelo. Cuando lo miré, se heló la sangre. Mirándome desde el suelo estaba la cara de mi visitante nocturno.

"Retrocedí, como si por algún tipo de magia ella tuviera la habilidad de salir del cuadro y agarrarme. Al soltar el cuadro se enrollo el solo sobre sí mismo, al haber estado en esa posición seguramente durante mucho tiempo. Esperé desde el otro lado de la habitación durante unos instantes muy nervioso por la inesperada experiencia. Esperé hasta que poder recobrar el aliento, antes de volver hacia lo que ahora era un inocente rollo de papel tirado en el suelo.

"Traté de coger fuerzas antes de desenrollarlo otra vez- Al menos esta vez sabía lo que esperar, pero incluso así el pensar en mirar aquellos ojos me dio escalofríos. Esta vez, una vez que estaba desenrollado, lo puse las esquinas superiores bajo el baúl, y usé mi manojo de llaves para estabilizar la parte de abajo para poder ver el cuadro en todo su esplendor.

"Ahora que tenía la oportunidad de calmarme, tenía que admitir que el cuadro esta maravillosamente pintado, y que el artista, cuyo no nombre en la parte inferior del cuadro no lograba entender, tenía muy buen ojo. La chica de pie en un prado, rodeada de flores, con unas nubes blancas en el cielo encima de ella. Era bastante extraño que ella llevara puesto el mismo vestido de flores estampadas con el que yo la había visto, y su precioso pelo largo y negro cayéndole en cascada sobre los hombros. Ella tenia una única flor amarilla colocada detrás de una oreja, y su cabeza ligeramente inclinada hacia un lado, casi como si estuviera tratando de oír algo desde la distancia.

"Ella era, sin ninguna duda, una muchacha increíblemente atractiva, y si no hubiera sido por sus indeseadas visitas, no hubiera vuelto a pensar en ella. Pero contra más de cerca miraba yo el cuadro, más me daba cuenta de que tenía una expresión de melancolía en la mirada que hacía contraste con el resto de su cara.

"Me quedé mirando el cuadro durante un tiempo considerable, hasta que al final decidí volver a colocarlo dentro del baúl. Solo que esta vez, metí toda la ropa en primer lugar, para no estropear el cuadro bajo el peso de esta.

"Me dirigí a la parte de debajo de la casa, hacia el salón principal, con un extraño, casi apesadumbrado sentimiento en mi corazón. Quienquiera que fuera esta chica, gitana o no, ella evidentemente había echado un hechizo sobre mi, hasta el punto de que yo crea que podía sentir su dolor, por la causa que fuera. Ahora estaba más convencido que nunca de que si ella se me aparecía más tarde, a su manera habitual, me postraría ante ella y le aseguraría que sabía que estaba enfadada, y que sin duda tenía motivos para ello, y entonces le suplicaría que permitiera que su espíritu descansara.

"Sabía que mis intenciones eran en parte egoístas. Aunque desde luego quería que el espíritu de la chica alcanzara la paz también estaba el problema de sus frecuentes apariciones espectrales, las cuales naturalmente era de mi interés que cesaran. Sinceramente esperaba que mi visita a la biblioteca a la mañana siguiente ayudaría a rellenar esos espacios en blanco en lo concerniente a la historia de mi triste visitante.

"El pensar en la mañana siguiente me recordó de repente que debía asegurarme de no llegar tarde, de lo contrario la señora Wilsby se negaría sin duda a ayudarme en mi tarea. Estaba agradecido de que ella se ofreciera a darme la oportunidad de visitar la biblioteca antes de su apertura y me preguntaba si ella habrá hecho esa oferta antes. Aunque nuestro primer encuentro fue muy breve, ella no parecía del tipo de persona que esta dispuesta a romper las reglas muy a menudo.

"Con esto en la cabeza, me fui a mi habitación y encendí el fuego, para que la habitación resultase más acogedora cuando me acostara. No tenía la intención de quedarme hasta tarde, aunque si mi visitante decidía presentarse y llamar a la puerta, sin duda me interrumpiría el sueño. Revolví entre mis cosas que tenía en la maleta y encontré mi viejo despertador en el fondo. Me quedé aliviado al comprobar que no había olvidado llevármelo, y puse la alarma a las seis y media de la mañana siguiente. Así me daría tiempo para bañarme y tomarme un café antes de irme.

"Volví a la parte de debajo de la casa y añadí más madera a el juego menguante. Sintonicé mi transistor para escuchar música de fondo, y apagué la luz del salón principal para dejar que las llamas crearan la atmosfera adecuada, Dejé encendida una de las luces del recibidor, solo para recibir algo de confort, y su luz no interfería con las de las llamas del fuego.

"Vertí mas vino en mi vaso y me senté en el sillón delante del fuego para relajarme. No estaba aún lo bastante cansado como para ir a dormir, así que decidí quedarme una hora o dos a escuchar música antes de volver a mi habitación. Mientras le daba sorbos a la copa, estaba repasando las conversaciones que tuve con Jefferies y el enterrador. Había averiguado bastante gracias a ellos dos, pero aún me quedaban bastante incógnitas en la historia. Sopesé hacer una lista de posibles preguntas que podría hacerle a la bibliotecaria a la mañana siguiente. No es que yo esperaba que ella estuviera dispuesta a contarme todo lo que ella supiera. No me parecía que fuera le tipo de persona que diera mucho crédito a los rumores o los cotilleos. Pero quizás si yo tuviera una idea en al cabeza, podría animarla a que añadiera algo de peso a lo que fuera que pudiéramos encontrar entre los archivos de la biblioteca.

"Yo ya había decidido que no iba a preguntarle sobre la joven gitana, la que mataron en la curva del barranco llamada la hace viudas. Una muerte así debe de estar registrada, y afortunadamente la bibliotecaria podrá añadir algo más sobre el asunto. Lo que me llevaría a saber más sobre la chica y su importancia en la casa. A partir de ahí no era descabellado que ella encontrara algún registro sobre información relacionada con las muertes de mis familiares lejanos que habían vivido allí. Eso explicaría si realmente había algo de verdad en las especulaciones del enterrador sobe que la chica era la responsable de esas muertes.

"Me volví a sentar en el sillón y me bebí el vaso, con toda la intención de levantarme y buscar un papel y un boli para empezar a tomar nota de mis pensamientos. Pero antes de poder levantarme del sillón, me quedé dormido.

14

"Una vez más me despertó el sonido de portazos penetrando en mis sueños. Me senté sobresaltado, convencido al principio de que solo había sido un sueño. El fuego aún estaba encendido, aunque las llamas apenas eran visibles. La emisora de radio que había estado escuchando todavía seguía emitiendo, pero la programación había cambiado y al estar aún medio dormido encontré la nueva música bastante irritante, así que estiré el brazo para apagar el transistor. Pude ver por encima de mi hombro que la luz del recibidor aún estaba encendida, así que al menos el generador no había saltado.

"Me levante haciendo fuerza con los codos que descansaban en mis rodillas y me froté los ojos para despertarme, forcé la vista para ver mi reloj en la mortecina luz que emitía los últimos troncos del hogar y vi que pasaban un poco de las once en punto. Esperé sentado en mi sillón, convencido de que en cualquier momento oiría los golpes de nuevo. Era demasiada coincidencia para ser solo un sueño, pensé que en cualquier momento volvería a oír unos portazos en la puerta de la galería.

"Cuando al final llegaron como sabía que lo harían, los golpes eran en cierto modo diferentes, más nítidos y no tan urgentes como lo habían sido antes. Al levantarme de la silla me pareció que el sonido provenía de la puerta principal y no de la galería. Al principio no estaba seguro si era algo de lo que me debía alegrar. Mientras me quedé ahí parado en el recibidor sopesé las posibilidades de que mi indeseado visitante decidiera usar la puerta principal de la casa y la comparé con la otra opción = que tuviera un visitante nocturno de una naturaleza más usual.

"Me dirigí hacia la puerta principal y puse la oreja contra la puerta. Podía oír el sonido de la lluvia golpeteando contra un lado de la casa, pero nada más, así que decidí pedir en voz alta que quien fuera que estuviera tras la puerta se identificara."

"Yo soy señor, Jarrow y su esposa"

"Abrí la puerta y efectivamente ahí estaba la pareja, calándose hasta los huesos por culpa de la lluvia. Les invité a entrar, ya que me parecía que fuera cual fuera la razón por la que habían venido a esas horas, no podía dejarles ahí en una noche tan horrible a merced de los elementos. La verdad es que, aunque yo no quería admitirlo en ese momento, me alegraba mucho su compañía.

"Una vez adentro me di cuenta de que el viento se había cogido bastante considerablemente desde que llegué a casa, y ahora sentía como si fuera una tormenta a gran escala. Invité a la pareja a quitarse sus abrigos y a venir conmigo al salón donde al menos se estaba caliente gracias al fuego. Ambos aceptaron mi oferta, y cuando entramos al salón Jarrow vio las brasas moribundas el fue directamente a añadir más leña para avivar el fuego.

"Les ofrecí a ambos un vaso de vino, pero declinaron la invitación educadamente. Le ofrecí a la señora Jarrow la opción de sentarse en mi sillón ya que era el más próximo al fuego, pero también declinó y sentó en una de las sillas de respaldo duro de la mesa. Antes de poder ofrecerle mi sillón a Jarrow, el fue junto a su esposa y se quedó tras ella, casi si como por alguna razón el sintiera que debía de protegerla.

"Yo estaba ciertamente intrigado por lo inusual de su aparición ante mi puerta, y como ambos declinaron algo de beber, me pareció que aquello no se trataba de una visita social. Me di cuenta como la señora Jarrow estaba apretando entre sus manos una gran bolsa de cuero, que parecía mucho más robusta que la que ella solía usar. A pesar de la penumbra yo podía observar que la apretaba con tal fuerza que se le habían puesto blancos los nudillos. Jarrow por su parte, había puesto sus manos sobre los hombros de su mujer, y parecía apretarlos suavemente.

"Era obvio que la pareja estaba muy nerviosa por estar aquí e intenté calmarles un poco agradeciendo a la señora Jarrow la esplendida cena que me había dejado, lo que casi le arranca una sonrisa. A todo ello siguió un momento de silencio mientras esperaba a que la pareja dijera porque estaban allí, pero cuando resultó evidente de que ninguno de los dos tenía intención de ofrecer tal explicación, le pregunté directamente, asegurándome de no hacerles pensar que su visita no era bienvenida."

"Bueno, verá, señor, esto es lo que pasa. Mi esposa aquí es una persona muy sensible y siempre ha sentido que había algo raro en esta casa. Ella se lo dijo una vez a nuestro antiguo jefe, pero el la hizo callar y le dijo que no fuera tan loca, y ella nunca volvió a sacarle le tema. Pero el problema es que mi esposa siente que sin ninguna duda hay algún tipo de presencia en esta casa, la cual, en ausencia de su primo, se ha aferrado a usted, y para ser honestos ella esta cada vez más preocupada por usted y su seguridad. Tanto que no ha sido capaz de pensar en nada más y todo el día y toda la tarde en el trabajo ha estado molestándome para que vengamos a verle, así, que aquí estamos.

"Escuché atentamente a lo que Jarrow me estaba diciendo. Era obvio que su esposa no se molestado por ni negativa esta mañana. De hecho, era bastante conmovedor que ella se sintiera tan protectora hacia mí que sintiera que su visita nocturna era necesaria. Lo que obvio por los gestos de ambos era que ambos estaban bastante nerviosos por estar allí y contarme esa teoría. Imaginé que después de haberla repudiado, la señora debió de su pensar que yo era como mi primo, no deseaba discutir sobre ese asunto, y que probablemente no agradecería que los dos metieran las narices en mis asuntos.

"Pero realmente, nada podía estar más lejos de la verdad. El hecho de que yo me hubiera mentido a mí mismo al pensar que no podía divulgar lo que me había estado sucediendo las últimas noches, porque ni yo mismo podía aceptarlo, era una tontería. La verdad era que yo estaba empezando a admitir, que estaba demasiado avergonzado e incluso paranoico para mencionárselo a alguien, por miedo a ser ridiculizado o como mínimo tomado por loco.

"Incluso me había convencido a mi mismo que no le contaría lo que me había pasado en la casa a Jennifer, y eso que no nos guardamos ningún secreto el uno del otro. Pero si no se lo podía decir a mi esposa ¿Cómo iba a discutir esta situación con unos extraños? Lo que yo no podía negar era el inmenso alivio que recorrió el cuerpo, cuando Jarrow me contó que el y su esposa ya sabían, al menos sospechaban lo que pasaba.

"Sentía como yo estaba temblando ante la perspectiva de compartir mi carga. Le ofrecí a la pareja una copa de vino que rechazaron educadamente una vez más, pero sabía que yo necesitaba tomar algo, así que cogí la botella para servirme un vaso de vino y la volví a dejar encima de la mesa. El alcohol se abrió camino por mi garganta, calentándome por dentro. Miré de nuevo a la pareja y noté que la señora Jarrow parecía pensativa, lo que me hizo sentir culpable por mantener a ambos en suspense.

"En ese instante me decidí a contarles todo, esperando que ellos podrían arrojar más luz a lo que estaba pasando. Me temblaban las manos, así que volví a dejar el vaso en la mesa para prevenir ningún accidente. Me aclaré la garganta, e intenté calmarme lo mejor que pude antes de hablar. Era difícil saber por donde empezar, así que decidí empezar por el principio con mi primera noche en Denby Manor.

Mientras relataba mi historia, estaba sorprendido ante la falta de respuesta de ninguno de los Jarrows. Era casi como si les explicara el interés de las hipotecas, más que desnudar mi alma. Ninguno de los dos pareció sorprenderse por nada de lo que yo decía, y aunque no especifiqué que ahora creía que la chica era un fantasma, mis deducciones eran los suficientemente claras como para que ellos lo comprendieran.

"Una vez terminé de relatarle a la pareja mi historia ellos se miraron el uno al otro, e intercambiaron uno de esos asentimientos silenciosos que parecían compartir. Tras lo cual, fue Jarrow el que hablo primero una vez más".

"Verá señor, mi esposa y yo, bueno, compartimos un don, por así decirlo. No nos gusta presumir de ello, muy poca gente lo sabe. No somos de ese tipo de gente que les gusta llamar la atención. Se podría decir que vemos nuestra habilidad mas como un inconveniente que como otra cosa, porque la verdad es, la tenemos tanto si nos gusta como si no.".

"Naturalmente yo sentía curiosidad sobre a que "don" se estaba refiriendo Jarrow, y para mi vergüenza, en ese momento empecé a creer que ellos estaban a punto de hacerme un truco para estafarme haciéndose pasar por médiums o algo así. Tanto si ellos se dieron cuenta de mis sospechas como si no, la señora Jarrow decidió que ella tenía que intervenir y continuó con la explicación de su marido yendo directamente al quid de la cuestión.

"Lo que Jarrow quiere decir, señor, es que hay veces, cuando mi marido y yo nos ponemos a ello, que podemos contactar con aquellos que ya no están en este mundo. Sobretodo si resulta ser un alma torturada que no ha podido encontrar la paz, y como le ha explicado Jarrow, he estado sintiendo la presencia de ese alma que le está molestando, y que se esta haciendo más fuerte con cada día que pasa desde que usted llegó.

"Al escuchar como la señora Jarrow casi me imploraba que les permitiera actuar en mi nombre, empecé a sentirme más seguro de que ellos iban en serio. Debo admitir que estaba agradecido por su propuesta de intervención en mi nombre, y contra más pensaba en la posibilidad de aceptar su propuesta, más ligera se me hacía la carga que llevaba sobre mis hombros. Sin embargo, como buen escéptico que soy, me estaba cuestionando la eficacia de lo que me estaban proponiendo, pregunté tímidamente, ¿qué era exactamente lo que pensaban hacer para ayudarme con mi situación?

Tranquila, pero con un aire de precaución y un poco nerviosa, la señora Jarrow se inclinó en su silla, como si alguien en la habitación tras ella pudiera oír su propuesta, y habló apenas más alto que un susurro.

"Si usted está de acuerdo señor me gustaría conducir una sesión, aquí, esta noche, en esta habitación"

"Ella obviamente había elegido bien sus palabras y las dijo cuidadosamente. No estaba seguro de lo que ella esperaba que yo respondiera, pero ahora que las palabras flotaban en el aire la realización de su ofrecimiento estaba a punto de cumplirse. Por supuesto yo nunca había tomado parte en una sesión de espiritismo antes, para ser honesto, nunca había estado en esa tesitura en la que estaba, sobretodo ahora con la llegada de Jennifer pendiente, de no ser así probablemente yo ni me lo hubiera planteado nunca. Pero los hechos que habían sucedido eran todo menos normales, y no había ninguna manera de que yo cerrara los ojos y fingiera que si que lo eran.

"Con todo eso, yo aún estaba sopesando la oferta de la señora Jarrow, antes de tomar una decisión. Seguía intentando imaginar que harían otras personas de estar en mi lugar, pero por mucho que lo intentaba no lo conseguía, así que después de unos momentos, acepté la oferta de ayuda de los Jarrow.

"Esperé pacientemente a que la pareja colocara toda la parafernalia que llevaban en la bolsa que traían con ellos. Ambos trabajaban en silencio, cada uno se encargaba de una parte diferente del trabajo. La señora Jarrow sacó un gran mantel negro de su bolsa, y juntos, vistieron la mesa con este. Luego, los Jarrow sacaron tres candelabros de plata y los colocaron en la mesa formando un arco. La señora Jarrow seguía a su marido y metía una vela roja en cada uno de ellos, apretándolas para asegurarse de que no se cayeran. Una vez ella pensó que estaban bien fijas, las encendió.

"Mientras tanto Jarrow, sacó un tablero de la bolsa de su esposa, y lo desdobló antes de ponerlo encima de la mesa, dentro del semicírculo creado por los candelabros. Luego el cogió una pequeña bolsa de terciopelo roja, y de ella sacó lo que parecía ser un pequeño caso sin pie. Sacó brillo al vaso vigorosamente con la bolsa de la que el lo había sacado y lo sujeto para ver si había quedado limpio a la luz de los candelabros.

El asintió, casi imperceptiblemente, antes de colocarlo bocabajo en el medio de la mesa.

"Una vez que el hubo acabado, ambos comprobaron su trabajo antes de girarse hacia el otro para emitir otra silenciosa señal de aprobación entre ellos dos. La señora Jarrow tomó asiento, y Jarrow me acompañó para que tomara asiento a la izquierda de su señora, mientras que el apagaba la luz, dejando solo la luz del hogar y la de los candelabros como la única luz de la habitación. Entonces el tomó asiento a la derecha de su mujer, de manera que todos teníamos un candelabro entre nosotros".

"Una cosa señor, si me disculpa la tosquedad, debo insistir que bajo ningún concepto trate de despertar a mi mujer mientras ella esté en trance".

"Asentí, y bajé la mirada para darle un rápido vistazo al tablero Guija. Nunca había visto un instrumento como ese antes y solo me reconocía las letras del alfabeto y los números, los demás símbolos yo no sabía que podrían significar. Me quede ahí sentado un momento mientras la señora Jarrow parecía estar meditando, con los ojos cerrados y las manos extendidas en la mesa con la palma hacia abajo y los dedos abiertos. El señor Jarrow tenía los ojos abiertos y fijos en su esposa, presumí que debía de esperar a que ella dijera que estaba lista para comenzar.

"Sin advertencia ninguna, los ojos de la señora Jarrow se abrieron de golpe. Yo la estaba mirando fijamente, y abrió los ojos de una manera tan repentina que me hizo saltar de la silla. Ahora dirigía sus ojos hacia mí, pero no parecía verme. Era una sensación increíblemente extraña, me estaba mirando directamente a mi y a través de mi al mismo tiempo u aun así me fui imposible desviar la mirada.

"Después de un momento, ella extendió su brazo y colocó el dedo encima del vaso. Jarrow me miró indicando que hiciera lo mismo. Añadí mi dedo al vaso y Jarrow completó el ritual añadiendo el suyo.

"No quedamos sentados en silencio durante unos minutos. Increíblemente durante todo el proceso la señora Jarrow mantenía los ojos abiertos sin ni siquiera pestañear. Afuera aún podía oír el sonido de la lluvia golpeando contra la casa, y a lo lejos se escuchaba débilmente el sonido de un. trueno.

"Ahora que todos estábamos situados ante el tablero guija, esperando que apareciera lo que yo presumía, sería el talento de la señora Jarrow, estaba empezando a desear no haber aceptado hacer aquello. Aunque yo quería encontrar más información sobre mi visitante indeseado desesperadamente, estaba empezando a pensar que jugar con lo oculto no era la mejor manera de conseguirlo.

"El problema ahora era, por supuesto, que ¿como iba yo ahora a decir que había cambiado de opinión después de que los Jarrow se hubieran tomado tantas molestias? Teniendo en cuenta además de que ellos habían venido hasta aquí por que temían por mi seguridad, por no mencionar mi salud mental, sabía que había dejado ir todo esto demasiado lejos como para ponerle ahora un final.

"En ese momento la señora Jarrow dejó salir un poderoso grito ahogado, como si hubiera estado aguantándose la respiración durante un buen rato, y su cabeza cayó hacia atrás de manera que ella ahora estaba mirando el techo. Miré a Jarrow por si me hacía alguna indicación de lo que debía hacer, pero el permanecía sentado tranquilo, sin moverse, mirando la ejecución de su mujer sin reaccionar. Un bajo y casi gutural sonido empezó a emanar de la boca de la mujer, continuando así durante cinco buenos minutos antes de que ella bajara la cabeza hasta que su barbilla descansaba sobre su pecho.

"De nuevo, miré a Jarrow rápidamente, decidiendo imitar lo que el hiciera. Pero el simplemente miraba a su esposa sin ninguna expresión de preocupación en la cara. En ese momento, como si hubiese sido ensayado de antemano, hubo un poderoso retumbo de un trueno justo afuera, que sonó como si fuera a pasar a través de la ventana. En ese preciso momento, la señora Jarrow empezó a hablar.

"¿Estas ahí, niña? No tengas miedo, no queremos hacerte daño".

"Esperamos, pero no hubo respuesta a su invitación. Pasado un momento, la señora Jarrow lo intentó otra vez.

"¿Vas a venir a hablar con nosotros? Solo queremos que encuentres la paz".

"Milagrosamente el vaso bajo nuestros dedos empezó a temblar, y a moverse con vida propia. Observe asombrado como empezó su viaje a lo largo y ancho del tablero. El vaso se detuvo en la palabra "No". Como la señora Jarrow no podía ver el tablero pues aún tenía la cabeza inclinada. Jarrow repitió la palabra para su beneficio. Esperamos a que el vaso se moviera de nuevo, pero se quedó inmóvil. La señora Jarrow continuó con su súplica."

"¿Por qué no hablas con nosotros niña? Nosotros te podemos ayudar."

"Una vez más sentí un ligero temblor bajo el cristal mientras empezó a moverse. Esta vez empezó a deletrear una palabra, letra a letra. Jarrow leía cada letra a la vez que el vaso se movía, y entonces repetía la palabra."

"M...I...E...D...O. Miedo"

"No tienes nada que temer de nosotros, mi niña"

"De nuevo el vaso se movió"

"H...O...M...B...R...E...S...M...A...L...O...S. ¡Hombres malos!"

"Ya no hay hombres malos; por favor dinos ¿Por qué les tienes miedo?

"E...L...L...L...O...S...Q...U...I...E...R...E...N...M... I...B...E...B...E" ¡Ellos quieren mi bebé!"

"Nadie de los que estamos aquí quiere separarte de tu bebé. Por favor dinos como te llamas"

"Durante un par de segundos, el vaso permaneció inmóvil. Al final la señora Jarrow repitió la pregunta, manteniendo la voz en un tono gentil."

"Por favor dime tu nombre mi niña, no queremos hacerte daño".

"El vaso empezó a moverse una vez más, pero parecía ir más despacio que antes. Era casi como si "la guía" no estuviera segura de divulgar o no la información solicitada"

"A...M...Y... Amy".

"Amy, ¿Quién esta intentando llevarse a tu hija?"

"L...O...S...H...O...M...B...R...E...S...M...A...L... O...S ¡Los hombres malos!"

"¿Quiénes son esos hombres malos? No hay ninguno de ellos aquí ahora".

"Una vez más el vaso quedo inmóvil, aunque yo por lo menos podía sentir una ligera vibración bajo el dedo como su el vaso se fuera a mover en cualquier momento. Al final, la señora Jarrow decidió probar otra vez para intentar sonsacarle la información.

"El vaso se movió otra vez"

"P...A...D...R...E...Y...H...E...R...M...A...N...O... padre y hermano".

"Miré a Jarrow por encima de su mujer, e intercambiamos una mirada de preocupación. La señora Jarrow mantenía la cabeza agachada, así que no había manera de saber la expresión que tendría en la cara".

"¿Quieres decir tu padre y tu hermano, mi niña?"

"No...No"

¿Entonces, quien?"

"S...P...E...N...C...E...R...Spencer"

"El nombre me sonó inmediatamente. Recuerdo que la tarde que fui al cementerio, una de las lápidas del panteón familiar pertenecía a Spencer Jethro Hunt. Por lo tanto, el espíritu de la chica joven estaba hablando sobre el padre y el hermano de Spencer, y entonces ella casi con toda seguridad se estaba refiriendo a mi benefactor y a su padre.

15

No hay ningún Spencer aquí niña mía, ni su padre, ni su hermano. No tienes nada que temer de ellos ahora.

"Presumí que los Jarrow no eran conscientes de los nombres de mis parientes, a menos claro está que ellos se hubieran aventurado a ir al cementerio y leer los nombres en sus lapidas. La información que el espíritu les había dado concordaba con lo que me había contado el enterrador, así que me empecé a formar una idea más clara en mi mente.

"Consideré compartir la información con los Jarrow, pero estaba seguro de que ella no me oiría al estar en trance. De todos modos, todavía faltaban varias piezas del puzle por lo que yo sabía, así que decidí que era mejor quedarme ahí sentado callado y ver que podía averiguar de la muchacha llamada Amy"

"¿Por qué estás aún enfadada mi niña? ¿Por qué visitas aún este lugar?

"C...A...S...T...I...G...O ¡Castigo!"

"Mientras el vaso deletreaba las letras, pude sentir el hormigueo de unos dedos helados corriendo por mi espalda. Con mi primo lejano en la tumba, y yo siendo su pariente más cercano, de repente tuve la horrible sensación de que ¡el espíritu de la chica muerta estaba indicando que quería tomarse la venganza conmigo.!

"Pero si yo no tengo la culpa, nunca le he hecho daño, y si era la chica que yo creía que era ella, bueno, ella debe haber muerto antes de que yo naciera, así que ¿Qué motivos podía tener para ir tras de mi?

"Supuse que era la siguiente pregunta que iba a hacer la señora Jarrow, y quería desesperadamente implorarle que no lo preguntara. Pero había oído que era extremadamente peligroso despertar a alguien de un trance, así que, en vez de eso, me mordí la lengua y esperé con un nudo en el estomago.

"¿Castigo, ¿Para quién, mi niña?"

"Esta vez el vaso se movió inmediatamente, como si la pregunta fuera ya tuviera respuesta y no necesitara de tiempo para pensarla".

"S...U...F...A...M...I...L...I...A...R" ¡Su familiar!"

"Al leer en alto las palabras, Jarrow se dio cuenta de mi implicación en el asunto, porque me miró directamente con una expresión en la cara mezcla de miedo y pena. Lo que fuera que mis ancestros le hubieran hecho a la pobre chica, explicaba el hecho de que su espíritu siguiera aferrado a la casa y que no hubiera descansado en paz en todos estos años, presumiblemente porque uno de sus descendientes todavía poseía la casa. Si Jefferies hubiera estado presente en ese momento, hubiera aceptado su primera oferta sin dudarlo y felizmente me hubiera arrastrado ante Jennifer para disculparme por no haberle dejado ni siquiera pisar la casa antes de que yo decidiera venderla.

"En mi mente empezaron fluir todo tipo de pensamientos extraños y mayormente irracionales. ¿Qué era lo que le había pasado a la pobre chica? ¿estaban implicados de alguna manera mi benefactor y su padre de alguna manera en su muerte? ¿La habían matado ellos mismos o habían contratado a alguien que lo hiciera? ¿estaban los restos de la pobre chica enterrados en la propiedad?

Fuera de la ventana podíamos oír la lluvia golpear contra el cristal, y parecía que cada vez llovía más fuerte a cada minuto que pasaba, oímos el rugido de otro trueno al caer, mucho más cerca que el que cayó antes. Parecía como si la noche también quisiera formar parte del ritual. Tuve visiones de un trueno golpeando contra el cristal de la ventana y rompiéndolo en pedazos que quedaron esparcidos por la habitación haciendo que los sonidos de la noche fueran más penetrantes. Perros aullando, gritos maníacos. Caballos galopando por el campo con terror en la cara y en sus corazones, que les espoleaban para ir más y más deprisa.

"Sabía que debía calmarme y parar de imaginar cosas. Pero de alguna manera, me encontraba en un momento en el que la cordura me había abandonado, afectando a mis sentidos que funcionaban libremente. Estos pensamientos seguían fluyendo en la cabeza mientras la señora Jarrow continuaba con su propia investigación."

"Todos los que te han hecho daño ya no están, no tienes por que buscar revancha con nadie en este lado. ¿Por qué te tomas ese descanso que tanto mereces?

"N...O...P...U...E...D...O...D...E...S...C...A...N...S...A...R ¡No puedo descansar!"

"¿Por qué, mi niña?"

"T...E...N...G...O...Q...U...E...V...E...N...G...A...
R...M...E ¡Tengo que vengarme!"

"¿Por qué tienes que vengarte contra alguien que no te ha hecho ningún daño?"

"Durante unos instantes, el vaso permaneció quieto. Me encontré a mi mismo aguantando la respiración esperando la próxima respuesta, casi deseando que el vaso se moviera de forma que me asegurara que no iba a padecer ningún sufrimiento en ese momento. Después de un par de minutos sin respuesta, la señora Jarrow siguió con la cuestión en mi nombre."

"No vas a ganar nada vengándote de alguien quien nunca te ha hecho daño, los que te hicieron daño ya se han ido"

"N...O...T...E...N...G...O...Q...U...E...V...E...N...
G...A...R...M...E...P...O...R...M...I...B...E...B...E
¡No, tengo que vengarme por mi bebe!"

"Nadie de este lado le ha hecho daño a tu bebe, ¿si tu bebe ya se ha ido por que no te vas y estas con..."

"Antes de que la señora Jarrow consiguiera terminar la frase, el vaso empezó a moverse tan violentamente que a los tres nos costó un verdadero esfuerzo el seguir haciendo contacto con nuestros dedos. El vaso parecía posarse por las letras completamente al azar sin tener ningún sentido. Jarrow intentó seguir un par de veces, pero el se dio cuenta de que el deletreo no tenía sentido e intentaba empezar otra vez. Finalmente, el vaso paró en la palabra "No"; igual que hacia antes Jarrow repitió la palabra para beneficio de su esposa"

"¡No!"

"¿Pero por que, mi niña? Si tu bebe ya se ha marchado, ya no tiene que preocuparte más este lado".

"T...E...N...G...O...Q...U...E...V...E...N...G...A... R...M...E...Q...U...I...E...R...O...B...E...B...E ¡Tengo que vengarme quiero bebé!"

"Sin ninguna advertencia, el vaso se deslizó por el tablero lanzándose directamente hacia mí. Logré quitarme de en medio en el ultimo segundo, y me pasó rozando la cabeza antes de estrellarse contra la pared y romperse en un millón de pedazos. La sorpresa del golpe pareció causar una reacción inmediata simultanea en los Jarrow. Ella levantó la cabeza y una vez más me miró directamente con ojos que no podían ver. Su mirada me causó tanta inquietud que me giré hacia Jarrow para buscar su apoyo moral.

"Jarrow parecía que también había notado el repentino cambio de postura de su mujer, el estiro el brazo en la mesa para cogerle la mano. Por un momento todo estaba en silencio, y el único sonido provenía de la lluvia que caía y el crujido de la madera al quemarse. Me quedé ahí sentado durante unos instantes, sin saber que hacer, podía ver como Jarrow apretaba la mano de su mujer suavemente, pero no había signos de ninguna reciprocidad por parte de ella. Ella únicamente se quedó ahí sentada mirándome con aquellos ojos vacíos de su propio ser,

"Intenté, desesperadamente apartar la mirada de la señora Jarrow, pero casi me sentí como si la mujer me hubiera atrapado en algún tipo de hechizo malévolo. Entonces vi que sus labios empezaron a moverse, mientras ella empezó a cantar la misma canción que había oído cuando el espíritu de la chica joven apareció. Mientras las palabras salían de la boca de la señora Jarrow, pude ver que Jarrow estaba cada vez más preocupado por su esposa. No tenía manera de saber si esto era algo normal que solía pasar en sus sesiones, ya que no había presenciado ninguna antes. Pero los nervios de Jarrow no ayudaron para nada a calmar mi propio temor. La señora Jarrow siguió cantando, su voz casi se rompía bajo la lluvia cuando trataba de cantar las notas más altas.

Entonces la vi. La chica joven que había infectado mis noches como una plaga, flotando como suspendida de un cable invisible. Su cara, a la tenue luz de los candelabros tenía la misma expresión de siempre. Por un momento, no pude apartar la mirada de esa forma espectral. Al igual que la señora Jarrow, ella también me estaba mirando fijamente, con esos ojos increíblemente tristes, suplicándome que la ayudara. De nuevo, tenía la cabeza inclinada hacia un lado, como un perro tratando de identificar un sonido. Sus trenzas largas y oscuras enmarcaban su cara de manera perfecta y le caía por el cuello, como una bata sobre los hombros.

"La chica me miró sin ninguna pasión, con los ojos transpuestos, Me sentí indefenso, sin poder resistir. Mientras la señora Jarrow continuaba cantando, la chica que estaba suspendida en el aire tras ella empezó a levantar los brazos. Al principio pensé que quería envolver a la ama de llaves con ellos, en algún tipo de abrazo misterioso. Pero en vez de eso ella los dirigió hacia mi, animándome a ir con ella and si no fuera por el hecho de que me había quedado congelado en la silla probablemente lo hubiera hecho. Tal era el embrujo que la chica proyectaba sobre mi. Era casi obligado que Jarrow tratara de despertar a su esposa, suavemente para intentar sacarla del trance.

"Yo aún concentrado como estaba en la figura flotando de la chica joven, podía oír la voz de Jarrow al lado mía suplicando a su esposa que volviera del estado de trance. El nivel de preocupación en su voz no me fue ajeno y me di cuenta, sobretodo después la advertencia que me dio antes de no despertar a su esposa mientras estuviera en trance, de que debía de significar que el temía por su vida.

"Tenía que hacer algo, no tenía ni idea de que, pero no podía quedarme ahí sentado y dejar que algo le pasara a la señora Jarrow después de que ella se había puesto en esa situación para ayudarme. Intenté recuperar la movilidad en mis extremidades. Mientras Jarrow estaba pendiente de su esposa, sabía de alguna manera que su condición no mejoraría con mi intervención. Traté de armarme de valor, respirando profundamente varias veces y me puse en pie como un resorte, la velocidad de mi acción dejo la silla balanceándose en sus patas a punto de caer.

¡¡Amy!, grité, manteniendo los ojos fijos en la chica joven. ¡No! En esa milésima de segundo, toda la casa a nuestro alrededor pareció cobrar vida. Una enorme racha de viento arrasó la habitación, apagando los candelabros y dejándonos con la débil luz del fuego para poder ver. La mesa ante la que estábamos sentados quedó arrancada de raíz y salió volando hacia la otra esquina de la habitación, llevándose el tablero guija y los candelabros con ella.

"Pude oír el sonido de las puertas abriéndose y cerrándose de un portazo proveniente de arriba. Ahora que había una mesa entre ellos, Jarrow arrastró la silla por el suelo para estar al lado de su mujer, y alargo los brazos hacia ella para envolverla en un protector abrazo.

"En la pobre visibilidad que nos proporcionaba el fuego, la cara de la chica joven pareció distorsionarse hasta convertir su cara, unos segundos antes tan bella, en la cara de una vieja bruja, mirándome con el ceño fruncido como si se estuviera preparando para atacarme. Me quede en el sitio, aunque notaba que las piernas me temblaban como si fuera un flan, sintiéndome como si de un momento a otro fueran a ceder y me fuera a caer. Desesperadamente intenté apartar la mirada de la horrible visión que ahora flotaba al lado de la pobre ama de llaves y su marido, pero fue imposible.

"La figura con forma de bruja empezó a dirigirse hacia mí, con los brazos extendidos ante mi, y contra más se acercaba, mas difícil era para mi huir. Cuando la aparición se encontraba a apenas unos pocos metros de distancia, pude ver su terrible rostro con todo detalle. Su piel, antes blanca y suave, ahora era tensa y correosa, como si la hubieran estirado y atado alrededor del cráneo.

Mientras las uñas con forma de garra de bruja se acercaban a mi cara, conseguí cerrar fuertemente los ojos esperando compasión. En ese momento oí a la señora Jarrow dejó salir un grito petrificante, que llenó toda la habitación. Su grito pareció durar para siempre, aunque en realidad lo más probable era que no durara más que un par de segundos, pero debo confesar que mantuve los ojos fuertemente cerrados durante todo el tiempo hasta que terminó,"

16

"Cuando abrí los ojos, vi a la señora Jarrow desplomarse contra su marido. Sus hombros se agitaban hacia arriba y hacia abajo y no podía reprimir su llanto. El mismo Jarrow solo parecía encontrarse un poco mejor que su esposa, y tuve la impresión de que el intentaba reprimirse las lagrimas, que sin duda eran como resultado del miedo que había pasado por la seguridad de su esposa, porque el estaba intentando consolarla.

"¡Felizmente la bruja se ha ido! La ráfaga de viento también parecía haberse dispersado y el ruido de las puertas abriéndose y cerrándose de un portazo había cesado. Aún podía oír la lluvia azotando los cristales de fuera de la ventana, y el sonido de un trueno corroboró que la tormenta no había terminado aún.

"Dejé a Jarrow que consolara a su angustiada esposa y empecé a recolocar los muebles que la racha de viento había movido de sitio. Ahora que la sesión de espiritismo había terminado, creí que era innecesario que nos quedáramos ahí sentados en esa relativa oscuridad, así que fui a encender las luces. Bajo la reconfortante luz de las bombillas pude localizar el tablero guija de los Jarrow, lo doblé y lo puse encima de la mesa.

"Necesitaba desesperadamente otro trago, pero primero fue a ver a los Jarrow y puse la mano en el hombro del jardinero. El se giró hacia mi y pude ver como le caían las lagrimas de los ojos. Su esposa estaba todavía sollozando, aunque parecía que empezaba a recuperar la respiración entre sollozo y sollozo. Le pregunté a Jarrow si les podía ofrecer a ambos algo de beber para calmar los nervios. Jarrow aceptó y me informó que mi benefactor solía guardar un par de botellas de coñac en un aparador del salón secundario, y que el y su esposa apreciarían un vaso hasta arriba.

"Localicé el aparador en cuestión y efectivamente descubrí tres botellas de coñac, así que me llevé una conmigo hacia el salón principal y puse una buena cantidad para cada uno. La señora Jarrow había dejado de llorar, y se estaba sonando la nariz con el pañuelo que le había dado su marido. Le pase los dos vasos a Jarrow quien amablemente animó a su esposa a que cogiera uno de los vasos.

"Puede sonar un poco extraño, considerando las circunstancias, pero casi me eché a reír cuando vi a la ama de llaves coger el vaso de su marido y tomarse el contenido de un trago. Presumí que sería por los nervios y el trauma que ella había sufrido durante la sesión, pero lo que me pareció incluso más extraño fue que una vez que se había acabado el vaso, Jarrow le dio el otro y se lo tomó también de un trago.

"Les ofrecí a ambos rellenar el vaso y Jarrow aceptó gustosamente, pero su esposa negó con la cabeza. Mientras yo rellenaba el vaso de Jarrow, el recolocó la mesa que yo acababa de poner en su sitio para que tuviéramos algún sitio donde apoyar lo vasos. Brindé con el y el tomó un largo trago, encogiéndome un poco mientras el ardiente liquido me pasaba por la garganta, en aquellos tiempos yo no era un gran amante de los licores, pero pensé que mis nervios lo agradecerían.

"La señora Jarrow estaba ahora secándose los ojos con el pañuelo y limpiándose la nariz, y parecía estar de nuevo en control de si misma. Pero cuando le pregunté como se encontraba su expresión de nuevo se ensombreció, y le temblaba todo el cuerpo mientras parecía prepararse para hablar"

"¡Debe de abandonar esta casa inmediatamente! Hay un espíritu torturado que busca venganza, y no se marchará hasta que obtenga la venganza del dueño de esta casa; ¡usted!"

"La viperina manera en la que nos hizo llegar la notica nos tomó a Jarrow y mi por sorpresa el alargó los brazos hacia ella para tratar de calmarla, pero más sorpresivo fue todavía cuando ella le pegó un tortazo en la mano y estampo sus manos contra la mesa mirándome fijamente."

"Escúcheme señor, no se como expresar lo importante que es usted abandone la casa ahora, esta noche, antes de que sea demasiado tarde, Jarrow y yo tenemos una habitación libre; puede pasar ahí la noche si no quiere tener que buscar una habitación con este tiempo."

"Jarrow se giró para mirarme y asintió, y la perspectiva de abandonar la casa era tentadora. Pero yo no iba a dejar que un fantasma me expulsara de mi herencia. Eso se había convertido en mi máxima prioridad. Debo admitir que ya había decidido que Jennifer no pasara ni una sola noche en esa propiedad, pero yo me las arreglaría sin importar cuantas molestias pudiera causarme mi indeseada invitada durante la noche.

"Agradecí a los Jarrow sinceramente, su amable oferta, pero hice énfasis que no estaba en absoluto preocupado por mi seguridad y que la chica ya me había visitado todas las noches desde que yo estaba en la casa. Cuando le conté con todo detalle, describiéndole sus ojos tristes y su lastimoso comportamiento, ambos me miraron con la más extraña de las expresiones en sus caras. Después de intercambiarse la mirada, Jarrow me miró de nuevo."

"¿Quiere decir que ya presenciado el espíritu que esta causando estas amenazas?"

"Les confirmé que efectivamente así era, más aún esa misma noche. Yo no estaba seguro al cien por cien de que la señora Jarrow hubiera visto al espíritu flotando detrás suya, pero era imposible que Jarrow no lo hubiera visto. Cuando me aventuré a dar mi opinión Jarrow parecía absolutamente sorprendido y negó haber visto algo.

"No podía creer lo que oían mis oídos. Jarrow no tenía ninguna razón por la que mentir, pero el estaba mirando a su esposa de frente mientras la chica flotaba tras ella, justo cuando su esposa empezó a cantar, más aun, el se encontraba justamente allí cuando ella se transformó en una vieja bruja y empezó a flotar por encima de la mesa dirigiéndose hacia mí, justo antes de que su esposa dejara salir un grito aterrador que parecía haber tenido éxito en exorcizar el espíritu del solar."

"Señor, puedo asegurarle que no experimente ninguna visión durante la sesión de espiritismo de esta noche."

"No podía aceptar lo que me estaba contando, y quizás el coñac empezaba a hacer su magia dentro de mi, pero corrí hacia arriba, hacia el baúl que había ordenado antes y busque el cuadro de la chica con el vestido de flores y lo lleve abajo donde la pareja estaba esperándome, lo desdoblé y lo puse encima de la mesa ante ellos. Ambos estudiaron el cuadro durante unos instantes, pero ninguno de los dos parecía reconocer a la chica de la pintura como la que, hacía solo unos momentos, había estado flotando a lo largo de la mesa dirigiéndose hacia mí."

"¿Me esta diciendo que mientras yo estaba en trance usted vio esta aparición ante usted, en esta habitación?

"Le confirmé a la señora Jarrow que no solo la había visto, si no que era la misma chica que me había visitado durante las pasadas noches. Aún no podía entender como Jarrow no había podido ver a la chica flotando virtualmente justo ante el, cuando ella tuvo que flotar por encima suya para llegar hasta mí. ¿Acaso era ella invisible a quien no estaba en su línea de fuego? Eso explicaría como ninguno de mis invitados había podido verla.

"Dejé que la pareja estudiara la foto durante el tiempo que ellos necesitaran mientras bajé a la cocina a buscar algo de vino. Le s ofrecí vino a mis invitados, pero ambos lo rechazaron. Yo por otra parte necesitaba algo más familiar para quitarme el sabor del coñac de la boca. Me eché un vaso grande y creo que debí de bebérmelo muy deprisa porque inmediatamente empecé a sentirme mareado. Retomé mi asiento a la mesa y miré como la pareja seguía observando el retrato.

"En un momento dado, la señora Jarrow colocó la mano en el cuadro de la mujer, y cerró los ojos. Presumí que ella estaba intentando contactar psíquicamente, lo cual, debo confesar pensé que era muy valiente por su parte, considerando por lo que había pasado. Como mencioné antes Jarrow compartía mi preocupación por su esposa, aun no había cerrado los ojos su mujer para concentrarse cuando el se apresuró a poner su mano firmemente encima de las de ella agarrándolas con los dedos como para despegarlas del retrato. La señora Jarrow abrió los ojos inmediatamente y se quedó mirándome. Desde donde yo estaba no pude ver con que mirada la miraba el, pero obviamente fue suficiente para que ella reconsiderara su acción y quitara su mano sin preguntarme nada.

"Los tres nos sentamos en silencio durante varios minutos. Creo que todos estábamos demasiado nerviosos como para hablar. Yo, por lo menos, podía sentir que mis parpados empezaban a batallar contra el sueño, y considerando que los Jarrow llevaban despiertos desde antes que yo, trabajando en la casa solariega y luego haciendo el turno en el pub antes de venir y hacer la sesión de espiritismo, estaba seguro de que ellos también estaban deseando ir a la cama.

"Al final yo rompí el silencio al agradecerles su amabilidad, y sobretodo por poner mi bienestar por encima del suyo al intentar hacer desaparecer a mi indeseado espíritu. Pero como y faltaba poco para la media noche, sugerí que se retiraran a su granja y que mañana sería otro día. Aproveché la oportunidad para mencionarle a la señora Jarrow lo de mi cita con la bibliotecaria en la ciudad, puse énfasis en cuanto echaría de menos su maravilloso desayuno.

"La encantadora señora tuvo el detalle de ofrecerse a pasarse mañana por la mañana temprano para que pudiera comer bien antes de partir para la ciudad. Pero insistí en ellos dos disfrutaran de lo que yo presumí que debía de ser una mañana libre el día siguiente, como una muestra de mi gratitud, así como de consideración por la hora que era. Ambos me lo agradecieron profusamente, y se disculparon, si es que tal disculpa era necesaria, por no conseguir un resultado más positivo con la sesión de espiritismo. Les aseguré una vez más mi imperecedero agradecimiento, y pues especial énfasis en que sabía que habían hecho todo lo posible por ayudarme.

"Yo podía sentir que ambos estaban aún reluctantes a irse, y intuí que tendría que ver con el no quererme dejar solo. Pero yo sabía que no había nada más que ellos pudieran hacer por mí, y tan casado estaba yo, que, para no ser grosero. fingí no haber visto la preocupación en sus caras y arrastré la silla y me levanté para acompañarlos a la puerta principal. Con cierta vacilación Jarrow metió en la bolsa todas su pertenencias, y ellos me siguieron hasta el recibidor. Cuando llegamos a la puerta principal, me giré para desearles que tuvieran una buena noche, y me quedé un poco sorprendido cuando la señora Jarrow prácticamente se lanzó contra mí y me agarró por las mangas de la camisa con ambas manos.".

"Por favor, señor, le pido que reconsidere la oferta de pasar la noche con Jarrow y conmigo. La casa no le quiere a usted aquí, temo que cuanto más tiempo esté usted aquí más peligro correrá."

"Pude ver en la cara de Jarrow que el también se quedó sorprendido por el comportamiento de su esposa y subsecuentemente le costó un momento reaccionar. El se acercó y me quitó a su esposa de encima, Ella se giró hacia el con la misma mirada de súplica que me había dirigido a mí e intentó urgirle a que la ayudara a convencerme de que me fuera con ellos. Tanto insistía que me di cuenta de que Jarrow estaba más avergonzado por el comportamiento de su esposa que interesado en el mensaje que ella estaba tratando de hacerme entender. Me pareció que siendo los Jarrow obviamente tan buenas personas, ambos extremadamente humildes, a ninguno de los dos le gustaba forzar a una persona a que hiciera algo que no quisiera hacer, y seguramente ese era el motivo por el cual Jarrow se sentía tan incomodo, porque su esposa se había salido del comportamiento habitual de ambos.

"Aunque yo estaba extremadamente agradecido a la señora Jarrow por su preocupación por mi bienestar, podía entender la incomodidad de Jarrow. Puse la mano en el hombro de la ama de llaves y le aseguré que estaría bien, pero aun así ella no parecía muy convencida. Mientras Jarrow llevaba a su mujer hacia la puerta, le di una palmadita en la espalda para mostrarles mi agradecimiento y comprensión. No podía pensar en nada más que decir llegados a ese punto que no le causara al jardinero más vergüenza, así que le deje que llevara a su esposa a casa.

"Les observé como caminaban lentamente a lo largo del camino de grava, hasta que al llegar al portón giraron y desaparecieron de mi visa detrás de línea de arboles. Me sentí culpable al verlos acurrucados bajo la lluvia que les golpeaba, y deseé haber tenido un paraguas que ofrecerles. O al menos, invitarles a que se quedaran al menos hasta que la lluvia empezara a remitir. Pero al menos su granja estaba a muy poca distancia andando, y con la protección de los arboles que se alineaban a lo largo del camino les permitiría presumía no terminar completamente chopados

"Cuando cerré la puerta, como me imaginaba se fue la luz, dejándome virtualmente en la total oscuridad. Deje escapar un largo suspiro, maldiciendo lo inoportuno del momento. Lo primero que pensé fue en dejar las cosas como estaban. Después de todo pensaba retirarme a dormir y esperaba que le alcohol que había consumido me haría dormir hasta la mañana siguiente. Naturalmente, no había garantía alguna de que no recibir otra indeseada visita durante lo que quedaba de noche. Pero del mismo modo estaba razonablemente seguro de que después de haber visitado el solar durante la sesión de espiritismo, la chica me dejaría en paz, al menos por lo que quedaba de noche.

"Entonces me di cuenta de que, con la cita que tenía al día siguiente si el generador estaba toda la noche apagado, por la mañana no tendría agua caliente para darme un baño, tenía la férrea intención de causar una buena impresión a la señora Wilsby. Después de todo, realmente la necesitaba para rebuscar por la biblioteca archivos que pudieran darme alguna información sobre mi casa o mi familia, e incluso más importante, sobre la chica, sobre Amy.

"Corrí escaleras arriba para coger mi linterna de mi habitación y me aventuré fuera del casa, me puse el abrigo que había dejado en la percha, y comprobé mis bolsillos buscando las llaves antes de dar la vuelta a la casa, alumbrando el camino con mi linterna el suelo ante mí, por lo tanto, minimizando cualquier posibilidad de tropezarme, Solo me di cuenta cuando estaba a medio camino que hubiera sido más inteligente salir por la puerta de la galería, en lugar de por la puerta principal, ya que el generador estaba a poca distancia de la parte trasera de la casa. Pero era demasiado tarde para volver sobre mis pasos, así que continué andando.

"Cuando entré en la choza, le quité el polvo al abrigo y usé el haz de luz de mi linterna para localizar el interruptor de encendido del generador. Con mis dos primeros intentos la maquina solo tosió y chisporroteó, pero sin cobrar vida y recordé que Jarrow me explicó, la primera vez que vi el generador, que no siempre se encendía en los dos primeros intentos. Y efectivamente al cuarto intento el generador se encendió.

"Cerré la puerta de la choza tras de mí cuando me fue. Desde este lado de la casa era imposible estar seguro si las luces del recibidor se habían vuelto a encender, y de nuevo me maldije a mi mismo por no haber ido por la puerta de la galería. De esa manera, podría haber encendido la luz allí antes de volver, y así estaría seguro de si el generador estaba funcionando correctamente sin tener que caminar para darle toda la vuelta a la casa. Alumbre con mi linterna la parte trasera de la casa y me quedé congelado momentáneamente de terror cuando vi la familiar silueta de Amy observándome desde una de las ventanas de los piso de arriba.

"Me quedé quieto durante unos instantes, protegido de la lluvia por la repisa que sobresalía de la choza. ¡Amy no se movía! Con el triste haz de luz que emitía mi linterna, era imposible de distinguir otra cosa que su difuminada silueta tras la ventana. Pero sabía que ella me estaba mirando, aunque era imposible saber desde donde. Estaba pesando con que expresión en la cara me estaría mirando. Aunque después de lo que había pasado esta noche me temía que no sería una mirada de compasión o perdón.

"La lluvia cada ve z caía más fuerte y empezaba a ser torrencial, Podía sentir que mi abrigo se hacía cada vez más pesado por absorber el agua. Así que al final dejé a Amy con su solitaria vigilia y me dirigí hacia la puerta principal de la casa. Una vez dentro me sacudí el abrigo de las gotas de lluvias, y salí corriendo hacia la habitación que albergaba la ventana desde la cual había visto a Amy mirándome. pero cuando llegué, ¡no había n rastro de ella!

"Caminé hacia los cristales y miré afuera, solo para satisfacer mi curiosidad de si estaba realmente en la misma habitación. Cuando miré y vi la caseta del generador debajo. No tenía ninguna duda que me encontraba justo donde estaba ella un momento antes. Mientras yo estaba ahí parado, sentí una corriente aire fría por todo mi cuerpo. La verdad es que no sabía si podía ser como resultado de que acababa de venir de afuera, o por algo más misterioso y siniestro. El sentimiento que tuve me recordó al refrán que dice la gente a menudo sobre que caminen sobre tu tumba. Me deshice de esa sensación y bajé a el piso inferior para asegurarme de que había cerrado al puerta principal, y apagado las luces.

"Cuando finalmente me metí en la cama, estaba tan exhausto por todos los eventos que habían sucedido durante ese día que me dormí en cuanto apoyé la cabeza en la almohada.

17

"Amy no me dejó dormir nada bien aquella noche. Cada vez que cerraba los ojos, en cuanto me dormía, me despertaba el sonido las puertas cerrándose de un portazo por toda la casa, o también ella se ponía a cantarme su triste canción justo al oído, pero naturalmente cuando yo abría los ojos, ella no estaba allí. Cuando conseguía dormir durante unos minutos, ella invadía mis sueños, apareciendo como lo había hecho antes, no como la dulce, amable, preciosa y joven mujer, pero como la malévola criatura con aspecto de bruja, alzando los brazos hacia mí como si ella deseara arrancarme el corazón del pecho.

"Después de despertarme por enésima vez, me puse de lado y me cubrí el oído expuesto una almohada en un intento por bloquear el sonido de su constante tormento. Pero, sin embargo, no sirvió de nada. Sentía que los ojos me ardían por la falta de sueño. Todo mi cuerpo clamaba por poder descansar, pero ella se negaba a parar. Llegados a un punto, totalmente desesperado me senté en la cama y la llamé, pidiéndole saber que quería de mí. Pero su única respuesta fue otra ráfaga de aire a través de la casa, la cual, de nuevo, hizo que algunas puertas se cerraran de un portazo.

"Llegó un punto en el que oí los familiares portazos en la puerta de la galería. Por mucho que traté de ignorarlos le golpeo era incesante, aumentando su fuerza en cada golpe, hasta que al final me rendí y me destapé y para bajar las escaleras, Mientras descendía por las escaleras, ,me sorprendí a mi mismo gritando a Amy, informándole que no estaba impresionado en lo más mínimo con la actuación de esa noche y me negaba a sentirme culpable o asumir ninguna responsabilidad, por el daño que mis familiares pudieran haberle hecho.

"Una vez más, cuando llegué a la galería pude ver la sombra solitaria de la figura de Amy, justo detrás de la puerta. Estaba a punto de perder la paciencia en ese momento, y una vez que abrí el pestillo, abrí la puerta de par en par para enfrentarme a ella. Pero ahora me dolía todo el cuerpo por la falta de sueño, y ya se habían calmado mis nervios. Cuando la vi ahí de pie ante la puerta, por primera vez no me conmovió su cara de pena. Antes de tener oportunidad de suplicar mi ayuda de la manera en la que ella lo hacía. Le grité insistiéndole que me dijera que tenía que hacer para librarme de ella de una vez por todas. En vez de contestar, ella solo abrió la boca y gritó. En un instante, su grito parecía provenir de todas las direcciones. Toda la casa empezó a vibrar por la severidad del volumen de su grito, y me vi forzado a meterme los dedos en los oídos y cerrar los ojos.

"Me aparté de ña puerta abierta con las manos en la cabeza. El ruido del grito de Amy era tan intenso que parecía que la cabeza me iba a explotar. Como no estaba concentrado en donde iba perdí la cuenta de cuantos pasos había dado hasta que fue demasiado tarde, se me enredó el pie en la esquina de la mesa grande y antes de poder mantener el equilibrio, me caí hacia atrás y todo se me puso negro.

"Lo siguiente que recuerdo, fue despertarme de mi conmoción, todavía estaba tirado en el suelo de piedra, con la puerta de la galería abriéndose y cerrándose por culpa del viento. Me logré poner en posición vertical, usando la misma mesa que había sido la causa de mi caída para impulsarme. Me dolían los hombros debido a que habían absorbido la mayor parte de mi caída.

"Bajo la tenue luz que el cielo nocturno me proporcionaba, conseguí localizar mi linterna, pero para mi horror, cuando apreté el botón, no encendía. Suspirando para mi mismo comprobé el cristal, pero para mi sorpresa, descubrí que estaba intacto. Entonces, desenrosqué la tapa y saqué la pila grande, para tener acceso a los muelles para asegurarme de que no se hubieran doblado o roto al caerme. Pero parecían estar en su sitio, así que metí de nuevo la pila grande y volví a enroscar la tapa y para mi sorpresa la linterna volvió a cobrar vida.

"Estuve tambaleándome ante la puerta durante un momento, dejando que el viento me enviera. La cortante frialdad de la brisa de aire me ayudó a volver en mi, y me quedé ahí hasta que la lluvia se hizo demasiado intensa para poder soportarla. Retrocedí los pasos suficientes como para poder cerrar la puerta. Una vez que la cerré con llave, me quedé apoyado en la puerta, y pensé en volver a la cama. Una rápida mirada a mi reloj me dijo que eran casi las tres en punto así que parecía que había estado inconsciente durante una hora por lo menos.

"Me alegré de que la casa ahora parecía estar en calma. No había más ruido de portazos, y una vez más recé porque Amy se hubiera cansado de mi por esta noche. Si ese era el caso, aún tendría la oportunidad de dormir unas tres horas antes de que sonara mi alarma, que era más de lo que había disfrutado esa noche. Consideré hacerme un vaso de leche caliente para que me ayudara a dormir, pero decidí que aprovecharía mejor el tiempo tratando de dormir el máximo tiempo posible.

"Me dirigí hacia la cocina y desde allí hasta el recibidor, usando la linterna para alumbrarme. Estaba demasiado acelerado para pagar mi frustración con Amy por haber apagado todas las luces cuando me dirigía a la galería. Mantuve mi linterna apuntando hacia el suelo delante de mí mientras me abría camino a través del recibidor hacia el pie de la escalera. Me agarré a la barandilla para tener un punto de apoyo mientras empezaba a subir las escaleras. En ese momento toda la parte superior de mi cuerpo me palpitaba, sin duda por culpa de mi caída. Estaba bastante seguro de que no había metido ningún calmante en el equipaje, así que sabía que me tendría que aguantar el dolor.

"A mitad de la escalera, de repente oí un crujido en el suelo ante mi. Levanté mi linterna, y en el haz de luz vi a Amy flotando delante de mi arriba de las escaleras. La sorpresa de ver su aparición de repente hizo que soltara la linterna una vez más mientras pude agarrar la barandilla con ambas manos para mantener el equilibrio. Esta vez pude ver mi pobre linterna cayendo por las solidas escaleras de madera y estaba seguro de que se había roto cuando la oí hacerse añicos abajo en el suelo del recibidor.

"Mientras miraba a Amy por el rabillo del ojo ella parecía estar flotando hacia mi. A través de la oscura penumbra solo pude discernir su cara. Aquellas facciones dulces y amables, esa mirada suplicante que siempre tenía, suplicando mi ayuda. Descubrí en ese momento que no podía mover las piernas. Era casi como si me hubiera hechizado, forzándome a permanecer inmóvil hasta que ella estuviera lo bastante cerca para infringirme el tomento que ella tuviera en mente para mi. Me agarré al poste de la barandilla temiendo por mi vida. Mis piernas empezaron a ceder bajo mi peso, y sentí como me doblaba sobre mi mismo.

"Al final, tuve que girar la cara ante la aparición que se aproximaba. Cerré los ojos apretándolos en la vana esperanza de que, si no al veía, ella no podría venir hasta mi. Sabía que era una tontería, pero sin ninguna posibilidad de escapar mi cerebro trataba de darme esperanzas, aunque fueran falsas, que era mejor que no tener esperanzas.

"Al tener yo los ojo completamente cerrados, Amy obviamente decidió que atacaría a mis oídos en su lugar. Ella empezó a cantar su canción, tan alto que parecía como si los tímpanos me fueran a explotar. Me solté de la barandilla y me metí un dedo en cada oreja para bloquear el sonido. Pero el esfuerzo resultó fútil. Su canción sobrepasó mis defensas, haciendo que pareciera que ella estaba dentro de mi cabeza.

"Pude sentir como me estaba mareando una vez más. Me recordó a eso que sientes cuando eres niño y contra el consejo de tus padres, giras muy rápido y paras de repente, y el mundo a tu alrededor parece que se va a caer encima de ti.

"Sentí que me estaba doblando sobre mi mismo tanto como podía, casi como si estuviera intentando convertirme en una pelota humana. Aun tenía ese ruido ensordecedor en la cabeza, y casi pude sentir como Amy se me acercaba desde la distancia. ¡No tenía a donde ir!, mis piernas no soportarían mi peso si tratara de levantarme y huir. Mi única alternativa era dejar que mi cuerpo rodara escaleras para abajo y esperar que cuando llegara abajo el hechizo de Amy hubiera desaparecido permitiéndome escapar. Pero sabía que me estaba engañando mi mismo. Estaba petrificado en e mi sitio, como un pato sentado que esperara a que llegara el cazador para matarle. En ese momento creí que estaba aceptando mi final para terminar con esta tortura. Pero Amy estaba jugando conmigo, prolongando a propósito mi sufrimiento. Ella no iba a matarme, en vez de eso iba a seguir con su juego para dar el máximo efecto.

"Cuando yo ya no pude soportarlo más, dejé escapar un poderoso grito de angustia y desespero. De alguna manera, mi grito pareció haber roto el hechizo, y en cuestión de segundos, Amy dejó de cantar en mi cabeza, y yo recobré la sensibilidad en las piernas. Hice una pausa durante un momento antes de atreverme a abrir los ojos. Porque, aunque no podía oírla, tenía miedo de que su espíritu estuviera flotando encima de mi, preparada para atacar en cuanto abriera los ojos.

"Cuando conseguí reunir el valor para mirar, me alivió descubrir que Amy ya no estaba por ninguna parte. Me puse en pie y me quedé ahí un momento mas, intentando discernir en la oscuridad que me rodeaba. Sabía que no ercía la pena ir a buscar mi linterna, ya que había oído como se rompía al chocar contra el suelo cuando se me escapó de la mano.

"Durante un momento estuvo considerando regresar al salón principal, volver a encender el fuego para tener calor, y encender todas las luces de abajo para que me diera confort, antes de pasar la noche arrugado en el sillón. Sin embargo, llegados a ese punto, estaba convencido de que Amy me había atacado con todo su arsenal, y que ahora, al fin, me dejaría en paz. Con eso en mente me arrastré para subir de nuevo las escaleras hasta la cama y quedé dormido en cuanto puse la cabeza en la almohada.

"Sin embargo, de nuevo, Amy se negó a dejarme dormir en paz e invadió mis sueños, como ella misma y como Amy, la vieja bruja de la expresión maniática en la cara, mientras ella se acercaba más cerca con nunca a mi. En uno de los sueños, yo estaba casado con Amy, e íbamos a tener un bebe. Llevábamos una vida idílica que sería la envidia de cualquiera, y ambos estábamos perdidamente enamorados. Pero cuando ella me enseñó a nuestro bebe, la miré y me horrorizó el ver a Jennifer venir hacia mi en medio de una niebla etérea. Su cara se transformó en una mascara de horror. Su bonito pelo rubio, una vez suave y dorado, estaba ahora manchado de lo que parecía ser sangre seca. Sus esbeltos dedos de manicura estaban ahora deformados y parecía pezuñas con forma de garra, iguales que los de la bruja Amy, con las uñas rotas y ennegrecidas preparada arrebatarnos al bebe para llevárselo a su guarida y darle muerte allí.

"Me senté en la cama de un salto, y pronto me di cuenta de que todo había sido una pesadilla, miré a mi alrededor y pude ver que ya entraba la luz del sol desde fuera de las ventanas. Cogí mi reloj despertador y para mi horror, vi que ya eran las siete y cuarenta y cinco. O bien la alarma no había saltado o yo no me había despertado. De todos modos, solo tenía quince minutos para llegar a la biblioteca. De lo contario estaba seguro que la señora Wilsby retiraría su oferta, irreversiblemente.

"Ya no había tiempo para tomar un baño, aunque me había vuelto a despertar bañado en sudor, solo tuve tiempo de ponerme desodorante bajo los brazos antes de vestirme

"Salí corriendo con mi abrigo bajo el brazo, e inmediatamente temblé bajo al frío de la mañana al ir en mangas de camisa. Había una espesa niebla sobre el césped, pero aun no impedía la visión. Una vez tras el volante, giré la llave de contacto y el motor en un primer momento se negó a arrancar. Comprobé para estar seguro de que la palanca del estrangulador estaba totalmente abierta, y lo intenté otra vez.

"Me llevó cuatro intentos antes de que el motor encendiera así que pisé el acelerador varias veces para asegúrame de que el coche no se calara. Al final tomé la carretera de gravilla hacia la puerta principal. Por primera vez, tuve que pisar el freno, haciendo que el coche derrapara bajo mis pies, y supe que iba a tener que tranquilizarme, sin importar la hora que fuera. Razoné que no merecía la pena el arriesgarse a tener un accidente con la carretera helada, y deseé que ojalá la bibliotecaria tuviera algo de compasión bajo aquellas circunstancias.

"Cuando llegué a la curva la hace viudas, aminoré la marcha y toqué la bocina, pero no hubo respuesta. Incluso así, la tomé en segunda con mi pie izquierdo preparado sobre el freno por su tuviera que frenar de repente. Afortunadamente el camino estaba despejado y aceleré de camino a la ciudad.

"Cuando me iba aproximando a la calle principal, miré mi reloj y me descorazoné al ver que ya eran las ocho y cuarto. Aunque había llegado bastante rápido, sobretodo teniendo en cuenta el estado de las carreteras, no estaba seguro de que la señorita Wilsby apreciara mi esfuerzo. Cuando divisé la biblioteca esperaba ver la severa figura de la bibliotecaria esperándome con una expresión de desdén en la cara. Pero ella no estaba por ninguna parte. Durante un horrible momento pensé que como yo no había llegado a los ocho en punto ella se había vuelto a su casa, o a tomar un café o a desayunar.

"Aparqué fuera de la biblioteca y salí del coche. Me quedé allí en solo en el pavimento, mirando la calle hacia un lado y hacia el otro con la vana esperanza de que la bibliotecaria llegara tarde, y fuera ella la que tuviera que ofrecer una disculpa. Pero después de un rato se hizo aparente de que ella ya estaba dentro de la biblioteca.

"Subí los escalones de ladrillo rojo y miré por los paneles de cristal de una de las puertas. No había ninguna señal de movimiento dentro, aunque desde fuera, mi ángulo de referencia no me permitía ver la estancia completamente, debido a que las puertas interiores tenían cristales opacos en los paneles superiores. Había, sin embargo, un tenue rayo de luz que provenía desde detrás de los paneles, lo que me hizo pensar que había alguien dentro. Me quedé ahí un rato, deseando poder ver una sombra moverse desde el interior, Pero después de un momento al no haber tal evidencia, decidí llamar.

"En un par de segundos, apareció la esbelta figura de la bibliotecaria. Mientras caminaba decididamente hasta la puerta, me di cuenta inmediatamente de que no estaba muy contenta por mi tardanza, e inmediatamente me preparé una severa reprimenda. ¡La señora Wilsby no me decepcionó!

"Buenos días señor Ward, llevo esperándole casi veinte minutos"

"Ella miro el reloj que colgaba de una cadena unida a su ropa, como enfatizando su disgusto."

"No estoy acostumbrada a abrir la biblioteca antes de hora y en aquellas raras ocasiones en las que lo hago cuando atiendo una petición, lo menos que espero que el individuo que la solicitó sea puntual."

"Ella me atravesó con la mirada, la cual supongo habría estado practicando durante años para aquellos que devolvían los libros tarde. Me disculpé tan profusamente como pude mientras pude explicar que se me había estropeado el reloj despertador, pero noté por la manera en la que me observaba que ella no había a aceptar tal excusa. Por un terrible momento mientras ella se quedaba ahí de pie, bloqueándome el camino, temí que ella me iba a insistir en que volviera a la hora de apertura. Pero después de un momento muy tenso ella reculó y se apartó permitiéndome entrar.

"Después de cerrar la puerta detrás de nosotros, sin decirme que la siguiera, hacia las puertas que daban al interior del edificio. Su santuario interior era exactamente como debería de ser una biblioteca de ciudad. Las paredes de tres de los lados estaban llenas de estanterías de madera de color marrón oscuro, cada una de ellas repletas de libros de varios tamaños, desde volúmenes muy pesados libros pequeños de tapa blanda.

"Una vez dentro la señora Wilsby fue directamente a una mesa grande de madera que estaba en una esquina, a la que me acerqué, pude ver encima de la mesa, tres grandes volúmenes de tapa dura. El primero se titulaba "Como vivíamos", el segundo "El crecimiento de la industria" y el tercero "Nuestra ciudad". Me quede ahí de pie cerca de la mesa adyacente a la biblioteca y esperé a que ella dijera algo. Finalmente, señaló a cada trabajo por turnos mientras me hacia un pequeño resumen de cada uno de ellos."

"Estas son las únicas ediciones que pensé que podría ofrecerle alguna ayuda con su investigación, señor Ward. Este describe como era la vida durante la época victoriana, y como empezó la vida a mejorar para aquellos que vivían en pequeñas comunidades como la nuestra, en lo referente a todo desde las condiciones de trabajo a la sanidad. El segundo trata principalmente de la historia de las fabricas y las tiendas, y trata con bastante profundidad que importaciones y exportaciones ayudaron a dar forma a nuestra industria actual. El tercero de hecho, nombra a nuestra ciudad. Pero solo una pequeña parte que trata de nuestra producción de leche en el cambio de siglo."

"Una vez que ella finalizó su introducción, se giro hacia mi y espero en silencio, presumiblemente para mi reconocimiento y agradecimiento de sus esfuerzos. Pero la verdad era que yo estaba bastante decepcionado con la ínfima información que tenía ante mí. Sabía que la información que yo buscaba no estaría contenida en esa información general que sin duda ofrecían esos tres volúmenes.

"Le agradecí las molestias que se había tomado e hice hincapié en enfatizar lo mucho que le agradecía sus esfuerzos, y el hecho que ella se hubiera tomado la molestia de abrir las puertas antes del horario de apertura. Pero yo, como era comprensible no podía ocultar mi frustración por los escasos resultados de su labor. La señora Wilsby captó rápidamente mi abatimiento"

"¿Ocurre algo señor Ward? Si es que no le importa decírmelo, ya que parece usted un poco indiferente con mi selección.

"Me giré hacia la vieja señora con tanta alegría como pude reunir. Le expliqué, una vez más, que, aunque le estaba inmensamente agradecido por su trabajo, aún estaba el hecho de que yo esperaba, después de nuestra conversación del día anterior, que ella hubiera podido encontrar alguna información más especifica relativa a mi casa solariega y a mis ancestros. La bibliotecaria consideró mi propuesta durante unos instantes."

"Me temo que no tengo constancia de ningún libro escrito específicamente sobre sus ancestros, o la casa solariega, señor Ward. De existir tal libro, estoy segura de que tendría una copia aquí ya que esta es la única biblioteca de la ciudad."

"Asentí lentamente en acuerdo y me ofrecí a poner en su sitio los tres grandes volúmenes. Se notaba que la bibliotecaria estaba molesta por mi falta de entusiasmo ante sus esfuerzos, pero sentí que ya me había disculpado debidamente, y el hecho era que ella no hubiera podido encontrar nada remotamente útil concerniente a mi investigación.

"Siguiendo sus instrucciones, volví a dejar los tres volúmenes en sus respectivos lugares. Estaba intentando sondear a donde me podía dirigir para buscar información. Quizás me sentía tan decepcionado con su infructuosa búsqueda porque había puesto demasiada fe en la bibliotecaria. La verdad es que habiendo averiguado tanto los últimos días gracias a mi vecino Jefferies, el viejo enterrador, y los Jarrow con su sesión de espiritismo, me sentía como si estuviera a punto de saber la verdad de lo que le sucedió a mi espíritu visitante hacia tantos años y quizás como resultado la razón por la que el fantasma insistía en aparecerse en el solar, más aún, culparme a mi.

"Una vez que había colocado los pesados tomos en sus respectivas estanterías le agradecí a la señora Wilsby por su tiempo y me di la vuelta para marcharme. La bibliotecaria me siguió, ya que ella tenía que abrir la cerradura de las puertas para permitirme marchar. Esperé apesadumbrado, mientras ella abría la puerta para que me pudiera marchar, sintiéndome de esa manera mientras abandonaba el edifico. Estaba también perdiendo mi ultima oportunidad para conectar con el pasado y resolver mi dilema. Fue justo en ese momento, justo antes de abrirme la puerta, que ella habló otra vez. Sus palabras estaban llenas de frustración e irritabilidad, lo cual ella no se molestó en ocultar

18

"Siento mucho, señor Ward, que piense que este viaje ha sido una perdida de tiempo. Quizás si hubiera sido más especifico con su petición, podría haberle ofrecido una mejor ayuda en su búsqueda."

"Ella mantuvo la puerta abierta para que me fuera. Cuando estaba a punto de salir por el umbral de la puerta me detuve, y me quedé mirándola. Sus palabras me habían hecho pensar que la vieja mujer podría ser aún una valiosa aliada. El problema era que no me sentía cómodo revelando los eventos de las pasadas noches, y ciertamente, no tenía la menor intención en traicionar la confianza que los Jarrow habían depositado en mi al ayudarme la otra noche. Pero, por otra parte, si no le revelaba mi secreto, ¿Cómo iba a ser posible que ella pudiera ayudarme?

"Ambos nos quedamos en silencio, mientras batallaba conmigo mismo sobre si le revelaba mi secreto o no a la señora Wilsby. Ella sin duda pensaría, a causa de mi vacilación que estaba ocultando algo, y tanto si fue resultado de su curiosidad o su empeño por ayudarme, pero, tengo que reconocerle, que ella estuvo ahí parada un buen rato permitiendo que yo terminara de decidirme.

"A final, decidí que un momento de franqueza no haría daño a nadie, al fin y al cabo, tampoco tenia que entrar en demasiados detalles aquí y ahora para averiguar si la bibliotecaria podía ofrecerme alguna ayuda. Respiré profundamente y me di la vuelta hacia ella. En lugar de mencionarle los eventos de las ultimas noches, o lo del espíritu, le expliqué a la señora Wilsby que me habían contado un incidente que ocurrió en la casa hacía aproximadamente unos setenta años, y que lo que yo realmente quería era tener la oportunidad de investigar ese incidente para poder descubrir por mi mismo si había algún familiar mío que estuviera implicado de alguna manera.

"Mi suposición pareció intrigarle a la bibliotecaria, y ella se quedó ahí de pie durante un momento, evidentemente, perdida en sus pensamientos. Después de un momento, parecía como si le hubiera vendido alguna idea a la cabeza de repente. Ella me giró hacia mi y por primera vez desde que nos conocimos tenía ella tenía teñida las facciones de una sonrisa".

"Este incidente del que usted habla, habría sido de los que necesitaron investigación en su momento?

"Le pregunté si quería decir por la autoridades e inmediatamente empecé a desear haber utilizado otras palabras menos conspiratorias".

"Quiero decir mas específicamente por la prensa local ya sabe, tenemos copias del periódico de la ciudad, desde que solo publicaban una pagina al mes. Si el incidente en cuestión al que usted se refiere se hizo referencia en papel, entonces estoy bastante segura de que tendremos una copia de ese periódico en los archivos".

"Debo confesar que al oír esta sugerencia sentí como si mi corazón se saltara un latido, lo que decía tenía sentido, a menos que mi familia hubiera tenido alguna manera de ocultar el incidente, la muerte de Amy sería una noticia digna de ser publicada. La vieja bibliotecaria obviamente vio como la excitación invadía mi cara, así que ella cerró la puerta principal y le echo la llave sin preguntar si quiera si quería quedarme o no.

"Esta vez ella me hizo una seña para que la siguiera mientras me guiaba a través de una puerta grande de madera, escondida tras unas estanterías vacías en un rincón de la biblioteca. Ella abrió la cerradura con una llave pasada de moda de acero forjado, similar al tipo de las que yo poseía y que abrían la casa solariega. Una vez que estuvimos dentro, ella encendió la luz del techo, y me guio hacia abajo por unos empinados escalones de piedra que llevaban a un sótano también de piedra. Solo había una pequeña ventana al fondo de la habitación, la cual parecía estar al nivel de la calle, como pude comprobar al ver varios pares de pies pasar de aquí para allá.

"Había líneas y líneas de estanterías de metal, las cuales parecían haber sido construidas con el propósito de albergar los muchos volúmenes atados con cinta de cuero que las llenaban, hasta el punto de sobresalir. Estimé que fácilmente me hubiera llevado un mes buscar entre todos ellos, y recé por que la señora Wilsby tuviera algún tipo de sistema de archivos para hacer la tarea mas digerible. Caminamos por el medio de la habitación antes de que la vieja bibliotecaria se detuviera y extendiera sus brazos, como si ella deseara presentarme el fardo de periódicos por su nombre."

"Estos antiguos maravillosos volúmenes estuvieron una vez albergados en el ayuntamiento de la ciudad. Siento decir que no los conservaron en muy buen estado ignorando claramente su importancia. Me presenté voluntaria para guardarlos cuando el ayuntamiento fue bombardeado durante la guerra. Solo fue una medida temporal, ya sabe, pero cuando reconstruyeron el ayuntamiento nadie me preguntó por ellos, así que aquí están. Les pedí los fondos personalmente al ayuntamiento para recuperarlos, pues estaban en un pésimo estado, y en cualquier orden, no como ahora.

"No son mi propiedad, naturalmente, sin embargo, como he dedicado tanto tiempo y esfuerzo para su restauración, siento que tengo el derecho de vetar personalmente a quien quiera bajar aquí. Estoy segura de que usted lo comprende señor Ward".

"Le di la razón de todo corazón, porque pensé que no haberlo hecho así hubiera sido muy torpe por mi parte. Estos volúmenes eran obviamente su posesión más preciada, y como yo estaba deseando de tener una oportunidad para poder estudiarlos a mi aire, sentí que sería mejor darle la razón.

"Bueno, ahora ¿señor Ward, tiene usted alguna idea de en que año ocurrió ese incidente que mencionó antes?

"Pensé durante unos instantes. Teniendo en cuenta la edad de mi benefactor cuando el murió, y la fecha de nacimiento de la muerte de su padre inscrita en la lapida del cementerio, además de haber hablado con el enterrador que me contó la secuencia de los eventos que tuvieron lugar en el solar, estimé que probablemente fuero lo mejor empezar mi investigación a principios de siglo y seguir buscando a partir de ahí.

"Le explique el proceso de mi razonamiento a la señora Wilsby y agradecí que ella no fuera lo bastante inquisitiva como para preguntar a que incidente exactamente me refería, y en ese momento empecé a cuestionarme mi recelo a divulgar la historia yo mismo. Al fin y al cabo, el principal motivo por el que necesitaba estudiar los periódicos era porque quería averiguar si había en ellos alguna referencia al accidente de Amy. Por lo tanto, si le revelara a la bibliotecaria que buscaba detalles sobre la muerte de Amy, ella no podría conectar tal suceso con que su fantasma me visitara por las noches en la casa.

"Pero, por la razón que fuera, yo era todavía reacio a decirle los detalles de mi búsqueda, la vieja bibliotecaria ya había empezado a buscar entre los volúmenes, buscando cual era el correcto. Empecé a sentir un pequeño matiz de culpabilidad por no haberle confiado el verdadero objetivo de mi búsqueda. Mientras pensaba en cual sería la mejor manera de sacarle el tema, la escuche cuando empezó a recitar una versión resumida de la historia de sus tesoros impresos."

"Nuestro periódico local empezó como una hoja informativa mensual a mediados del mil setecientos. A principios del mil ochocientos había crecido en tamaño y salía cada dos meses. Entonces al final del siglo pasado, por el periodo en el que usted está interesado, se convirtió en una publicación semanal."

"En ese momento ella empezó tirar de uno de los volúmenes que estaba alojado debajo de los otros del mismo tamaño. Me acerqué para prestarle ayuda, y conseguí levantar las copias de arriba lo suficiente para que ella pudiera sacarlo. Agradeciéndome mi oportuna asistencia, la señora Wilsby, llevó el volumen de cuero a una mesa pequeña que se encontraba justo al de la ventana."

"Creo que esto es lo que esta buscando señor Ward. Todos los números del mil novecientos. Cuatro secciones, con trece números en cada uno, haciendo un total de cincuenta y dos de ese año, justo como le había explicado."

"Me quedé observando el inmaculado tomo considerando el volumen de trabajo que tenia por delante: era muy posible que tuviera que rebuscar en varios tomos como ese hasta dar con la fecha correcta, y entonces descubrir si la historia que yo buscaba existía. Aunque no tenía ningún plan especifico para lo que quedaba de día, no me atraía la idea de pasarlo en esta sombría bodega. De todos modos, le di las gracias a la señora Wilsby por su paciencia y empecé con la tarea.

"La vieja bibliotecaria se quedo a mi lado mientras yo pasaba cuidadosamente las paginas envueltas en plástico, mostrando lo que yo creía que era diligencia al tener cuidado de no dañar las paginas. Una vez que la señora Wilsby se quedó satisfecha de mi diligencia, ella se dio la vuelta y se dirigió hacia el pie de la escalera. Antes de empezar a ascender las escaleras, ella me informó de que la biblioteca iba a abrir al publico y que entonces a ella la necesitarían arriba. Ella aprovechó la ocasión para recordarme una vez más el tiempo y esfuerzo que había dedicado en restaurar las paginas que yo estaba pasando. Indudablemente solo por si a mi me quedaba alguna duda de la ira que ella experimentaría ¡solo con que arrugara una sola esquina de una sola hoja!

Cuando me quedé solo, empecé a estudiar sistemáticamente cada pagina de cada edición una a una. Cunado acabé el primer libro, regresé a la estantería de donde había visto que la bibliotecaria lo cogió. Considerando lo pesado que era, me quedé sorprendido de que la vieja señora hubiera podido llevarlo sin ningún esfuerzo aparente.

"Aunque cada pagina de cada volumen estaba forrada de plástico, algunas ya habían desarrollado claros signos de antigüedad antes de ser forradas y eran apenas leíbles. Leí por encima los titulares que trataban sobre fiestas y espectáculos locales, competiciones y historias fantásticas que trataban sobre nuevos inventos y descubrimientos que se esperaba cambiarían la vida de la gente, para siempre, sin embargo- la mayoría de ellos parecían ahora eclipsados y, en algunos casos obsoletos.

"Terminé con los volúmenes de 1901 y 1902, y estaba a mitad del de 1903 cuando la vieja bibliotecaria bajo. Miré mi reloj bajo la penumbra y descubrí para mi sorpresa que ya llevaba dos horas abajo. Hasta ese momento no había dado cuenta de lo que me dolía la espalda y los hombros debido a estar sentado encorvado tanto tiempo intentando leer el texto casi indescifrable de algunas paginas. Estiré los brazos para aliviar el dolor.

"Mientras la señora Wilsby se aproximaba a mi despacho, ella obviamente podía ver por mi expresión que aún no había tenido éxito con mi tarea. No pude evitar darme cuenta, mientras ella pasaba por las tiras de estanterías que la vieja bibliotecaria hizo un rápido examen de los volúmenes, sin duda para asegurarse de que yo lo había colocado de nuevo en su sitio. Me restregué los ojos mientras ella se acercaba"

"¿Esta usted prosperando con su tarea, señor Ward?"

"Su voz era bastante alegre y me di cuenta de que ella no estaba riendo de mi. Le expliqué que no había tenido suerte hasta el momento, pero que tenía toda l intención de seguir perseverando, siempre que ella no tuviera ninguna objeción."

"Ninguna en absoluto, solo que es una pena que no pueda ser más especifico sobre lo que esta buscando. Conozco estas paginas en profundidad, y a sabe. Me propuse estudiarlas en mi tiempo libre. La historia de esta ciudad se convirtió en un hobby para mi."

"Levanté la vista para mirar a la vieja bibliotecaria, y creí que ella pudo ver en mis ojos que su sugerencia iba a dar sus frutos. Decidí en ese momento que sería de interés mío, aclararle lo que estaba buscando, ya que ocultárselo a la vieja mujer ahora me parecía una perdida de tiempo. Respiré profundamente y le explique lo mejor que pude que mis reticencias en revelar los detalles de la historia que estaba buscando eran como resultado de no querer que pareciera que era victima de un rumor que corría por la ciudad.

"No estaba seguro al cien por cien si ella me creyó, pero incluso así, continué explicándole el incidente en cuestión, el cual yo estaba tratando de verificar, y que trataba de la muerte de una chica joven gitana, que había encontrado su fatal destino en las inmediaciones de la casa solariega.

"Para mi sorpresa, la señora Wilsby no parecía perturbada en los mas mínimo por mi revelación. De hecho, pensé honestamente que ella estaba perpleja por mi, hasta ese momento, reticencia a confiar en ella. Ella regresó a la estantería y cogió un volumen de una fila diferente y lo trajo a la mesa, colocando encima del que yo había traído antes. Le eché un vistazo rápido al lomo y ponía 1904. ¿De verdad que solo me faltaba un volumen para descubrir lo que estaba buscando? Sentí que me lo tenía merecido si ese fuera el caso.

"La bibliotecaria se ajusto las gafas y empezó a leer por encima las paginas del ultimo volumen. Después de un momento ella hizo una pausa como si estuviera comprobando algunos detalles, antes ella le dio la vuelta al libro para que yo pudiera ver que esta escrito en la pagina.

"El titular no era particularmente inusual para la época. "Hombre asesinado en un robo en la carretera". Pero cuando empecé a leer, me di cuenta del por que la bibliotecaria había considerado que la historia era de mi interés"

Se están buscando testigos después de le
    han disparado y asesinado
a un hombre joven, durante un intrépido
    robo en la carretera, el cual
tuvo lugar en Bodlin Road, justo a las
    afueras de la ciudad, el pasado
jueves. Tres hombres enmascarados,
    secuestraron un carruaje pertene-
ciente al empresario de esta ciudad,
    Artemis Hunt, del Solar Manor,
También se encontraban en el carruaje en
    ese momento, el hijo del
Dueño, Spalding, y su nieto Spencer. Los
    ladrones asaltaron al conduc-
tor y les pidieron el dinero a los tres
    ocupantes varones.
Durante la huida, uno de los ladrones se
    giro y disparó al joven señor
Spencer, Matándolo en el acto.
El señor Artemis ha ofrecido una

sustancial recompensa para
cualquiera
Que ofrezca información a el agente de la
policía local, y que resulte en
la captura de esos malhechores.

"Al lado del nombre de mi benefactor, cuyo nombre naturalmente yo ya conocía, los otros dos nombres de la pagina inmediatamente me resultaron familiares, como si los hubiera visto el día anterior, grabados en las lapidas del cementerio de la iglesia. Recordé el mensaje de Amy durante la sesión de espiritismo del anterior, donde ella dijo, a través de la señora Jarrow, que era de la familia de Spencer de quien ella estaba asustada. Ahora empiezo a preguntarme si mi benefactor y su padre eran a quienes ella se estaba refiriendo.

"Me gire hacia la vieja bibliotecaria, que había estado de pie al lado mía, mientras leía. Le pregunté si tenía constancia de algún otro articulo relacionado específicamente con los habitantes del Solar Denby, sin importar el contenido. Ella hizo una pausa durante un momento, como perdida en sus pensamientos, y entonces ella giró el tomo hacia si misma y siguió pasando paginas. Parecía estar examinando cada pagina individualmente, y sentí que empezaba a impacientarme con su laborioso método. Sin embargo, me recordé a mi mismo que sin su amable ayuda me llevaría una vida entera buscar entre todo el resto de lo volúmenes para encontrar lo que yo quería. Me senté allí observándola, sin hacer ni un ruido.

"La siguiente vez que la señora Wilsby giró el libro hacia mi para que yo leyera, ella señaló hacia un pequeño articulo, apenas de unas pocas líneas, el cual describí al muerte de una chica joven que había sido atropellada por un carruaje durante una tormenta. No hubo nada mas que yo pude sacar del articulo, más que el hecho que mencionaba que la chica vivía en el Solar Denby cuando ella murió.

"¡Tan pronto como leí el pasaje, supe que se refería a Amy! El articulo no mencionaba su nombre, pero después de lo detalles que fueron revelados en la sesión de espiritismo, parecía demasiada coincidencia para ser el caso. Leí el exiguo pasaje varias veces con la esperanza de encontrar pistas sobre la identidad de la victima, que se me hubieran podido pasar, con las prisas. Pero los destalles eran tan escasos que me di cuenta de que no iba sacar nada más de todo aquello.

"El articulo estaba entre otras noticias mas mundanas relacionadas con el día a día de la vida en la ciudad y sobre cambios en los horarios de apertura de las tiendas. Por lo tanto, me sorprendió que el editor del periódico pensara que el articulo no merecía una especial atención. Supuse que un accidente de un carruaje a principios de siglo pudiera haber sido algo muy familiar, lo que explicaría la falta de entusiasmo por la historia.

"Una vez que ella estuvo segura de que había leído el articulo, la señora Wilsby reclamó el volumen y continúo buscando entre sus paginas. Esta vez tardo incluso mas que la ultima vez, así que de nuevo esperé pacientemente hasta que estuvo lista para revelarme su ultimo hallazgo. Esta vez resultó ser la esquela a media pagina de Artemis Hunt. Devore el articulo como un depredador en un festín. Al contrario que el articulo sobre Amy, este editorial daba grandes detalles sobre la vida del importante hombre y su éxito en los negocios. Esta basado en el hecho de que el había recibido gran sufrimiento durante su vida, con la muerte de sus padres cuando el era un niño, además de la de su hermana menor varios años después de tifoidea que contrajo durante un viaje a la India.

"El articulo continuaba alabando a Artemis por el hecho de permitir que una sobrina segunda suya, llamada Elizabeth, se quedara en la casa durante el curso lectivo mientras sus padres trabajaban en el extranjero. Más aun, el tomó a su nieto, Spencer bajo su protección cuando su madre murió, y aparentemente le crio como a su propio hijo, justo hasta cuando Spencer fue trágicamente asesinado por los ladrones que atacaron el carruaje, unos meses antes en aquel año. El articulo mencionaba que su hijo Spalding le había sucedido, así el heredaría tanto el negocio familiar como el Solar Denby.

"Era curioso el hecho de, aunque Artemis muriera en casa en la cama, todavía se creyera necesario hacer una autopsia. Sin embargo, el resultado del procedimiento, solo confirmó lo que el medico ya había pronosticado, que el murió a consecuencia de un fallo en el corazón por causas desconocidas. El articulo continuaba haciendo referencia a su funeral, y como toda la ciudad fue a presentarles sus respetos".

19

"Una vez que había terminado de leer la esquela, le pregunté a la bibliotecaria si ella recordaba si había mas noticias en los periódico que me pudieran interesar. Esta vez ella no necesitó considerar la pregunta ya que ya sabía la respuesta."

"Solo hay una, de hace un par de años si mal no recuerdo. Trataba sobre la reciente muerte de la esposa de su benefactor. ¿Quiere que la busque?

"Le confirme que estaría muy agradecido si lo hiciera, y le pregunté si había alguna manera de que yo pudiera hacer una copia sobre el articulo de la muerte de Aramis. Aunque lo había leído de cabo a rabo, no quería marcharme de la biblioteca y luego acordarme de algo importante sobre el, teniendo que regresar mas tarde y molestar a la señora Wilsby otra vez".

"Tenemos una fotocopiadora en mi oficina, señor Ward, pero me temo que cobramos un chelín por cada fotocopia".

"Le pagué el dinero, y le ofrecí mi ayuda para llevar el pesado volumen arriba hasta su oficina. Pero ella no la aceptó y me ordenó cuidar el libro del año 1907, en donde ella creía se encontraba el ultimo articulo que yo quería mirar.

"Observé a la bibliotecaria subir las escaleras al fondo de la habitación, y para ser justos, ella no parecía tambalearse o hacer mucho esfuerzo. Ella mantuvo el pesado volumen bien sujeto bajo el brazo, mientras caminaba con paso firme y la espalda recta. Me puse a intentar localizar la edición que yo quería, y una vez que la encontré la llevé a la mesa.

"Lo ojeé cuidadosamente, examinando cada pagina cuidadosamente, hasta que encontré un articulo titulado "joven esposa muere mientras duerme"- empecé a leer, y estaba seguro de que el articulo trataba sobre Phyllida Rosemary Hunt, Née Cotton, el cual era el nombre que recordaba de la lapida del cementerio. La noticia decía que la fallecida era de hecho la mujer de mi bene-factor y que murió pacíficamente mientras dor-mía, estando embarazada de seis semanas de su primer hijo. El articulo no era particularmente largo, así que lo leí dos veces también. Efectiva-mente no había ninguna señal de nada sospe-choso concerniente a la muerte de la señora, tanto era así que, según la noticia, no fue nece-saria hacer una autopsia. El articulo mencionaba que Spalding, el afligido viudo, no estaba prepa-rado para hacer una declaración en ese momento y deseaba que le dejaran solo con su dolor.

"Justo cuando terminé mi segunda pasada, la bi-bliotecaria volvía al sótano, esperé a que ella le-gara a la mesa antes de darle la vuelta al libro y enseñarle la noticia, la cual ella me confirmo que era la que me había sugerido buscar. Ella me dio la fotocopia, la cual estaba un poco granulada, pero todavía legible, y antes de que pudiera ofre-cerle mi ayuda una vez mas, ella se dio la vuelta y volvió a colocar el pesado tomo del que ella había hecho la fotocopia en su estantería. Yo doble mi copia y seguí el ejemplo.

"Una vez que estábamos arriba en el edificio principal, vi que uno ojos nos seguían a ambos mientras la señora Wilsby me guiaba a su despa-cho. Evidentemente habíamos salido de una estancia que la mayoría de clientes tenían prohibido pasar, y su curiosidad les hacia ser indiscretos. Había dos chicas jóvenes y un hombre de mediana edad tras el mostrador. Una de las chicas levantó la vista y me ofreció una sonrisa, la cual yo devolví. Las otras dos estaban enfrascadas en su trabajo, así que puse mi atención en la vieja bibliotecaria y le ofrecí mi mano en agradecimiento, la cual aceptó de buena gana.

"Una vez afuera, me di cuenta inmediatamente lo apagado y nublado que se había puesto el día. Miré la hora y vi que ya casi era la hora de comer, y, como no había desayunado, sentía que se me removían las tripas en el estomago. Encontré un bar en una esquina con varias mesas libres y tomé asiento al lado de la ventana para poder observar a la gente pasar de aquí para allá mientras comía.

"Pedí un sándwich de bacon y una taza de café, y mientras esperaba llegara mi comida, saqué la fotocopia que había hecho la señora Wilsby para mi y empecé leerla una vez mas. Por la manera en la que estaba redactada la noticia, sonaba como si Artemis Hunt fuera un individuo increíblemente benevolente, de naturaleza amable y generosa. El hecho de que el hubiera optado por adoptar a su nieto huérfano, y que accediera a tener a su sobrina en la casa durante el curso escolar, no me sonaba al tipo de persona que mereciera ser objeto de la ira de un fantasma.

"Sin embargo, a juzgar por lo que reveló la sesión de espiritismo, Amy fue muy categórica en su afirmación que se trataba de "la familia de Spencer" de quien ella estaba asustada y eso solo podía significar Artemis y su hijo, Spalding, más aun, cuandoquiera que Amy aparecía en la puerta de la galería, ella insistió en su afirmación de que "ellos" estaban intentando quitarme a mi hijo, Pero, para empezar, no se hacía ninguna mención en el periódico sobre que ella tuviera un niño.

"Cuando me sirvieron la comida coloqué cuidadosamente la hoja en la que venía el articulo a un lado, de manera que no pudiera mancharla mientras comía con lo hambriento que yo estaba, mi sándwich estaba aún más sabroso de lo que había anticipado. Devoré la primera mitad en un par de bocados, y tuve que esforzarme en masticar más despacio para evitar el riesgo de atragantarme. Una vez que había terminado, tomé un sorbo de café, que aún estaba un poco caliente para mi gusto, así que volví a dejar la taza en la mesa y volví a coger mi fotocopia.

"La información en el articulo concerniente al accidente de Amy había sido tan escasa que no había nada concreto sobre lo que poder aprender. Del mismo modo, la noticia del disparo a Spencer también daba pocos detalles, no más que el hecho de que le habían disparado dos ladrones mientras se encontraba en el carruaje con Artemis y Spalding. ¿Me preguntaba, por que solo habían atacado a Spencer aquella noche?, pero de nuevo, debido a la falta de información del periódico, yo no tenía manera de saber lo que había ocurrido.

"Era posible que Spencer pudo haber ofrecido alguna resistencia, y recibió una bala por crear problemas. O quizás los tres decidieron luchar, pero los otros dos se rindieron cuando dispararon a Spencer. Entonces, por supuesto, la otra cosa que me estaba empezando a fastidiar era que Amy había mencionado a la familia de Spencer durante la sesión de espiritismo, lo que, en si misma, me parecía una extraña manera de hablar. ¿Por qué no había mencionado sus nombres?

Presumiblemente ella sabía cuales eran sus nombres, ¡ya que ella vivía en la casa de Artemis en ese momento!

"Pero, ¿Por qué vivía ella en el solar? Spencer era un familiar, al igual que la pequeña Elizabeth, así que había un buen motivo para que ellos estuvieran allí. Pero ¿por que Amy? ¿Quizás era ella una sirviente? ¿Quizá era la amante de Artemis?

"Me quedé observando el trozo de papel, examinando las palabras, aunque no leyéndolas, me sentía en cierto modo como si me estuviera perdiendo algo crucial. En alguna parte entre esas palabras estaba la pista para la siguiente parte de mi investigación. La verdad es que me estaba agarrando a un clavo ardiendo, y yo sabía demasiado bien que la biblioteca había sido mi ultima esperanza de averiguar algo más sobre Amy y la razón por la que me estaba rondando en la casa.

"Todavía me sentía como si tuviera más preguntas que respuestas, y cada vez estaba más frustrado ante la perspectiva de nunca averiguar la verdad. Quizás la parte más extraña de todas, para mi al menos, era que, si Amy hubiera estado rondando a mi benefactor todos estos años, ¿Cómo es que el no se lo había confiado a nadie? No puedo imaginar como debía de haber sido, sobretodo, si como yo sospechaba, sus visitas nocturnas le interrumpían el sueño y hacían mella es su estado mental como me había pasado a mi, ¿¡de donde sacó fuerzas para soportarlo durante tantos años!?

"Me pregunté si su determinación era quizás mucho mas firme que la mía, que el en realidad aprendió a vivir con las torturas de Amy cargadas sobre sus espaldas sin permitir que eso le pasar factura en su cordura. ¿O tuvo el efecto opuesto y lo volvió loco? Los Jarrow, por ejemplo, ¡que le habían estado viendo todos los días durante años!, considere que al ser los leales sirvientes que ellos parecían ser, ¿fue su locura algo que ellos sintieron que no debían divulgar?

"Doble el trozo de papel y lo metí en el bolsillo de mi chaqueta, antes de levantar la taza y beber todo el café que quedaba, había tardado tanto en bebérmelo que lo quedaba se había enfriado. Consideré pedir otra taza de café y me giré en mi silla para ver si podía mirar a los ojos de la camarera. Mientras ella tomaba nota de otro cliente, le hice una seña con el brazo y asintió con la cabeza, mostrando su entendimiento. Cuando ella estuvo libre camino hacia mi con una alegre sonrisa en la cara.

"Estaba a punto de pedirle que me llenara la taza, cuando me di cuenta del nombre que tenía en un broche en su uniforme "Lizzie". Durante un momento me quedé sentado con la boca medio abierta. Ella debía de haber pensado que debía de ser el tonto del pueblo por quedarme mirando así la chapa con su nombre, sin decir nada. Después de un segundo o dos me pregunto si me ocurría algo y sus palabras me hicieron bajar de las nubes. Pedí mi segundo café, automáticamente, sin ni siquiera darme cuenta de que estaba pronunciando las palabras. Mientras ella se marchaba para ir a por mi pedido, busqué en mi bolsillo la hoja doblada de papel y la leí línea a línea por enésima vez.

"Había algo en la noticia que se había calvado en mi mente, no sabía por que. Entonces lo encontré otra vez. La noticia mencionaba a una joven sobrina lejana que vivía en la casa solariega en la época en la que murió Artemis. El articulo daba el nombre de "Elizabeth. Recordaba vagamente a Jefferies mencionar que sus padres le habían contado que vieron a Amy en el lago, ella estaba con una niña pequeña que vivía en el solar.

"seria posible que la joven Elizabeth, fuera de hecho la hermana mayor de mi padre, Liz? Intente hacer un calculo mental y ella hubiera tenido ocho o nueve años cuando Artemis murió, si fuera así entonces ella probablemente sería la única persona viva que sabría lo que le pasó a Amy, y por que ella rondaba la casa.

"De repente me sentí aturdido, la cabeza me daba vueltas al ver la posibilidad de que podía tener todas las respuestas al alcance de mi mano. En ese momento, me maldije por no haber mantenido el contacto con mi tía durante todos estos años. La única vez que mi padre nos llevó a verla éramos pequeños, Jane era prácticamente un bebe, y todo lo que recuerdo sobre ella es que me advirtió de que no hablara a menos que me hablaran a mi primero También recuerdo que mi tía no era una persona particularmente cariñosa ni paciente, y en mi mente, me parece recordar que me gritó cuando tiré el zumo de naranja intentando alcanzar a coger un bizcocho.

"Incluso así, de eso hace bastante tiempo, y solo era la percepción de un niño, de la que no me puedo fiar. Sin embargo, ahora que lo pienso, recuerdo a Jane llorando cuando llamó a la tía Liz para contarle el accidente de mis padres, y la vieja solo le colgó el teléfono. De todas formas, a pesar de su actitud hacia mi ahora, al menos debo de intentar verla, porque cuando muera mi ultima oportunidad de averiguar la verdad también morirá con ella.

"La camarera volvió con mi café, y le pregunte si podía pagar en ese momento, y también si tenía cambio para llamar por teléfono. Ella atendió mi petición con su usual sonrisa, y cuando regresó con el cambio, dejé una propina y me levanté para marcharme. La oí llamarme diciendo que no había tocado mi segundo café, así que entre dientes le dije algo sobre que tenia prisa y cerré la puerta tras de mi.

"Cuando ya estaba en la calle, crucé la carretera corriendo hacia la cabina de teléfono, la cual, justamente estaba ocupada. Me di la vuelta buscando una alternativa, pero no vi ninguna cabina mas. Espere a que la señora terminara de llamar, caminando de aquí para allá como un tigre enjaulado. Solo espere cinco minutos, peros se me hizo una eternidad. Casi le arranco la puerta de la mano a la mujer cuando se sujete para que se saliera.

"Una vez adentro llamé a información telefónica y di el nombre de mi tía añadiendo que ella vivía cerca de Northumberland. Estaba bastante seguro de que ella no se había casado, así que era relativamente seguro pensar que ella aparecería en el directorio telefónico con su apellido de soltera, Ward. La operadora dio con tres posibles números y me informó que, según las reglas, solo podía dar uno por llamada. Le expliqué mi caso tan bien como pude, consiguiendo de alguna forma ocultar mi irritabilidad en mi voz y al final ella cedió y me dio los tres números. En la parte de atrás de la fotocopia anoté los tres números de uno en uno, y le di las gracias a la operadora por su comprensión.

"En el primer numero me contestó una joven señora, demasiado joven para ser mi tía, me confirmó que ella era la única Elisabeth Ward en aquella dirección. En el segundo numero no me contestaron a pesar de esperar veinte tonos de llamada, así que probé con el tercer numero. Esta vez contesto lo que parecía ser una mujer de mediana edad, que cuando le pregunte acerca de mi tía, me dijo que ya no vivía allí, y que se había mudado aun asilo hacia seis meses.

"La señora al teléfono era inicialmente reacia a darme información, pero una vez la convencí de que era de fiar, ella localizó el numero de teléfono de la casa de mi tía y me lo dio. Le agradecí profusamente, antes de colgar el teléfono. Cuando llame al asilo me contestó una muchacha joven con la voz muy aguda que me confirmó que mi tía era uno de sus residentes, y que estaba segura que a ella le encantaría verme ya que nadie la había visitado desde que llegó. Anoté precipitadamente la dirección, la cual, como suele pasar, estaba a la otra punta del condado, y le informé a la chica joven que esperaba estar allí en unas dos horas antes de colgar el teléfono.

"De camino al coche, me di cuenta de que el cielo había cambiado y ahora estaba de un color gris muy apagado, tan nublado que parecía mas tarde de lo que en realidad era. Además, se había levantado viento y soplaba fuertemente y veía a la gente por la calle acurrucándose en sus abrigos para protegerse del frío. No me apetecía realizar ese viaje, pero sabia que no lo podía posponer, ya que Jennifer llegaría al día siguiente y yo quería saber la historia completa antes de que ella viniera, para tomar una mejor decisión con respecto que hacer con el solar.

20

Me senté en el coche. Trazando la ruta que seguiría hasta el asilo donde vivía mi tía. La estimación que le hice a la chica de dos horas parecía algo optimista ya que tuve que trazar una ruta que pasaba por varias carreteras comarcales y locales para llegar a mi destino. Comprobé la hora en el salpicadero, y pasaban un poco de la una, así que encendí el motor justo cuando empezaba a llover.

"Llevaba un ritmo bastante lento, ya que iba a conducir por carreteras de un solo carril, pero la carretera no me ofreció más alternativa que hacer un enorme rodeo hasta encontrar la autopista mas cercana. Durante el camino me vi varias veces atascado tras un vehículo que circulaba a baja velocidad y que ocupaban toda la carretera, haciendo imposible su adelantamiento hasta que ellos estaban preparados para apartarse un poco y dejarme pasar.

"Llegado a un punto durante el camino, me di cuenta de que estaba tan concentrado en hacia donde me dirigía, que no me había dado cuenta de que me estaba quedando sin gasolina. Me topé con una pequeña gasolinera independiente encajonada un poco escondida, encajonada donde convergían dos carreteras comarcales, fuera del quiosco, había gran variedad de flores a la venta en cestas de plástico, así que compré un par de cestas para llevarle a mi tía un detalle. Llené el deposito para no tener que preocuparme de que se me acabara la gasolina durante el resto del viaje. Lo ultimo que quería era quedarme tirado de noche en el medio de ninguna parte.

A cada minuto llovía mas fuerte, y aunque los limpiaparabrisas estaban funcionando a máxima velocidad, apenas daban abasto con el chaparrón. Algunas de las carreteras con las que fui a dar eran prácticamente carreteras de tierra, que debido a la lluvia se estaban empezando a convertir en un lodazal, el cual seria imposible de superar si la lluvia continuaba cayendo con tal intensidad.

"Finalmente aparque frente a la residencia de ancianos a las tres y media. Aparqué tan cerca de la entrada como me fue posible, para evitar empaparme durante el camino hasta la entrada. Cogí las flores de mi tía y las sostuve encima de la cabeza ya que decidí que alguna protección era mejor que nada y me dirigí corriendo hasta la puerta de entrada.

"Una vez adentro, le di mi nombre a la recepcionista, que resultó ser la mujer joven con la que había hablado por teléfono antes, así que ella estaba avisada de mi llegada".

Le informe a su tía que iba a venir a verla, ella dijo que estaba deseando verle".

"Me di cuenta por la expresión facial de la muchacha que la segunda parte de la frase era mentira. No estaba muy sorprendido. Al fin y al cabo, nunca había tratado de contactar con mi tía antes, o averiguar como estaba, sobretodo después de lo que le hizo a la pobre Jane al teléfono. Sin embargo, yo deseaba verla, sobretodo después del esfuerzo que había hecho. Era una razón completamente egoísta, claro, porque ahora yo necesitaba que ella estuviera comunicativa con respecto a Amy, y si decidía no ayudarme, no había nada que yo pudiera hacer.

"La chica joven dejó su puesto y me acompaño a la habitación de mi tía. Mientras caminábamos por el pasillo empecé a sentirme ligeramente mareado, lo que achaqué a la combinación del olor a hospital que emanaba del lugar y al hecho de que cada vez me estaba poniendo mas nervioso por el hecho de ver a mi tía contra mas nos acercábamos a la habitación. Noté que la mayoría de las otras habitaciones que daban al pasillo estaban abiertas, y la pasar no pude evitar darme cuenta de que estaban vacías.

"La muchacha debió de haberse dado cuenta de que yo estaba mirando las habitaciones vacías y me explicó que era casi la hora del te, así que la mayoría de los residentes se encontraba en el salón común. Cuando le pregunté que por que mi tía no estaba allí, la muchacha parecía avergonzada y me explicó que, según las preferencias de mi tía, ella prefería comer a solas. Acepté su respuesta, aunque una vez más yo no estaba seguro al cien por cien e que estuviera diciendo toda la verdad, pero respeté su discreción.

"Cuando llegamos a la habitación de mi tía la puerta estaba cerrada, con un cartel de "No molestar" colgando del pomo de la puerta. La chica se aclaró la garganta, y llamó suavemente a la puerta con el nudillo de su dedo índice. Al principio no hubo respuesta y ella me miró pareciendo un poco avergonzada, antes de volver a llamar, ligeramente mas fuerte".

"Lee el cartel"

"La voz que se podía oír desde detrás de la puerta de madera, tenía un tono severo y áspero. La muchacha me miró de nuevo, sus mejillas se le enrojecían mas a cada segundo, Podía sentir su vergüenza, y le ofrecí una sonrisa amable en comprensión"

"La muchacha hablaba desde el otro lado de la puerta en vez de abrirla"

"Y te dije que podías decirle que yo no recibo visitas, ¿o eres demasiado estúpida para entender unas instrucciones tan simples?

"Verity se mordió el labio inferior, y no se le veía segura de como proceder así que decidí sacarla de su miseria y tomar yo la iniciativa. Llamé a la puerta, y no esperé a que hubiera respuesta antes de informarle a mi tía que yo estaba allí, que si no podía compartir unos minutos conmigo. Le mencione que necesitaba su ayuda enormemente y que no tenía a nadie mas a quien acudir, con la esperanza de que mi suplica le despertara el interés y accediera a verme.

"El truco pareció funcionar, porque un par de minutos después ella nos llamo para que entráramos. Su habitación era más grande de lo que hubiera imaginado. Había una cama individual en una esquina, con una mesita de noche que albergaba una lámpara de aspecto ornamentado.

Un ropero grande y una cómoda ocupaban una pared. Delante de una estantería había un cómodo sillón de cuero, con una lámpara tras este. Mi tía estaba sentada junto a una mesa al lado de la ventana, leyendo. Ella no se molestó en dejar el libro cuando entramos, y actuó como si no fuera consciente de que estábamos allí.

"Ahí parado junto al marco de la puerta junto a Verity no se sabia que hacer después. La idea de dirigirme hacia ella y darle un beso en la mejilla me pareció demasiado atrevida considerando como ella había respondido a mi llegada. Por suerte, Verity tomó la iniciativa, y anunció mi llegada como fingiendo que creía que mi tía no se había dado cuenta. Cuando ella le mencionó las hermosas flores que yo había traído, mi tía no se dio la vuelta, si no que olió el aire con una pizca de desdén, antes de comunicarnos que a ella no le gustaban las flores, y le pidió a Verity que se las llevara y las pusiera en el salón común, donde según ella, las viejecitas se sentaban a jugar a las cartas y a los juegos de mesa toda la tarde.

"Le di las flores a Verity, quien las cogió, agradecida, sin duda feliz por tener una excusa para dejarnos solos. La observe caminar por el pasillo antes de cruzar el umbral de la puerta y cerrarla detrás de mi. Continué merodeando durante un rato, esperando a que me tía me invitara a sentarme con ella a la mesa. Pero una vez que me di cuenta de que esa invitación nunca llegaría. Crucé la habitación por iniciativa propia y me senté en una silla enfrente de ella.

"Ambos nos quedamos callados durante unos minutos, mientras yo trataba de reunir el coraje para hablar, no digamos sacar el tema de Amy. Al final mi tía cerró el libro y se quitó las gafas, dejando ambas cosas encima de la mesa. Ella se masajeo el puente de la nariz con ambos dedos índice, y me miro de una manera bastante severa.

Instintivamente, pasé los dedos entre mi pelo. Yo era consciente de estaba despeinado, considerando las prisas con las tuve que salir después de haber podido dormir hasta muy tarde, pero no pensaba que a mi tía le interesara oír mis excusas, así que simplemente sonreí, e intente parecer debidamente amonestado.

"¿Y que debo este inesperado placer?"

"Las palabras de mi tía eran sinceras, pero el sentimiento tras de ellas rezumaba sarcasmo. A pesar de todo, yo no iba a protestar, ya que necesitaba de su compañía mucho más que ella de la mía. Empecé preguntándole como estaba, y si era feliz en su nuevo ambiente al decir "feliz", me salió la voz grave, y lamente decirlo casi de inmediato. Mi tía me hablaba sobre la incompetencia de los trabajadores del asilo donde ella vivía que parecían incapaces de comprender las instrucciones más simples.

"Estúpidamente por mi parte, mencioné que Verity parecía amable y simpática, frase que fue recibida con un gesto de desaprobación. Decidí que bajo aquellas circunstancias era mejor que ella soltara su carga y se desahogara, esperando que eso fuera todo lo que ella llevaba dentro y que después no le importaría darme información que yo le requiriera. Al final, cuando hubo un punto muerto en la conversación. Decidí cambiar de táctica y le pregunté si sabia lo de la muerte de mi benefactor Spalding.

Al yo revelárselo, la expresión con la que me miro me dijo que no conocía el hecho hasta ese momento. Durante una minuto, ella me observo estudiándome, como si yo fuera un libro enigmático que ella estuviera tratando de descifrar. Aunque la incomodidad del silencio era insoportable, sabia que era mejor no interrumpir sus pensamientos, al final, ella dejo su espalda caer de nuevo sobre el respaldo del sillón, como si de pronto ella hubiera dado con algo.

"¡Así que supongo que tu has heredado el Solar Denby!"

"Ella dijo la frase mas como una afirmación que como una pregunta. Creo que, en ese momento, incluso de no haber heredado el solar, hubiera admitido haberlo hecho tal era la severidad de su penetrante mirada. Cuando asentí en respuesta, una extraña sonrisa casi arruga las esquinas de su boca. El shock que sufrí ante la franqueza de su siguiente frase me dejó tambaleándome hasta el punto de sentirme mareado.

"¿Te ha estado visitando por las noches?"

"No necesité confirmar con ella a quien se estaba refiriendo. Ambos lo sabíamos, y en ese momento pude ver, que ella estaba muy orgullosa de si misma al haber adivinado el motivo de mi visita. Le permití bastante tiempo para disfrutar de su victoria antes de atreverme a hablar otra vez. Antes de que ninguno de los dos pudiéramos articular palabra, llamaron a la puerta, y cuando abrí otra chica joven traía te y unos bizcochos en un carrito".

"La muchacha me sonrió, pero antes de que tuviera oportunidad de presentarse, mi tía le gritó que no quería te, y que si quería lo pediría. La pobre chica parecía tan avergonzada que pude sentir como mis mejillas se sonrosaban en su nombre. Ella me miró obviamente demasiado asustada como para hablar después del arrebato de mi tía y me señaló el carrito con un gesto, como queriendo preguntar si quería algo. La verdad es que me moría por una taza tras mi largo viaje, pero bajo aquellas circunstancias negué con la cabeza y le devolví la sonrisa lo que ella sensatamente tomó como una señal de que debía irse.

"Una vez que la chica cerró la puerta tras ella, decidí que ahora el tema estaba abierto, y yo necesitaba tomar ventaja de la situación, así que le pregunté a mi tía directamente, si ella me podía dar detalles sobre Amy, y por que se me aparecía".

"Así, que ya sabes su nombre, muy listo, ¿Cómo lo has averiguado?

"Le expliqué mi visita a la biblioteca y los artículos que la bibliotecaria me enseñó. Mi tía parecía estar sorprendida por mi diligencia, y sentí como si finalmente hubiera hecho algo de mella en ella. Solo esperaba que esa recién adquirida admiración por mi pudiera inspirarla a contarme lo que yo necesitaba desesperadamente saber."

"Ella se le aparecía al viejo Spalding, ya sabes. No es que no lo mereciera, el muy rata. Estoy sorprendida de que ya vivido tanto tiempo sin volverse completamente loco. O quizás, si la final. No le había visto desde hacia años, y la ultima vez que le vi parecía mucho mayor de la edad que tenía realmente.

"Me incliné sobre la mesa, solo para dar la impresión de que escuchaba con interés cada palabra que ella decía. Por un lado, era consciente de que no debía enfadarla ahora que parecía que quería abrirse conmigo. Pero al mismo tiempo, había tantas cosas que yo quería saber, creí que sería mas beneficioso para hacerle esas preguntas directamente. Hice una nota mental de no mostrar mi impaciencia, ya que me daba cuenta de esta podría ser mi primera y ultima oportunidad de conseguir las respuestas que yo buscaba. Le hablé tan suave y amablemente como pude, intentando por todos los medios evitar la impetuosidad de mi voz. Le pregunté si podía explicarme que sucedió en el Solar Denby durante aquel verano, y específicamente las circunstancias de la muerte de Amy. Ella suspiro profundamente, fingiendo ser reacia a divulgarme lo que sabia, pero tras esa fachada, vislumbre que ella parecía estar muy pagada de si misma al contarme todo lo que sabía.

"Fingí morder el anzuelo esperando con la respiración entrecortada, mientras ella empezaba a contarme la historia."

"Cuando nací, tus abuelos eran ambos oficiales médicos en el ejercito. Así que a menudo les destinaban al extranjero, y el ir con una niña a cuestas por todo el mundo no debió de parecerles muy practico. Por lo tanto, a menudo me dejaban a cargo de niñeras, tutores y familiares lejanos que ellos pudieran convencer de que dieran un techo para vivir y me llenaran la tripa. Y así siguieron hasta que tuve que tuce algo más de diez años, y eso fue lo que pasó en el tiempo en el que tu estas interesado que me forzaron a quedarme con mi tío lejano, Artemis Hunt en el Solar Denby.

"Artemis no era un tipo amable ni por asomo, pero me acogió porque mis padres estaban dispuestos a pagarles una contraprestación, y el dinero era a lo único a lo que Artemis amaba, más que así mismo,

"Me sorprendió, sobretodo después de leer en el reportaje obituario en el periódico, que ponía a Artemis como si fuera la sal de la vida. Cuando se lo mencioné a mi tía, por primera vez desde que nos habíamos visto, echó la cabeza hacia atrás y se rió, sonó como una risa genuina".

"Oh, por Dios santo, Jonathan, no seas tan inocente. Spalding le pagó al periodista para que hiciera el reportaje. Artemis no era más que un repugnante, malhumorado, malvado y tacaño, al que no le importaba nadie mas que el mismo y sus preciosos negocios."

"Era obvio para mi que no mi tía y Artemis Hunt no se tenían cariño, y había algo en el tono de convicción de su voz que hizo creerme cada palabra de lo que decía. Por lo tanto, sabía que no me podía guiar por ese articulo del periódico, y la única manera de que yo me pudiera acercar a la verdad, era escuchar lo que ella me tuviera que decir.

"De repente, no era suficiente para saber sobre la muerte de Amy, yo quería saber la historia completa de todos los que vivían en la mansión en aquel momento y cuales fueron las circunstancias que llevaron a que aquella tragedia sucediera. Decidí poner todas mis cartas sobre la mesa y confiar en el entendimiento y compasión de mi tía para que me revelara todo lo que ella sabía.

"Le expliqué que Jennifer llegaría al día siguiente, y el entusiasmo que tenía por ver la casa solariega por primera vez, además de mis temores sobre Amy, y si mi tía pensaba que sería seguro que Jennifer pusiera un pie en aquel lugar. Mi tía se inclinó hacia delante con una severa mirada de reprimenda en los ojos."

"Escúchame Jonathan, eres un tonto si permites que tu mujer se acerque a menos de un kilometro de esa casa. Si tienes algo de sentido común, la llamaras y le dirás que se quede en Londres."

"Ella puso el dedo en la llaga. Era justo lo que yo había pensado. Sobretodo cuando empezó crecer la peligrosidad de las apariciones, con cada noche que pasaba. Le supliqué que me contara todo lo que supiera, de principio a fin, y creo que ella finalmente reconoció mi convicción en el tono de mi voz, ya que, después de un par de segundos, dejó escapar un profundo suspiro y asintió lentamente.".

"La maldita casa la construyo Artemis con su entonces socio en los negocios, un tipo llamado Harrington. Parece ser que la idea inicial fue construir algo lo suficientemente grande para albergar a las familias de ambos, y para tener un sitio desde donde dirigir los negocios. A mi me parece una idea un tanto extraña, pero estoy segura de que para ellos no lo era. De todas formas, la historia que me contaron fue que los padres de Artemis murieron en el extranjero, el siempre había pensado que le dejarían a cargo de los negocios y finanzas familiares, ya que era el era el hermano mayor. El tenía una hermana mas joven, Irma, quien creo que tenía alrededor de diez años. Pero cuando aquello ocurrió, el testamento decía que todo se repartiría a partes iguales entre los dos.

"Artemis no estaba feliz, claro, pero así eran las cosas, así que el tuvo que incluir a Irma en todas sus transacciones comerciales, aunque creo que ella no tenía en un interés real en el negocio, y al final siempre se hacia lo que el decía. Artemis y Harrington hicieron una provisión de que, si cualquiera de los dos moría, el otro heredaba su parte, con una renta anual obligatoria para la esposa del fallecido, si es que la hubiese. Como resultó que Harrington murió joven, y el no se había casado su parte del negocio pasó a Artemis, dejándole con una parte mayoritaria de este sobre Irma. No es que eso le importara a ella demasiado, como ya he dicho el negocio significaba muy poco para ella.

"Irma nunca se casó, pero ella tuvo un hijo, Spencer, como resultado de una aventura que ella había tenido con un socio de negocios, que había venido desde América para cerrar algún tipo de trato sobre exportaciones con Artemis. La pobre Irma creía que el estaba enamorada de ella, pero en cuanto descubrió que ella estaba embarazada se marchó en el primer barco disponible. O eso parecía. Subsecuentemente ella averiguó que Artemis le había pagado al hombre para que se marchara, para de esa manera poner fin a la posibilidad de que formalizara su relación. Ya sabes, el mayor miedo de Artemis era que Irma se casara, lo que, en aquellos tiempos significaba que su parte del negocio familiar pasaría a su marido, y lo ultimo que Artemis quería era que alguien con experiencia en los negocios tomara parte en sus chanchullos.

"De todas formas, se rumoreaba que la policía conocía a este americano por sus negocios turbios, así que Artemis le amenazó con delatarle si trataba de contactar con Irma de nuevo. Cuando la pobre Irma descubrió la verdad, ella hizo la maleta y se fue a América a buscar a ese hombre que ella creía era el amor de su vida. Ella dejó a Spencer al cuidado de una pareja de la ciudad, ya que ella, lógicamente no confiaba en Artemis, y se marchó para nunca volver.

"Varias semanas después corrió el rumor de que había ingerido comida envenenada durante el trayecto, y como resultado murió incluso antes de que el barco llegara a puerto. Artemis hizo que la enterraran en América, sin duda porque sería una opción mas barata que traerla de vuelta a casa. Según las noticias de aquella época, Artemis iba a enviar al joven Spencer a un orfanato. Pero cuando el albacea de Irma contactó con el para decirle que ella le había dejado su parte del negocio a Spencer y que le había nombrando el tutor de su hijo hasta que el cumpliera veinticinco años, Artemis no tuvo más opción que acogerlo en su regazo.

"Con el tiempo, Artemis se casó con una chica extranjera que había conocido en un viaje de negocios no recuerdo donde, pero ella murió al dar a luz a Spalding. Su familia acordó llevarse sus restos mortales a su país para enterrarla. No se si Artemis pondría alguna objeción en su momento, pero así fue como acabó la cosa. A Spalding le cuidaba la misma niñera que el había contratado para cuidar a Spencer, aunque en ese momento Spencer tenía ya casi seis años y no necesitaba tanta supervisión como un recién nacido.

"Cuando el fue lo bastante mayor, Artemis le mandó a un colegio interno, e hizo lo mismo con Spalding cuando el alcanzó la misma edad. Spencer y Spalding estaban muy unidos, a pesar de la diferencia de edad, y Spencer haría todo lo que pudiera por proteger a su familiar mas joven, tratándole mas como a un hermano que como a su sobrino. Durante las vacaciones a ellos se les permitía ir a su aire, ya que Artemis estaba demasiado ajetreado para ocuparse de temas tan triviales. Los dos muchachos eran espíritus afines, ya que Spencer había experimentado muy brevemente el cariño y el amor de una madre, y el pobre Spalding, ni siquiera eso. Pero conforme fue pasando el tiempo, Artemis fue cada vez mas confiando en su hijo, incitándole a darle importancia al hecho de ser un hombre de negocios, lo que dejo a Spencer definitivamente fuera.

"Eso resultó en que los dos muchachos empezaran a distanciarse, al estar Spalding bajo la influencia de su padre y parecerse a el más cada día. Para cuando yo entré en escena, Spalding y Spencer actuaban mas como dos extraños que como familiares. Eran tan diferentes como el sol y la sombra. Spencer era amable y protector conmigo, y siempre me hacia reír con sus tontos majaderos chistes y sus extrañas imitaciones. Sin embargo, Spalding era increíblemente serio, aunque el era seis años mas joven que Spencer cualquiera habría pensado que en realidad que era mas mayor. Actuaba como si ya fuera un hombre con enormes responsabilidades, sin tiempo para comportarse como un chico de su edad como hacía Spencer conmigo cuando trataba de divertirme.

"Era verdad que para aquel entonces Artemis ya le había prometido a su hijo que heredaría su parte del negocio, que era mucho mas grande que la parte que le correspondía a Spencer. Pero Spencer, como a su madre, no parecía importarle todo aquello, y continuó viviendo durante toda su vida en la ignorancia de las maquinaciones y conspiraciones de su tío y su sobrino.

"Un día oímos a la gente hablar que había llegado una feria a la ciudad. Creo que por aquel entonces yo tenía nueve o diez años, y nunca había visto un circo de verdad. Empecé a darle la murga a Spencer para que me llevara a verlo, y al principio, el fingió como si el sintiera que esas distracciones no eran dignas de el. Pero el no pudo seguir con fingiendo, y al final me dijo que el ya había comprado las entradas. Yo estaba como loca de contenta, y creo que debí de estar contando cada minuto de cada día hasta que fuimos.

Yo me puse mi mejor vestido de domingo, y Spencer parecía resplandecer con un traje oscuro muy elegante. Sorprendentemente Artemis incluso le permitió a Spencer usar su carruaje personal, en realidad, era la primera vez que se lo dejaba. El lugar cuando llegamos, tenía tanta energía, que casi sentías que la electricidad flotaba en el ambiente. Nunca había visto a tanta gente reunida en un lugar. Parecía que toda la ciudad había venido el primer día.

"Había animales de los que yo solo sabía de su existencia por los libros, y nunca soñé que un día los vería en carne y hueso. El circo tenía acróbatas, y payasos, enanos, y hombres en zancos, a lo cuales yo apenas podía verles la cabeza, y un espectáculo de monstruos que hacían todo tipo de extrañas actuaciones. Había una mujer barbuda, había un hombre que se suponía que era mitad gato y que tenía los ojos mas extraños que he visto en mi vida. Gemelos del lejano oriente unidos por la cintura, y un hombre que tenía tres piernas.

"Todos ellos daban miedo y parecían tan extraños que le apreté muy fuerte la mano a Spencer cuando entramos a la tienda. Pero el me aseguró de que eran gente como nosotros, y que no había nada que temer, y después de un rato, gracias a su animo, encontré el coraje para hablar con ellos. Todos eran muy amables que cuando nos marchamos de la tienda me sentí muy triste por ellos. Pero Spencer me aseguró que no debía tenerles pena, ellos eran felices entre la gente que era igual que ellos, y que la gente del espectáculo eran todos como una familia, que se querían como nosotros lo hacíamos. Eso me hizo sentir mejor y continué disfrutando del espectáculo.

"Había puestos que vendían todo tipo de comida y golosinas, helados, frutas caramelizadas, chocolate y sidra caliente para los adultos. Spencer, me dejó montar un elefante, el cual guiaba un hombre iba totalmente vestido de indio, y aunque al principio estaba aterrorizada por estar subida tan alto, enseguida me empezó a gustar y me sentía como la reina del mundo.

"Uno de los recintos en particular parecía estar cosechando una gran cantidad de ruido y excitación, así que Spencer me llevó hasta allí y para mi sorpresa era domador de leones que tenía cuatro especímenes enormes, todos los cuales parecían lo suficientemente grandes como para comerme de un bocado. Aunque estaba fascinada por las bestias, to estaba aun mas asustada por el hecho de que no había jaulas entre ellas y nosotros, y recuerdo tirar de la mano de Spencer para que me sacara de allí.

"Cuando el comprobó que yo estaba petrificada accedió a mis demandas, y estábamos a punto de irnos, cuando una chica joven apareció desde detrás de la carpa de lona y se agachó delante de mi y me dijo que tenía nada que temer."

21

"Mi tía se quedo observándome y en un momento, capte que era lo que me quería decir con la mirada"

"Eso es, era Amy, y mientras ella me hablaba me tocaba suavemente la mejilla con el reverso de sus dedos, yo sentí una repentina calma que recorría todo mi cuerpo, la cual me dejó sin sentir miedo hacia los leones que hacia unos momentos me habían aterrado, esta milagrosa transformación en mi, no pasó desapercibida para Spencer, pero lo que fue incluso mas visible fue la manera en la que el miró a Amy. Parecía que yo no era la única a la que ella había hechizado.

"Tanto si ella noto como si no como Spencer se había quedado embobado, ella mantuvo su atención en mi, y me preguntó si quería ver los leones mas de cerca. Me vi a mi misma asintiendo con alegría, sin resistencia por parte de Spencer, ella me cogió la mano y me llevó hacia el interior del recinto. Es difícil para mi describir lo que me pasaba por la mente en ese momento. Pero, de algún modo, con Amy guiándome, yo no tenia nada que temer que algo malo me pudiera pasar.

"Cuando nos acercamos al primer león, Amy hizo un gesto con la mano, y el animal se tumbó a sus pies sin el menor reparo. Ella puso mi mano en uno de los lados de la bestia, y pude sentir el latido de su corazón en su enorme pecho. Fue una de las experiencias mas increíbles de toda mi vida, y la recordare hasta el día en que me muera. Con otro gesto, el otro león también apareció para quedar inmediatamente fascinado por Amy, y uno a uno empezaron a venir hacia donde estábamos y se empezaron a frotar contra nosotros. Uno de ellos incluso me lamió, y su lengua era tan enorme que me cubrió toda la cara como una enorme bufanda.

"La multitud que estaba reunida en la tienda empezó a gritar y después a animar, y de repente me di cuenta de que yo también era parte del espectáculo, lo cual me hacia sentir terriblemente expuesta y avergonzada. Pero Amy cogió mi mano

una vez más y me colocó delante de ella, urgién-
dome a que hiciera una reverencia, y disfrutara
de la adulación de la gente.

"Después del espectáculo, mientras el resto de la
gente salía del recinto, Amy me cogió de la mano
y me llevo de nuevo con Spencer quien había estado sentado pacientemente durante la actuación. Estaba tan excitada que no podía parar de
hablar y apenas lee deje a los adultos oportunidad de decir nada. Al ser yo tan joven no era
tan obvio para mi que ellos dos habían conectado
de inmediato, y yo estaba haciendo un gran trabajo, aunque no intencionadamente, en evitar
que ambos pudieran presentarse.

"Amy por su parte parecía encontrar mi charlata-
nería cautivadora, la oí decirle a Spencer que el y
su esposan se sentirían orgullosos, lo que, naturalmente, urgió a Spencer a contarle apresuradamente nuestra verdadera relación, y recuerdo
pensar como el hizo especial énfasis en que no
solo no estaba casado, si no que ni siquiera estaba cortejando. Naturalmente de haber sido yo
mas mayor y astuta, me habría dado cuenta de
que estaba en el medio de la pareja, impidiendo
que se pudieran presentar, pero yo era demasiado joven y estaba demasiado excitada con lo
que estaba ocurriendo a mi alrededor.

"Dicho eso, a mi ya me habían educado en el arte de etiqueta de las jóvenes señoritas, así que sabía que no debía de ser grosera e interrumpirles una vez que al fin permití que la pareja empezara su conversación. Espere pacientemente, todavía con Amy cogiéndome de la mano, mientras ellos dos parecían ajenos a toda la excitación y felicidad que había a nuestro alrededor. Finalmente, Amy hizo un comentario sobre que yo querría ver el resto de la feria, y me entregó a Spencer. Incluso a tan temprana edad, pude darme cuenta lo reacios que ambos eran a separarse. Pero me temo que mi afán por descubrir que mas había en la feria fue mas fuerte que mi sentido de culpabilidad de ser yo quien les estaba separando.

"En el carruaje de camino a casa no podía parar hablar de las cosas tan maravillosas que había experimentado en la feria con Spencer, como si el no hubiera estado allí justamente a mi lado todo el tiempo. El, sin embargo, estaba mas callado de lo que le había visto nunca, y me encontré a mi misma tirándole furiosamente de la manga para que mostrara algún tipo de reacción. La feria estaría en la ciudad dos semanas, y Spencer volvió todos los días, pero demasiado temprano para que estuviera abierta. Le suplique que me llevara otra vez, y el me prometió volver antes de que la feria abandonara la ciudad.

"Spencer siempre cumplía sus promesas, y el me llevo de nuevo a la feria a la semana siguiente. Solo que estaba vez, cuando llegamos, Amy se nos unió y se quedo con nosotros durante nuestra visita. Eso añadió un extra a la visita para mi, por en cada sitio que visitábamos, cuando la gente veía que estábamos con Amy, nos trataban como a reyes. Me ponían la primera de cola cada vez que quería subir a una atracción. Me ofrecían tantas cosas gratis que Spencer que la final de la tarde estaba empezando a sentirme un poco intranquila, y Spencer tuvo que empezar a rechazar sus amables ofertas en mi nombre.

"Amy me presento a todos los animales de la feria, no solo los leones, que también me llevaron a verlos. También un oso bailarín, unos hermosos caballos, y un elefante que estaba dándoles un paseo a los niños. Los que yo era mas reticente a conocer eran los espectáculo de monstruos. Y cuando ella me preguntó si quería conocerlos, se rio al ver mi cara de escepticismo y se agachó para estar a mi nivel y explicarme que eran totalmente inofensivos y que me encantaría conocerlos.

"A pesar de eso, recuerdo lo fuerte que me agarré a su mano mientras ella me los presentaba. Pero Amy tenía razón, ellos eran increíblemente simpáticos y me llenaron de elogios a mi y a mi vestido. Para el final de la visita, era casi como si sus deformidades no existieran, y de hecho me entristeció el abandonar su carpa, pero era lo suficientemente mayor para saber que ellos debían continuar trabajando.

"Despúes de la feria, Amy nos acompaño a el solar, esa vez Spencer y yo habíamos ido andando, así que Amy uso uno de los carruajes de la feria para llevarnos a casa.

Spencer me dejó sentarme frente a ellos dos, lo que me hizo sentir una adulta, y llegué a la casa sintiéndome la niña mas afortunada del mundo. Amy se quedo a cenar para disgusto de Artemis. Esta era la primera vez que Spencer había traído a una chica a casa, que yo supiera, y a menudo me he preguntado si ya incluso en esa primera visita, Artemis se había dado cuenta de la conexión especial que había entre ellos.

"Spalding, por su parte, no podía quitarle los ojos de encima a Amu, aunque había intentado con todas sus ganas fingir que no se fijaba en ella. Despúes de la cena, Spencer y Amy me llevaron arriba, a mi cama y me arroparon. Yo estaba todavía muy excitada por todos los acontecimientos del dia y no tenia sueño. Entonces, Amy empezó a cantarme. Mas tarde averigüé que era una vieja canción de cuna gitana, y ella tenía una voz tan bonita que me quedé profundamente dormida en cuestión de minutos."

"Al mencionar la canción de cuna, mi tía, una vez mas, noto como yo me movía en la silla"

"¡Recuérdame darte una cosa antes de irte!"

"Una vez sus palabra sonaron mas como una orden, que como una sugerencia. Asentí con la cabeza y la urgí a continuar."

"¿Dónde estaba? Ah, ya. Recuerdo que me despertó en mitad de la noche el sonido de los gritos a todo pulmón de Artemis a alguien. Tenia miedo a aventurarme fuera de mi cama caliente para averiguar cual era la conmoción, así que me tapé la cabeza con las mantas para bloquear el ruido, y al final me quedé dormida. El ambiente a la mañana siguiente en el desayuno era particularmente lúgubre. Había esperado que Amy todavía estuviera allí, pero Spencer me dijo que se había ido poco después de yo quedarme dormida. Recuerdo durante el desayuno como Artemis miraba a Spencer amenazantemente en la mesa mientras desayunábamos. Y me imagine que seria el a quien estaba gritando anoche.

"Cuandoquiera que me cruzaba la mirada con Spencer, el me guiñaba un ojo y me sonreía, como para calmar mi preocupación. Mas tarde, esa misma mañana Spencer vino a mi habitación y me informó que le había pedido en matrimonio a Amy, y que ella había aceptado. Estaba tan contenta ante la perspectiva de que Amy viniera a vivir con nosotros que fue muy difícil contener mi excitación y empecé a saltar y a gritar como loca de contenta. Pero entonces Spencer me dijo que Artemis no estaba muy contento con la noticia, y que por eso habían gritado al otra noche. Spencer me confesó que había informado a su tío que una vez que el recibiera su herencia quería vender su parte del negocio al mejor postor, y que el y Amy se mudarían para empezar su vida de casados.

"Mi humor cambió inmediatamente al oír la noticia, y Spencer no era ajeno a ello. Pero el me abrazó y me aseguró que cuando el Amy tuvieran su propia casa, podía ir pasar las vacaciones con ellos en lugar de ir a el Solar Denby. Este anuncio cambio de nuevo mi humor a uno de dicha y abracé a Spencer tan fuerte que el se quejó de que le iba a romper la espalda.

"La atmosfera en la casa desde ese día fue visiblemente mas tensa de lo que había sido los días anteriores. Sobretodo a la hora de comer lo que hicimos bajo un silencio total, con Artemis refunfuñando y murmurando por lo bajini y gritándole a los sirvientes incluso mas de lo que ya lo hacia por costumbre. Spalding, por su parte, se quedaba sentado en silencio, concentrándose en su comida, mientras Spencer siempre se esforzaba en guiñarme un ojo de manera extraña solo para asegurarme que todo se iba a arreglar.

"Entonces una noche, unos quince días antes de que volviera al colegio, me despertó el sonido de la puerta de mi habitación abriéndose. Al principio, como es natural, yo estaba petrificada, imaginando todo tipo de monstruos o a el hombre del saco. Pero mi miedo se transformó inmediatamente en alivio cuando vi a Spencer que asomaba la cabeza por la puerta, manteniendo el dedo en sus labios diciéndome que no hablara. El entro y se sentó en mi cama y me preguntó en una voz poco mas alta que un susurro si le gustaría ir a su boda.

"Yo me estaba llena de alegría por la noticia, por supuesto, pero le pregunté, porque no había esperado a la mañana siguiente para decírmelo. El me explicó que porque por la tradición gitana, la boda debe tener lugar a medianoche, en luna. También me dijo que no quería que su tío o Spalding lo supieran, por si ellos trataban de intervenir para celebrar la boda.

"Me vestí rápidamente con el mejor vestido que tenía y me puse el sombrero y los zapatos de los domingos. Aunque era una noche despejada, con un cielo lleno de estrellas y una enorme luna, debido a lo avanzada de la noche, me puse un chal sobre los hombros mara mitigar el frio y bajé las escaleras de puntillas para encontrarme con Spencer fuera de la casa. Caminamos un poco, justo hasta estar lo bastante lejos como para que no nos pudieran oír, y había un magnifico carruaje esperándonos, tirado por caballos de la feria todos muy bien entrenados.

"Cuando llegamos al recinto ferial todos los artistas estaban invitados, sentados alrededor de un enorme circulo con una mesa en el medio. Vacilé un poco por el hecho de sentarme en la arena con uno de mis vestidos favoritos, pero estaba tan emocionada que me senté sin pensarlo un segundo.

"A Spencer lo acompañaron hasta el medio del circulo y lo dejaron solo cerca de la mesa. Me di cuenta de que había dos botellas encima de esta, una con un liquido rojo y la otra con uno transparente, que pensé que podría haber sido agua. Nunca había ido a un boda antes, había oído hablar a las chicas del colegio sobre ello, así que sabia que esta ceremonia no seguía la practica tradicional.

"Todo el mundo empezó a cantar, pero yo no entendía las palabras, solo tarareaba acompañando la música, la cual era muy alegre, y todos a mi alrededor estaban sonrientes y felices, así que fue fácil para mi contagiarme de la felicidad del momento. Después un rato corto, Amy emergió de una de las tiendas que rodeaban el circulo. Ella estaba absolutamente preciosa bajo la luz de la luna. Tenia el pelo trenzado con flores y llevaba un vestido asombroso con motivos florales, el cual acentuaba su increíble figura, mas de lo que las damas de aquella época acostumbraban a permitirse."

"De nuevo sentí un escalofrío recorrerme la columna cuando mi tía nombró el vestido de flores. Seguramente debe de ser el mismo que llevaba el fantasma cuando se me aparecía en sus visitas nocturnas. Esta vez de manera intencionada, no deje que mi aprensión saliera al exterior. Quería que mi tía acabara la historia con las mínimas interrupciones, para averiguar por fin la verdad. Mi truco parecía funcionar, ya que ella siguió hablando al no notar cambio alguno en mi semblante."

"Bueno, la ceremonia en si misma empezó cuando Amy rompió el circulo y entro para ponerse al lado puesto de Spencer. Mientras ellos estaban allí, presumía yo esperando a que parara la musica, Amy se giró y me guiñó un ojo, lo que me dijo que estaba feliz de que hubiera venido.

Cuando la música paro de sonar, la multitud a mi alrededor, empezaron a murmurar, en voz baja algún tipo de ritual, oración, en una lengua que yo no podía entender, así que me quede sentada allí tranquilamente, metiéndome en el ambiente del mágico evento. Spencer y Amy entraron en escena, y recitaron sus votos el uno a el otro, línea a línea simultáneamente, y cuando hubieron acabado, Spencer sacó un anillo y se lo puso a Amy en el dedo. Amy mantuvo el brazo en alto con el anillo de oro a la vista, y estallo una poderosa muestra de jubilo de todos los allí reunidos, incluyéndome a mi.

"Luego, Amy vertió un poco del liquido rojo de una de las botellas en un vaso y entonces lao mezclo con el liquido de la botella transparente, ella removió empezó a remover la mezcla hasta conseguir un liquido rosado, antes de beber el contenido de un trago. Entonces ella hizo algo que la menos a mi me pareció muy extraño. Se quitó los zapatos y los puso encima de la mesa, al lado de las botellas. Entonces procedió a llenar cada zapato con el liquido de las botellas de uno en uno. Cuando acabo, Spencer cogió el primer zapato, con el liquido rojo, y se bebió el contenido, ejecutando el mismo procedimiento con el otro también.

"Después de esto ellos levaron los zapatos de Amy a una vieja señora, que yo no me había dado cuenta de que estaba ahí hasta entonces, que era la única persona del circulo que estaba sentada en un silla de verdad y no en vez de en el suelo, y ambos Amy y Spencer se arrodillaron, para que la mujer pudiera besarles a ambos en la frente, antes de hacer una extraña señal en el aire sobre sus cabezas. Cuando la vieja acabó Amy y Spencer cruzaron el circulo, justo cuando traían al elefante que yo había montado en la feria la otra vez. Ambos subieron y rodearon el circulo tres veces, al final de lo cual hubo otra tremenda expresión de jubilo de la multitud, y todo el mundo se puso en pie y empezó a bailar.

"Alguien me cogió de la mano y me puso en el medio de la gente donde inmediatamente me contagie del ritmo de la música y el cante. Tanto que no vi a Amy y a Spencer hasta que empezaba a amanecer, que era cuando la celebración terminaba oficialmente. A pesar de haber dormido solo un par de horas antes de que Spencer entrara a hurtadillas en mi habitación, no me sentía cansada en lo mas mínimo, y creía que podía seguir bailando durante horas. Entonces Amy y Spencer me llevaron de vuelta a el solar, y me quedé dormida profundamente incluso antes de llegar a la mansión.

"Me levanté mas tarde en mi cama. Y por un minuto empecé a preguntarme si todo había sido un sueño. Pero cuando bajé a desayunar, ahí estaban Amy y Spencer sentados a la mesa, e inmediatamente supe que todo era verdad. Corrí a darles un abrazo antes de sentarme para esperar a los demás. Cuando Artemis y Spalding finalmente llegaron, obviamente ambos estaban sorprendidos de ver a Amy sentada en el desayuno. Pero cuando Spencer les anunció que ellos se habían casado, pensé que a Artemis se le iba a explotar una vena en ese momento. Su cara se puso roja, y se le hincharon las mejillas como a un hámster pelando una nuez.

"Al principio el no parecía capaz de hablar; solo abría y cerraba la boca sin que le salieran las palabras. Al final, el gritó algo acerca de que Spencer no se podía casar sin su expreso consentimiento, lo cual era una tontería, pero Artemis estaba convencido de que el estaba en lo cierto. Justo cuando llegó el primer carrito del desayuno, Artemis se levantó de un salto, haciendo que al sirvienta se le cayera la bandeja el palto con pescado menuzado tirándolo por toda la mesa. Cuando el salió como una exhalación de la habitación, Spalding se marchó tras el, y no vimos a ninguno de los dos en todo el día.

"La feria se marchaba de la ciudad, y Spencer y Amy me llevaron con ellos para que ella se despidiera de su familia y amigos. Todos estaban genuinamente felices por ella y por Spencer lo que me hizo sentirme mal por Amy, considerando la fría recepción que recibió por parte de la familia de Spencer. Peleo Amy no quiso mostrar que aquello le afectara. Ella siguió siendo la persona mas feliz, mas radiante y mas maravillosa que nunca había conocido, Durante los días siguientes, cuandoquiera que a Spencer lo convocaba su tío para una reunión de negocios, Amy hacia los días que me quedaban en el Solar Denby un gozo absoluto.

"Nos íbamos juntas en carruaje, y algunas veces nos íbamos de picnic si sabia que Spencer no llegaría a tiempo para comer en casa. Ella siempre estaba cantando y se pasaba horas entreteniéndome enseñándome como hacer collares de flores o de ramitas o de cualquier cosa que pudiera encontrar a mano. En los días calurosos nos íbamos a nadar al lago, y también me enseñó a hacerme diferentes peinados, algunos de las cuales me hacían sentir como si fuera una adulta.

"La situación con Artemis parecía haberse destensado un poco los siguientes días. De hecho, en la cena, a los tres días desde que anunciaron la boda, ambos Artemis y Spalding comenzaron a mostrar una extraña cortesía, aunque aun podía sentir cierta hostilidad implícita en sus formas. Pero Amy y Spencer parecían lo bastante felices como para ignorar tales interferencias y cada dia que pasaba estaban mas enamorados el uno del otro.

"Y entonces sucedió la tragedia. Artemis le había pedido a Spencer que le acompañara a el y a Spalding a otra ciudad, a unos kilómetros de distancia, diciendo que era necesario que Spencer acudiera al poseer una parte del negocio para firmar ciertos documentos. Pero, cuando venían de regreso a la casa fueron atacados por ladrones a caballo que dispararon a Spencer y lo mataron.

"¡Desde ese día, Amy ya nunca fue la misma! Ella se pasaba todo el día en la cama, y por las noches la escuchábamos caminar por los pasillos, llorando y sollozando. Ella no quería comer, e incluso se desmayó en el funeral de Spencer cuando bajaron el ataúd. Afortunadamente uno de los dolientes pudo cogerla antes de que se cayera al agujero antes de que ella se cayera dentro, de lo contrario habría acabado dentro del agujero encima del ataúd

"Hubo una gran conmoción la noche siguiente cuando el policía local trajo a Amy a casa en mitad de la noche, después de encontrarla tumbada encima de la tumba de Spencer bajo la lluvia cantándole. Desafortunadamente ella no se daba cuenta que estaba dándole a Artemis todos los argumentos que necesitaba para hacer que la metieran en un asilo. El ya había reclamado la parte del negocio de Spencer, al argumentar, que el y Amy no se habían casado por medio de una ceremonia legal y que por lo tanto no estaban legalmente casados, siendo entonces Artemis su legitimo heredero. Pero su plan para meterla en un asilo fallo, ya que el no pudo encontrar dos médicos independientes que certificaran que ella estaba loca.

"La pobre Amy parecía ajena a todo lo que estaba sucediendo a su alrededor. Debo confesar que había veces cuando iba a visitarla a su habitación que su mirada me asustaba. Peor aun era todavía las veces en las que trataba de convencerla para bajara a comer, y ella se quedaba mirándome y me decía que estaba esperando a que Spencer viniera a buscarla. Era casi como si ella se hubiera quedado atrapada en un limbo entre la vida y la muerte.

"Entonces un día, Artemis recibió la visita de un albacea de la ciudad. Aparentemente había estado en el extranjero cuando sucedió la muerte de Spencer y el acababa de regresar y conocer la noticia. El enseño un testamento, firmado por Spencer, dejándole su parte del negocio familiar a Amy. Naturalmente Artemis estaba furioso. Era un hombre acostumbrado a salirse con la suya, pero no había nada que el pudiera hacer ante un documento legal firmado. Incluso llamó a su propio albacea y le insistió en que buscara una manera de invalidar el fastidios testamento de Spencer. Incluso sugirió que Amy había puesto a Spencer bajo el dominio de un hechizo gitano para obligar a Spencer a firmar el testamento. Pero al final, no había nada que su albacea pudiera hacer. Su testamento era perfectamente legal y Amy era su única beneficiaria.

"La gota que colmó el vaso para Artemis fue cuando Amy descubrió que ella estaba embarazada. Al principio nadie, incluida yo, debo confesar, la creía. Solo había estado casada una semana con Spencer y por joven que fuera yo tenia entendido que a una mujer le costaba un tiempo quedarse en estado. Pero Amy decía que lo supo en cuanto fue concebido, mas aún, ella estaba convencida de que seria un niño. El viejo Artemis pensó que aquello solo era las divagaciones de una loca, causadas por el dolor causado por su perdida. Pero observe un cambio en Amy aquel día, su pena dio paso a la rabia y ella y se enfrentó a Artemis al decirle que iba a vender su parte del negocio al mejor postor como Spencer quería para alejarse de el.

"Artemis sabia de que disponía de poco tiempo antes de que Spencer hubiera cumplido los veinticinco años y ahora que el día había llegado tendría que darle a Amy su parte de la herencia. La solución mas obvia para cualquier observador externo habría sido hacerle una oferta justa para comprársela. Pero oí mas tarde que Artemis ya había agotado todo su crédito en otros negocios, y que no le quedaba nada con lo que poder conseguir un crédito.

"En ese momento, Artemis estaba desesperado. Incluso puede asegúrate que observé un cambio en su carácter, volviéndose mas oscuro y siniestro que antes. Entonces el pensó haber dado con la solución perfecta. Si Spalding se casaba con Amy, todo se podía arreglar, la menos así pensaba. Era un intento a la desesperada de mantener el negocio familiar en la familia, pero Amy no iba a tragar con eso. Cuando se le propusieron, ella se puso como una furia y le dijo que odiaba a Spalding tanto como a el, y que haría todo lo que estuviera en su poder, una vez que heredara la parte del negocio familiar de Spencer, para arruinarles a ambos.

"Artemis, que no era el tipo de hombre que aceptara un no como respuesta, se había quedado sin opciones. Todo lo que podía hacer era sentarse y ver como su negocio se derrumbaba. Porque el sabia que en cuanto otro hombre de negocios entrara desde el exterior, inmediatamente descubriría todos sus negocios turbios y descubriría ante el mundo el fraude que era el. Por lo tanto, me entere con cierta sorpresa por medio de una sirviente, que al quedarme a mi solo unos pocos días antes de volver al colegio, que Artemis le había ordenado que me llevara a pasar el día a la playa. Esto era muy extraño viniendo de Artemis, pero con la perdida de la compañía de Amy durante las ultimas semanas, yo necesitaba desesperadamente un escape y acepté gustosamente el plan.

"Pasamos un día muy agradable en la playa, y Artemis había proveído a la criada con amplios fondos para asegurarse de que pudiéramos visitar todas las atracciones de la feria que estuvieran disponibles. No fue hasta final de la tarde que la criada me informó que Artemis había insistido en que también pasáramos la noche allí y volviéramos por la mañana. No tenía sentido discutir, además la criada era una bellísima persona, así que yo estaba bastante contenta con pasar una noche fuera de el Solar Denby. Nos alojamos en un establecimiento extremadamente modesto, pero la comida que ofrecían era bastante dudosa y después de un día tan excitante, si no agotador, me fui alegremente a la cama.

"Al día siguiente, después de desayunar, partimos hacia Denby. Llegamos poco después de comer, y le dijeron al cocinero que preparara algo de leche para aguantar hasta la hora del te. Me senté sola en la mesa de la cocina y empecé a comer en silencio. Se me ocurrió que había un extraño silencio en el lugar. No era nada tangible que se pudiera tocar, pero sin embargo el cambio en el ambiente era palpable.

"Después de acabar la comida, decidí subir y ver a Amy. Esperaba que ella se quedara embelesada cuando le contara mis aventuras, pero cuando llegué a su habitación la encontré vacía. Cuando le pregunté a una sirviente que pasaba por allí donde estaba ella, la chica me puso la mano en el hombro y me dijo que tenia que hablar con el señor. Confundida, y mas que un poco irritada antes las evasivas de la chica, bajé las escaleras y encontré a Artemis y a Spalding hablando en el salón trasero, trabajando como una pila de documentos, como de costumbre.

"Cuando le pregunté que donde estaba Amy, Artemis se sentó y con el tono mas amable que le he visto usar nunca, me informó de que ella había tenido un terrible accidente la otra noche y que había muerto. No podía creer lo que estaba oyendo, pero pude ver inmediatamente por su expresión en la cara que estaba diciendo la verdad. Su explicación fue que Amy superada por la pena, había ido a visitar la tumba de Spencer una vez más, aparentemente había una terrible tormenta cuando ella se marchó, pero eso no la detuvo y, en algún punto de la carretera Bodling fue atropellada por un carruaje y no sobrevivió al impacto.

22

Mi tía espero un momento antes de continuar. Si duda para darme algún tiempo para digerir lo que me estaba contando. Y había mucho que digerir, ya tenia numerosas preguntas que hacerle. Pero decidí esperar a que hubiera terminado. Si no corría el riesgo de ella perdiera el hilo, o peor aun, de enfadarle con mis interrupciones, lo que haría que ella se negara a continuar.

"De momento yo parecía tenerla en la palma de la mano, y estaba agradecido por eso. Su inicial hostilidad hacia mi parecía haber disminuido, hasta el punto de que ella parecía haberse involucrado en su historia para recordar su inicial reticencia a hablar conmigo."

"Bueno, al menos esta es la versión de la historia que a mi me contaron. Como era de esperar, ni Artemis ni Spalding se sentían lo suficientemente cómodos como para contarme la verdad. Por una parte, yo era demasiado joven, y además si me hubieran confiado la verdad, la hubiera contado a los cuatro vientos para que llegara a alguien que estuviera al mando y pudiera hacer algo.

"Como mencione antes, ese era el día anterior al que yo tenia que volver a la escuela, así que todo salió bastante bien para Artemis. A Amy se la habían llevado al mortuorio de la ciudad, esperando mientras se preparaba su entierro, y le supliqué a Artemis que me dejara ir a verla antes de marcharme. La verdad era que me sentía extremadamente culpable por el hecho que, desde la muerte de Spencer, por el cambio en el comportamiento de Amy, apenas nos habíamos cruzado un par de palabras. De hecho, ni siquiera me molesté en despedirme cuando me fui a la playa. Naturalmente, nunca imagine que no la vería viva otra vez, pero incluso así, la culpabilidad aun me reconcomía por dentro.

"Finalmente, Artemis ordenó a uno de los sirvientes que me llevara a la ciudad para ver el cuerpo de Amy. Fue una idea estúpida, pero era demasiado joven para darme cuenta en ese momento. No se que era lo que yo esperaba encontrarme en aquel sombrío edificio, pero no estaba preparada para la visión de mi querida Amy, yaciendo en un una fría placa de mármol, cubierta con una sabana. Apenas aguante allí antes de ponerme a llorar.

"Al final, regresé a la escuela, agradecida de alejarme de Denby, y ya temiendo de tener que regresar en el próximo descanso para las vacaciones en la escuela. Pero resultó que me hice muy amiga de una chica que vino desde otra escuela, y subsecuentemente me dejaron quedarme con ella cuando mi familia no podía regresar. No creo que pueda expresar lo agradecida que les estaba a sus padres por su amabilidad, pero recuerdo que yo ponía todo de mi parte para no darles motivos para que no me invitaran mas.

"Mis padres me contaron lo de la muerte de Artemis en una carta. Para ser honesta, debe sonar muy duro, pero no sentí ninguna pena cuando el se fue. Muchos años mas tarde, bastante después de haber terminado la escuela, yo me había mudado a la ciudad para tomar posesión de un puesto de secretaria para uno de los departamentos del ayuntamiento, cuando recibí una carta de Spalding, suplicándome ir a visitarle. Yo sabía que se había casado hacia un años o dos antes, y que su joven esposa había muerto, misteriosamente, mientras dormía. Pero, de todos modos, aun encontré extraño que quisiera verme después de todo ese tiempo.

"Le mandé una carta contestándole, presentándole mis condolencias por su perdida, pero le puse una excusa diciéndole que no podía ir porque tenia que trabajar. Por una cosa, Denby me traía demasiados malos recuerdos como para considerar poner un pie allí otra vez. Pero el insistió, carta tras carta, hasta que finalmente cedí y acepté quedar con el.

Sin embargo, estipule con precisión, y sin posibilidad de discusión, que quedáramos en la ciudad, y que, si el quería verme tan desesperadamente, hiciera el esfuerzo de acomodarse a mis deseos.

"El aceptó a regañadientes, y reservé una habitación en una posada de la ciudad para que pudiéramos mantener una reunión. No podía creer lo que estaba viendo cuando el accedió por la entrada, parecía tan viejo y demacrado, que me costó mucho reconocerle. Había pedido que nos sirvieran el te en el salón principal, pero el me rogó que fuésemos a mi habitación para tener mas privacidad. Como puedes imaginar, bajo circunstancias normales, el que una muchacha de buena cuna le permitiera a un hombre soltero entrar en su habitación estaba mal visto. Pero yo ya les había dicho a los dueños que éramos primos lejano y accedí a su extraña propuesta.

"Cuando ya estábamos solos, Spalding finalmente me confió lo que había estado sucediendo en Denby durante todos esos años. Aunque debo admitir que tenia curiosidad por saberlo con todo detalle, no estaba preparada para oír lo que me contó. Para empezar, el admitió que su padre había contratado a unos ladrones para mataran a Spencer durante el robo en el carruaje. Aparentemente como resultado de unas malas inversiones que el había realizado, Artemis estaba tan desesperado por conseguir la parte del negocio familiar de Spencer que estaba preparado para hacer lo que fuera por conseguirla. Nada sabia el, en ese momento, de que Spencer ya había hecho testamento dejándoselo todo a Amy.

"Aparentemente cuando Spencer no pudo encontrar a un juez que invalidara el testamento de Spencer, su desesperación fue en aumento, y fue cuando el dio con la idea de casar a Amy con Spalding, pero cuando el se dio cuenta que eso no iba a suceder, según Spalding, su padre perdió totalmente la cabeza. El día que me mandaron a la playa, Artemis también hizo gestiones para que los empleados del servicio fueran a ver un concierto en la ciudad de lado, e incluso les reservó habitaciones en una posada de la ciudad.

"Una vez que ellos tres se quedaron solos en la casa, Artemis le ordenó a Spalding que trajera a Amy ante el, pero ella se negó a abandonar su habitación. Así, que Artemis le gritó a su hijo diciéndole que la trajera, aunque la tuviera que traer a rastras cogida del pelo. Spalding tenía demasiado miedo de desobedecer a su padre, así que medio persuadió, medio llevó la llevó a la fuerza, rogándole que no hiciera nada que pudiera exacerbar el temperamento de su padre.

"Una vez que hubieron bajado las escaleras, Artemis le informó a Amy que el no le iba dar ninguna opción, que o bien se casara con su hijo o que le cediera su parte del negocio. Según Spalding Amy solo se rió en su cara diciéndole que antes prefería morir que acceder a sus demandas. Para ese momento el temperamento de Spalding había alcanzado su punto de ebullición, y el agarró a Amy de ambos brazos y empezó a agitarla de manera incontrolable.

"Según Spalding su padre había empezado a beber la noche anterior y todavía no había parado, y su temperamento era aún peor cuando el estaba borracho. En un acceso de rabia Spalding empezó a abofetear a Amy en la cara, hasta que a ella le salieron moretones y empezó a sangrar. Spalding me dijo que el quería intervenir, pero que sabía las consecuencias que acarrearía tal acción y se quedó observando sin hacer nada.

"Al final Artemis no pudo aguantar por mas tiempo el peso de Amy la dejó caer al suelo con un no muy ceremonioso ruido sordo. Entonces ella se quedó ahí indefensa, enrollada en una bola, sollozando. Artemis se quedó ahí de pie ante ella y le dijo que el era responsable de la muerte de Spencer, y que no tendría reparos en hacer lo mismo con ella si se negaba a cooperar.

"Spalding me dijo que nunca olvidaría la expresión en la cara de Amy cuando la confesión de Artemis tuvo lugar. Aparentemente, ella ni siquiera trató de levantarse. En vez de eso, se quedó sentada en el suelo y empezó a repetir en un idioma que ni Spalding ni su padre podían entender. Según Spalding tenía tal mirada de pura malicia en los ojos que hasta Artemis parecía estar asustado.

"Entonces, cuando ella acabó el conjuro señaló directamente a Artemis. Cuando ella volvió a hablar, Spalding juró que la voz salía por su boca no era la suya, si no a alguna criatura de la noche. Ella le sostuvo la mirada a Artemis, y le dijo "La maldición de Ram Templey esta ahora sobre ti, hasta el fin de los días. Recibirás el dolor que has causado, mil veces mayor, y ni siquiera la muerte te ayudara a escapar de el.". Spalding juró que mientras Amy, quienquiera que fuera que hablara por ella, estaba echando la maldición, que una terrible ráfaga de viento entro en la casa, tirando muebles y casi haciendo caer al borracho Artemis. Cuando el viento cesó, Artemis se giró hacia Spalding, tenía las mejillas rojas, tanto que Spalding estaba seguro de que el viejo iba a tener un ataque. Pero en vez de eso le pidió que le ayudara a arrastrarla hasta el ático y a encerrarla allí.

"Spalding me dijo que llegados a ese punto el ya quería tener nada que ver con que le estaba haciendo su padre. Pero, que era un cobarde, y se sintió incapaz de enfrentarse al viejo, así que agarró a Amy por el brazo y juntos medio llevaron, medio arrastraron a Amy hacia arriba. Pero ahora Amy ya no era la chica indefensa, debilitada por la pena hasta la extenuación. En lugar de eso Spalding me aseguró que luchó durante todo el camino hasta el ático, como una fiera que no quería que la enjaulasen.

"Una vez que ellos la encerraron bajo llave, Artemis ordenó a Spalding que fuera a buscar el carruaje, y le dijo que iban a ir a una ciudad cercana donde vivía un amigo suyo. Spalding me aseguro que el no tenia ni idea de a que se refería su padre, pero que accedió a sus demandas sin cuestionarle. Ellos viajaron durante una hora, con Artemis gritándole a su hijo que golpeara mas fuerte a los caballos para que fueran mas deprisa.

"Cuando finalmente ellos llegaron a su destino, Artemis llamó tan fuerte a la puerta de la granja de su amigo que Spalding estaba seguro que la madera se quebraría. Un hombre de constitución pequeña y con gafas, abrió la puerta, quien a Artemis le pareció tenía la misma edad que su padre. Artemis no esperó a que le invitaran a pasar. En lugar de eso, se abrió paso empujando al hombre, y sin ni siquiera saludar le dijo a el desconcertado hombre que necesitaba de sus conocimientos médicos para realizar un aborto esa misma noche.

"Spalding no estaba seguro quien de los presentes estaba mas sorprendido por las palabras de Artemis. Era obvio para el, que su padre no se detendría ante nada para evitar que Amy recibiera la herencia de Spencer, incluso si eso implicaba hacer algo tan monstruoso como lo que estaba sugiriendo. Con Spencer muerto, su hijo era lo único que le daba a Amy el coraje para vivir, sin duda Artemis vio en eso una manera de librarse de ella sin tener que matarla. El policía local se tragó la historia de los ladrones que mataron a Spencer, pero otra muerte en la familia en tan poco espacio de tiempo sería algo demasiado difícil de tragar para cualquiera.

"Spalding descubrió, mucho mas tarde, que el pobre hombre que su padre estaba arengando era un medico retirado conocido suyo, quien aparentemente tenía reputación de realizar cuestionables procedimientos si le pagaban bien. Pero resulta que el doctor se claramente se sentía perturbado al ser tratado de tal manera, y al principio, el se negó en redondo a unirse a Artemis y Spalding en su viaje de regreso. Pero Artemis no era un hombre que se tomara una negativa amablemente, y empezó a amenazar al doctor con la información que había reunido de el con el pasar de los años, sobre sus nefarias practicas. Spalding se dio cuenta por la reacción del doctor que el no quería arriesgarse a que Artemis le denunciara a las autoridades, y el accedió a sus demandas.

"Para cuando el doctor había reunido su instrumental, y salieron hacia Denby, el cielo se había oscurecido y amenazaba tormenta. A pesar de eso, Artemis todavía obligó a Spalding a castigar a los caballos mas allá de la razón, para volver enseguida a la casa. Cuando llegaron al solar la tormenta ya se les había echado encima, y los tres tuvieron que luchar contra el viento para mantenerse en pie mientras subían las escaleras de piedra que daban acceso a la puerta principal.

"Una vez adentro Artemis no perdió el tiempo y agarró al doctor por la manga del abrigo subiendo las escaleras hasta el ático. Pero para su horror el giro la llave para abrir la puerta y cuando esta se abrió la habitación estaba vacía. Había una diminuta ventana en una esquina, que apenas dejaba que la luz del día penetrara en la habitación, incluso en los días mas soleados. Al inspeccionarla mas de cerca descubrieron, una vieja sabana atada al picaporte de la ventana, que colgaba lo suficiente como para alcanzar el techo inferior. Parecía que de algún modo Amy había logrado colarse por la diminuta abertura de la ventana y desde allí, ella debía de haber bajado por una de las tuberías de desagüe que se extendían por los muros exteriores.

"Y efectivamente, así era, cuando ellos miraron por la ventana, Spalding dijo que pudieron ver a Amy desaparecer por la carretera de entrada a la casa que llevaba a Bodling road. Ellos debían haber pasado por delante de ella bajo la tormenta sin darse cuenta. O de lo contrario, ella debía de estar escondida todavía en algún lugar fuera de la casa y salió corriendo en cuanto los vio entrar.

"Artemis estaba lleno de rabia. El bajó corriendo las escaleras, tan rápido como sus piernas poco estables podían llevarle, gritándole a Spalding que le siguiera hasta el carruaje. Para el momento en el que ellos habían subido al carruaje la tormenta estaba en su peor momento, y Spalding aseguró que la visibilidad era tan pobre que el no podía ver los arboles que rodeaban la carretera. Artemis enfurecido como estaba hizo caso omiso de las condiciones climatológicas, y le pidió a Spalding que azotara los caballos para que pudieran alcanzar a Amy.

"Cuando ellos pasaron por los arboles entre los que habían visto desaparecer a Amy, no había ni rastro de ella en la carretera. Temiendo que ella pudiera haber ido a la ciudad para dar la alarma antes de que la atrapasen, Artemis le quitó el látigo a Spalding y empezó a golpear a los caballos, sin piedad, azotándoles con frenesí. Spalding dijo que era ya imposible controlar a los caballos, pero nada parecía ya importarle al viejo.

"Al llegar a una curva en la carretera de repente vieron a Amy, desvaneciéndose entre la tormenta. Con las pezuñas de los caballos tratando desesperadamente de agarrarse a la embarrada y encharcada carretera, Spalding dijo que Amy iba a mas velocidad que ellos. Pero Artemis no se rendiría. No había conseguido aún Spalding retomar el control de los caballos cuando, cuando su padre volvió a azotarles con el látigo. Delante de ellos, Amy había alcanzado una curva muy pronunciada en la carretera, y Spalding vio como resbalaba. Mientras ella yacía allí, maltrecha en la carretera, Artemis vio su oportunidad, y continuó espoleando a los caballos azotándoles sin piedad.

"Amy logró ponerse en, pero obviamente esta herida, y cojeaba, inestablemente, giró la curva para quedar de nuevo fuera del ángulo de visión. Con Artemis azotando los caballos todo lo que pudo, Spalding tomó la curva en un ángulo muy inclinado. El dijo que pudo sentir como el carruaje resbalaba fuera de control, mientras los caballos, desesperados por escapar de los azotes de Artemis seguían corriendo, arrastrando el carruaje en dirección contraria a la que giraban las ruedas.

"Spalding dijo que el no pudo ver a Amy, y que solo sintió como el carruaje la golpeaba pasándole por encima. Cuando finalmente el consiguió retomar el control de los caballos, paró unos metros mas hacia delante en la carretera. Al retroceder unos metros bajo la lluvia, encontró a Amy, tumbada en un charco de sangre. ¡El supo en ese mismo instante que ella estaba muerta!

23

"**P**ude sentir como terminaba la historia antes de que mi tía llegara al final. Si todo sucedió como ella dice, la pobre Amy tenía motivos mas que suficientes para desear venganza contra mis ancestros. El hecho de que yo hubiese aparecido inesperadamente y residiera en el solar sin duda había hecho a la chica presumir que yo era parte de la miseria y los quebraderos de cabeza que ella tuvo que sufrir a manos de ni benefactor y especialmente de su malvado padre.

"El otro pensamiento que no me podía borrar de la cabeza era el sitio en el que Amy había sido atropellada. ¿Estaba mi tía describiendo la curva en la carretera que llamaban la hace viudas? Recuerdo que Peterson me explicó que era una vieja costumbre en la ciudad llamar a la curva por ese nombre, pero ahora me preguntaba si esa costumbre habría empezado con la muerte de Amy.

"Esa pobre chica debía de estar aterrorizada. Sola, y literalmente bajo la lluvia y el frío de esa fría noche, corriendo por salvar la vida, por no mencionar la de su hijo que aun no había nacido. Sin ningún amigo en el mundo que pudiera protegerla. Su verdadera familia, la de la feria estaba probablemente a miles de kilómetros de distancia, moviéndose de ciudad en ciudad, o incluso en otro país, y la familia en la que ella había entrado al casarse los que deberían de haberla ayudado, solo le deseaban mal.

"A pesar de todo el mal dormir que ella me había hecho sufrir desde mi llegada, me fue imposible, después de lo que había oído, no sentir otra cosa que pena y comprensión por su espíritu errante. Era normal que ella no hubiera encontrado paz, pero me pregunté ella podría irse si ahora que Spalding había muerto.

"Mientras andaba perdido en mis propios pensamientos, mi tía esperó pacientemente para continuar con su historia. Me di cuenta por la manera en la que me miraba en que estaba poniendo a prueba su paciencia al dejar que mi mente divagara, así que me disculpé y traté de parecer reprendido. Incluso así, ella me hizo esperar durante un par de agonizantes segundos antes de continuar. Hice una nota mental de no permitirme a mi mismo divagar otra vez mientras ella estuviera contando la historia".

"Spalding aseguraba que el sintió un gran arrepentimiento al bajar la vista y ver el cuerpo sin vida de Amy, yaciendo bajo la lluvia. Tanto si decía la verdad como si no, el aun estaba bajo la influencia de su padre, así que cuando Artemis le gritó desde el carruaje para que metiera el cuerpo si vida de Amy en el carruaje, el hizo lo que le ordenó. Cuando llegaron a el solar, el medico amigo de Artemis se había desvanecido entre la lluvia, sin duda arrepintiéndose de realizar la tarea que le habían encomendado. Según Spalding, Artemis nunca volvió a hablar con aquel hombre otra vez.

"Y así fue que ellos no le necesitaron nunca mas. Spalding mantenía que su padre le ordenó ir a la ciudad en busca de un medico de verdad, y eso fue, por si te lo preguntas, porque el iba a decir que había descubierto que Amy no estaba en la casa, y como todo la ciudad sabía que ella en el medio de la noche a la tumba de Spencer, ellos decidieron ir a buscarla y convencerle de que volviera a casa. Su historia fue que ellos se encontraron el cuerpo de Amy en Bodling road.

"Aunque Artemis nunca había intentado ocultar su animosidad hacia Amy, no había nadie con influencia suficiente que pudiera constatarlo. Por lo tanto, no hubo ninguna duda acerca de la veracidad de su conmoción por la muerte de Amy. Al día siguiente, cuando yo volví de mi vista a la playa, Artemis ya se había encargado que llevaran el cuerpo de Amy al mortuorio de la ciudad, como mencioné antes, y ya no hubo mas que hablar sobre el asunto, y me fui interna a la escuela al día siguiente.

"Spalding aseguraba que Artemis solo quería pagar por un funeral de pobres para Amy, y que el incluso se negó a permitir que la enterraran en el panteón familiar que el había adquirido unos años antes. Pero de algún modo la familia de Amy se enteró de su muerte, y el día antes que la enterraran, llegaron a la ciudad para reclamar el cuerpo. Artemis no estaba consternado en absoluto por las circunstancias, de hecho, según Spalding, el estaba bastante satisfecho de no tener que pagar por su funeral después de todo. Pero las cosas no eran lo que parecían. Artemis estaba en un momento inquietante.

"La familia de Amy acampó justo fuera de los limites del solar. Aparentemente, ellos pagaron al granjero que era dueño de esas tierras una generosa suma de dinero para que les permitiera acampar allí, y no había ningún argumento para que Artemis convenciera al hombre de que no aceptara el trato. Aunque el campamento de los gitanos de estaba en las tierras de Artemis, el podía verlos con claridad desde la ventana del ático. Eso en si mismo le dio motivos para quejarse u protestar por su impertinencia por la falta de respeto a su intimidad.

"Pero eso no era todo lo que le esperaba. Por la noche, justo cuando se sentaban a cenar, Spalding me contó que pudieron oír cantos, justo fuera de la ventana. Pero cuando quiera que una sirviente iba a investigar, no había ningún signo de que hubiera alguien fuera. El canto continuó durante toda la noche, durante casi una quincena, y continuaba hasta bien entrada la madrugada.

"Artemis incluso llegó a asegurar que cuando el se levantaba para usar el orinal, si el miraba por la ventana de la habitación, los gitanos estaban agrupados en sus tierras, justo a la entrada de la casa solariega. Pero de nuevo cuando los sirvientes se levantaban para ir a investigar no había ni rastro de ellos, ni ninguna evidencia de que hubieran estado presentes.

"Spalding notaba que el campamento de los gitanos estaba empezando a pasar factura a su padre. El intentó que el policía de la ciudad hiciera algo y cuando este les señaló que los gitanos estaban legalmente acampados con el permiso del dueño, Artemis se puso hecho una furia y amenazó con llamar a el jefe de policía. Ninguna de tales amenazas persuadió a los policías que llamaron quejándose en respuesta.

"Artemis incluso mandó a Spalding a el campamento para intentar sobornar a el líder para que se marchasen. Spalding recordó que cuando entró a el campamento, inmediatamente sintió una sensación de ardor que se extendía por todo su cuerpo. Su primer instinto fue salir corriendo, pero como el sabía que se tendría que enfrentar a la furia de su padre si el lo hacía, se quedo el tiempo suficiente como para poder hacer su oferta.

"El dijo que le llevaron a una tienda grande, dentro de la cual había sentada una vieja señora, cuya edad Spalding no se atrevía siquiera ni a intentar adivinar. Cuando ella le habló, su inglés apenas se entendía, pero, sin embargo, ella consiguió comunicarle claramente que ellos estaban buscando justicia para su hija y que ningún dinero les salvaría ni a el ni a su padre de su destino.

"Spalding no pudo abandonar el campamento lo suficientemente rápido, ya que el aseguraba que a cada minuto que pasaba fuera de las fronteras del campamento, el ardor dentro de el se iba evaporando en el instante. Como el sospechaba Artemis estaba furioso de que el soborno no hubiera funcionado, y el estaba empezando a desesperarse, y sus constantes gritos iban debilitando su salud. Entonces, un día, alrededor de una docena de hombres fueron a el solar a ver a Artemis. Spalding aseguraba que debían de estar entre los individuos mas feos y con mas cara de malo que había visto en su vida, y que aquellos que hablaron mientras estuvieron allí, lo hicieron en un tono, que ocultaba cualquier humanitarismo.

"Spalding dijo que a juzgar por las caras de los hombres era obvio que la mayoría, si no todos había sido en un tiempo u otro púgiles. El observó como Artemis les daba fajos enteros de billetes, mientras le informaba a su líder que a el no le importaba de que manera se encargaran de los intrusos, siempre que se hubieran marchado esa misma noche. Cuando los hombres dejaron a Spalding su padre parecía increíblemente satisfecho consigo mismo, y pareció relajarse completamente desde que llegaron los gitanos.

"Pero esa noche, al sentarse a cenar, podían oír la salmodia como de costumbre. Artemis estaba tan enfadado de que su ultimo plan hubiera fallado que el saltó de la silla, casi tirando la sopera que el mayordomo había puesto encima de la mesa. En vez de llamar a sus sirvientes para que le ayudasen, Artemis agarró un rifle de su estante y salió corriendo hacia fuera de la casa. Spalding pensó que seria mejor seguir a su padre, y cuando lo hizo, el lo encontró acechando por las tierras de enfrente de la casa, diciendo que el veía a quienquiera que fuera escondido entre la maleza y que el estaba en su derecho de dispararle en cuanto lo tuviera a la vista.

"Spalding dijo que los desvaríos de su padre le estaban empezando a preocupar, más de lo normal, así que el llamo a un sirviente para que fuera a buscar un medico. Mientras tanto, Spalding y algunos de los trabajadores del servicio domestico de la casa consiguieron persuadirle para que entrara a la casa, antes de llevarle a la cama mientras esperaban la llegada del doctor.

"El doctor que atendió a Artemis le dio algo para ayudarle a dormir, además de un tónico para los nervios que debía de tomarse dos veces al día. Antes de que el doctor se marchara, Spalding le invitó a que se tomara un refresco, y mientras se sentaban en el salón trasero disfrutando de un vaso del mejor oporto de la bodega de Artemis, el doctor le confió una historia a Spalding que, en vez de traerle risa, hizo que se pusiera pálido.

"Aparentemente, según el doctor, el había sido llamado esa tarde por el policía de la ciudad, para atender a un grupo de hombres horriblemente feos, que no tenían muy buen aspecto, que habían sido arrestados por escandalo publico, después de que les encontraran caminando por la ciudad totalmente desnudos. Una vez que ellos estaban entre rejas, ninguno de ellos pudo explicar porque se encontraban en tal estado. El doctor aseguraba que el nunca había experimentado tal evento, y que cuando el se marchó, los hombres todavía no eran capaces de comprender porque o como habían acabado comportándose así.

"Spalding dijo que el sabía perfectamente que los hombres a quienes se estaba refiriendo el medico eran los que habían estado en el salón principal unas horas antes. De alguna manera los gitanos del campamento deben haberlos conseguido hipnotizar, o como mínimo, echarles algún tipo de hechizo, que les hizo actuar como lo hicieron. El dijo que pensaba que era extremadamente de comprender como unos individuos tan viles podían ser forzados a una situación así.

"A la mañana siguiente cuando Artemis no bajó a desayunar, uno de los sirvientes fue a investigar y lo encontró muerto en la cama. Según Spalding, cuando vio a su padre no reconoció a hombre que el había conocido desde su nacimiento. La expresión de la cara del viejo estaba congelada con unos ojos de absoluto terror. Había muerto con los ojos y la boca totalmente abiertos, como si fuera a dejar escapar un poderoso grito. Pero nadie en la casa había oído tal grito, así que presumiblemente el debió de haber muerto antes de poder soltarlo.

"El informe del oficial medico decía que Artemis había muerto de un ataque al corazón. Pero ningún otro, excepto Spalding tenia ni idea de cual habría podido ser la causa. Spalding mencionó que los funerarios de la ciudad le informaron que no podrían cerrar los ojos de su padre sin romperle la mandíbula, y que, para cerrarle los ojos, tendrían que recurrir a cosérselos para mantenerlos cerrados. En lugar de eso, Spalding optó por un ataúd cerrado para evitar causar tal degradación al cuerpo sin vida de su padre.

"Según Spalding, la mañana en la que su padre fue encontrado muerto, los gitanos levantaron el campamento, y nunca fueron vistos en Briers Market de nuevo. Pero, aunque ellos no se quedaron para causarle a Spalding ningún daño, el aseguraba que Amy le visitaba, tanto en sueños como en espíritu, desde esa noche en adelante. A pesar de eso, el se quedó en el solar. Incluso se casó con una muchacha de la ciudad que el consiguió de la manera que su familia conseguía las cosas. Pero la pobre criatura murió dando a luz junto con su hijo. Spalding estaba convencido de que la muerte tenía algo que ver con la maldición de Amy, y el recordó que su esposa mencionó haber oído cantar a uno de los sirvientes hasta altas horas de la noche, despertándola de su muy necesitado descanso. Pero Spalding le preguntó a todo su personal, y todos negaron tal actividad, como el sabia que lo harían. El estaba convencido que el fantasma de Amy estaba plagando a su esposa, justo como había hecho con el durante tantos años ya por aquel entonces.

"Después de la muerte de su esposa y de su hijo, Spalding proclamó que ya no poseía el entusiasmo para continuar con sus negocios, así que lo vendió a uno de sus conocidos y paleaba vivir el resto de su vida de las rentas. Le pregunté por que había decidido permanecer en el solar, considerando todo lo que allí ocurrió, por no mencionar, lo que según el todavía sucedía. El me miró con la mas extraña de las miradas, y simplemente movió la cabeza, antes de revelarme que el de algún modo sabia que si alguna vez intentaba abandonar la casa solariega, Amy se lo impediría, cuando le pedí que me lo aclarara mejor, el se puso muy nervioso, y solo repetía que el conocía cual era su voluntad, y que después de todos estos años había aprendido a aceptarla. Recuerdo que pensé en ese momento que lo que había dicho era muy extraño. Pero para ser honesta, no era asunto mío, y pude darme cuenta de como le trastornó mi pregunta, así que lo dejé estar. Pedí mas te, ya que la tetera se había quedado fría, y después de otra taza, Spalding pareció tranquilizarse de algún modo y continúo hablando de Amy como si fuera una persona real. Debo confesar que encontré esta parte de la conversación bastante inquietante, pero para ese momento, yo ya había decidido que volvería a ver a Spalding nunca mas, así que le deje continuar, y simplemente fingí que entendía su razonamiento.

"El me dijo que además de su canto nocturno, Amy tenía el habito de aparecérsele detrás suya cuando menos lo esperaba. El ya había reducido ya reducido el personal de servicio a una cuarta parte, para ese momento, mayormente para reducir gastos, así que las idas y venidas en la casa se habían reducido enormemente. Por lo tanto, el a menudo se encontraba a si mismo solo en una parte del solar u otra cuando el sentía una presencia detrás suya, y, si el se daba la vuelta de pronto, solo le daba tiempo a verla medio segundo de reojo antes de que la aparición desapareciera.

"El también dijo que había pedido que quitaran todos los espejos de las paredes, porque también, Amy tenía el habito de aparecérsele detrás suya cuando el estaba mirando su reflejo. Con el tiempo, el había empezado a vivir la vida de un ermitaño, sin salir de casa a no ser que fuera absolutamente necesario. El me dijo que creía que Amy prefería que el estuviera en casa y no deseaba, llevarle la contraria, el cedió.

"Debo decir que mientras le escuchaba hablar, por el final, empecé. A pensar que había perdido virtualmente la cabeza y si no fuera porque el era un hombre que disponía de medios, el muy bien hubiera podido dar con sus huesos en un asilo. No dudo de su sinceridad de que el estaba realmente siendo visitado por el fantasma de Amy, pero era mas una cuestión de que el había aceptado el hecho, y que le no creía necesario intentar hacer algo para evitarlo.

Después de todo, Amy era una muchacha encantadora y la quería muchísimo, pero se había ido, y si su espíritu no podía descansar, yo pensaba que el debía de hacer algo al respecto, como llevar a un sacerdote a la casa como poco, y si eso no funcionaba, entonces, ¿por que no probar un exorcismo? Cualquier cosa parecía preferible a vivir allí sufriendo noche, tras noche, sin ninguna esperanza de que aquello acabase, hasta que la muerte le reclamara. Pero el obviamente estaba decidido a terminar así sus días y ninguna sugerencia por mi parte iban a hacerle cambiar de idea.

"Le había permitido que descargara su culpa, y si eso le dio algún tipo de alivio, aunque fuera por poco tiempo, entonces yo estaba encantada de habérselo podido ofrecer. Para cuando el se marchó, el sol ya se estaba ocultando en el cielo, y cuando el se levantó finalmente para irse, parecía incluso mas viejo que cuando lo vi esa tarde. El me recordó la cara de un hombre que se va encontrar con su verdugo, tal era la mirada de desesperanza que había en sus ojos.

"Esa fue la ultima vez que le vi. Nunca mantuvimos el contacto, sin duda porque ninguno de los dos tenía nada que decirle al otro. Me sorprendió que el consiguiera continuar viviendo en ese lugar como lo hizo. Pero quizás la final su mente se negó a reconocer que el estaba siendo embrujado. O quizás el solamente encontró la manera de vivir con ello, sin dejar que le molestara. Aun, deseo que el este en paz ahora libre de las garras de Artemis.

"Pero con respecto a ti, no es igual. ¡Tienes que abandonar ese maldito lugar ahora!"

24

"La manera tan directa en la que mi tía me dijo que me fuera del solar, tan repentinamente, me cogió desprevenido y me encontré a mi mismo moviéndome incomodo en mi asiento. Ella tenía razón, por supuesto. Amy no tenía motivos para aparecérseme, a pesar de la manera repugnante e inhumana en la que mis familiares lejanos la habían tratado. En mi mente, yo estaba casi convencido de que su objetivo era la casa solariega, quien podía culparla, yo solo estaba allí de pura casualidad.

"Dicho esto yo no tenia el conocimiento de los dictados que gobernaban las acciones de un espíritu vengativo. Así que quizás mi tía tenía razón, categórico o no tenía que considerar su advertencia. Mientras yo sopesaba mis opciones, ella se levantó y camino con piernas inestables hacia su estantería. Cuando le ofrecí mi ayuda, ella solo me hizo un gesto con la mano para que me apartara y continuó con su tarea.

"Me quedé ahí sentado en silencio mientras ella rebuscaba en una caja de caoba que estaba en una de las estanterías inferiores, rodeadas de libros, revistas y panfletos. Le eché un vistazo a mi reloj y descubrí con creciente inquietud que ya eran las siete y media pasadas. Miré por la ventana que tenia la lado mía durante toda la visita, y noté por primera vez, que era de noche.

No me entusiasmaba el camino de vuelta que me esperaba. La lluvia estaba todavía golpeando contra los cristales de la ventana, y el tener que conducir de regreso en la oscuridad no era precisamente atractivo. Además de lo cual, tenía que llamar a Jennifer. Sabia que ella me perdonaría si le explicaba que no podía hablar mucho tiempo, debido al camino que me esperaba, y no tenía sentido esperar a llegar a la ciudad, porque entonces ella se preocuparía, como lo haría si estuviese en su lugar. No, tenía que encontrar una cabina de teléfono antes de partir hacia la ciudad.

"No me atrevía a meterle prisa a mi tía, a pesar de mi urgencia por marcharme. Ella había sido muy hospitalaria además de haber proporcionado una gran cantidad de información, y le estaba muy agradecido por eso. No podía imaginar que estaría buscando en esa caja de madera suya, pero fuera lo que fuera, esperaba sinceramente que lo encontrara pronto.

"¡Aquí tienes!"

"Ella anunció su hallazgo como hablando con el objeto en cuestión mientras lo sostenía en la mano. Desde donde yo estaba, no pude ver que es lo que era, mas que era bastante pequeño, y que cabía fácilmente en su mano. Ella cerró la tapa de la caja y la volvió a colocar en su lugar, antes de volver a retomar sus asiento. Ella se inclinó hacia delante para darme el objeto, el cual pude ver que se trataba de una caja de casete de plástico. La cogí agradecido, y le di la vuelta para ver que no había ningún papel indicando el contenido de la cinta. Entonces le pregunte por el contenido de la cinta".

"Era una grabación de la canción de Amy. No estoy segura de porque la he guardado todos estos años, nunca la he escuchado, y ya no tengo necesidad de hacerlo".

"Al oír esas palabras, casi se me cae la cinta. Parecía una manera un tanto singular de darle un regalo alguien, sobretodo considerando las circunstancias. A pesar de no parecer agradecido, le di las gracias por la cinta y le pregunté que como la había conseguido en primer lugar. "Que yo supiera, ese formato no se había inventado hasta después de que Amy hubiera muerto".

"Spencer y yo no sentábamos durante horas escuchando a Amy cantar, ella tenía una voz tan dulce. Así que Spencer compró un fonógrafo y le insistió para que cantara a el aparato para poder grabar su voz. El estaba tan orgulloso de la grabación que solía tener el cilindro en su mesita de noche. La noche anterior a partir hacia el internado, me acordé del cilindro y lo robé de su mesita. Al fin y al cabo, ellos dos ya estaban muertos, y no creí que ni Artemis ni Spalding lo escucharían nunca. Lo guardé durante toda mi estancia en el colegio interno, y cuando fui a pasar las vacaciones a casa de mi compinche de la escuela, ellos tenían un fonógrafo y me dejaban escucharlo. Ellos también decían lo que les encantaba su voz, así que lo escuchábamos a menudo en la casa.

"Cuando los casetes se hicieron populares, me compré uno y pasé el viejo cilindro a una cinta de mi nueva maquina. No era perfecto claro, no para las maquinas de hoy en día, pero para mi estaba mas que bien. No estoy completamente segura de por que lo he guardado durante todos estos años. Supongo que fue por la memoria de esa chica dulce y sencilla, y el hecho de que ella había sido tan amable conmigo, Pero no sentí ninguna urgencia por contárselo a Spalding cuando el me contó lo de las apariciones."

"Mi tía se inclinó sobre la mesa y dio unos golpecitos a la cinta que yo tenía en la mano, con su dedo índice derecho".

"Puedes hacer lo que te parezca con ella, Jonathan. No te la doy porque piense que también podría estar embrujada, ni porque tengo miedo de guardarla. Solo siento que ya no la necesito mas. Mo te mentiré, sabes que tu padre y yo no teníamos mucha relación. Probablemente por la diferencia de edad o porque yo estaba un poco celosa que cuando el vino al mundo, de repente mis padres tenían mas tiempo para dedicarse a el, que el que a mi me dedicaron jamás. De todos modos, eres mi sobrino, y nunca te desearía ningún mal, así que sigue el consejo de una vieja señora y no dejes que tu mujer cruce el umbral de la puerta de ese agujero inmundo. Llámala esta noche y dile que se quede en Londres. Invéntate una excusa que tu creas que funcionara. ¡Y, si fuera tu, reservaría un hotel para esta noche y cogería el coche para ir a Londres a primera hora de la mañana!

"No necesitaba que me convenciera, ya había decidido que Jennifer no pasaría ni una sola noche en el solar. Pero ahora después de escuchar todo lo que me había contado mi tía, estaba aún mas convencido de ello. Conociendo a mi esposa, tendría que inventar una muy buena excusa contra la que ella no tuviera argumentos para discutir. Pero ese era un problema distinto al que me enfrentaría en su momento.

"Por ahora, solo tenia que mantenerla alejada de la casa. Me sentí fatal por marcharme tan de repente, pero tan pronto como miré de nuevo a mi tía, ella pareció entender mi preocupación sin tener que decir una palabra, de hecho, ella me azuzó como si tuviera miedo de que no la hubiese tomado en serio."

"Vamos Jonathan, no pierdas tiempo. Llama a tu esposa y asegúrate de que ella entiende la seriedad de la situación. La casa ha traído suficiente miseria para una vida entera. No le añadas mas miseria a esa al quedarte allí otra noche.

"Besé a mi tía en la mejilla y le di las gracias por su tiempo y sus consejos. Metí la cinta de casete en mi bolsillo, todavía sin saber por que la había aceptado, además del hecho de que mi tía ya no la quería guardar. Mientras caminaba por el pasillo hacia la salida, vi a Verity sola, ahí de pie tras el mostrador de recepción. Ella me sonrió cuando me oyó aproximarme e intentó preguntarme como había ido la vista, pero la corta a media frase y le pregunté si sabía laguna cabina de teléfonos cerca que ella supiera. Ella me señaló hacia un lado y me dijo que había un teléfono al girar la próxima esquina.

"Cuando llegué a la cabina, me alivió comprobar que nadie la estaba usando. El pensar en tener que hacer cola detrás de un puñado de viejecitos con todo el tiempo del mundo para hablar, no era una perspectiva que a mi me gustara. Agarré el teléfono y rebusqué entre mis bolsillos para conseguir cambio. Fue entonces cuando me acordé que había gastado todo el cambio que tenia en las flores que le compré a mi tía.

"Desesperado, corrí de nuevo hacia el mostrador y la siempre sonriente Verity. Pero cuando le pedí cambio, ella se disculpó dulcemente, y me informó que no disponían de una caja registradora y que no vendían nada allí dentro. Ella incluso miro en su propio monedero para darme cambio, pero no tenía, ella me vio mirando el teléfono en el mostrador, pero antes de que yo tuviera oportunidad de preguntar, ella me informó de que el personal tenía prohibido realizar llamadas privadas desde ese teléfono. Entonces ella me sugirió que llamara a cobro revertido. No podía creer que hubiera sido tan estúpido como para no haberlo pensado yo mismo. Le di las gracias y el apreté suavemente la mano como gratitud, antes de salir corriendo de nuevo hacia la cabina.

"Casi salta hacia la cabina cuando vi a un par de señoras mayores caminando por el pasillo. Aunque luego resultó que no pretendían usarlo, y solo me dirigieron una mirada de extrañeza cuando pasé por su lado. Llame a la operadora para darle los detalles, y ella llamó al teléfono de mi casa. Escuche cada tono de llamada sin contestar, con el corazón saliéndose por mi boca. Finalmente, la operadora me dijo que no había respuesta y que lo intentara otra vez mas tarde.

"Se me ocurrió que Jennifer podría haber ido a visitar a su madre después del trabajo, pero desafortunadamente no tenia su numero a mano. Entonces volví a llamar a la operadora para que llamara a mi casa. Era posible que Jennifer estuviera en el baño o sacando algo del horno cuando sonó el teléfono y no consiguiera llegar a tiempo antes de que el operador cortara la llamada.

"Yo esperaba, que de ser ese el caso, entonces Jennifer se hubiera dado cuenta de que era yo el que estaba llamando, y que estaría esperando a que yo llamara de nuevo. Escuche los tonos de llamada, rezando para que Jennifer cogiera el teléfono. Pero de nuevo, después de una docena de tonos de llamada, la operadora volvió a hablarme con el mismo consejo que la anterior.

"Comprobé mi reloj, era n casi las ocho en punto, y sabia que Jennifer debía de haber estado en casa desde hacia horas. No sabia que hacer, no quería empezar el largo camino hacia Briers Market sin hablar con Jennifer primero. Necesitaba oír su voz y saber que estaba a salvo, y mas importante aún, convencerla de que no viniera al día siguiente. Entonces tuve una idea, corrí de nuevo hacia el mostrador para encontrar a Verity, hablando con una mujer de mediana edad con gafas de media luna colgadas precariamente de su nariz. Por el sonido de su tono de voz, pensé que podría ser su superiora y lo ultimo que yo quería era causarle problemas a Verity, a pesar de lo desesperado que yo estaba. Así que cuando la mujer de aspecto adusto levantó la cabeza, tuve cuidado en elegir las palabras cuidadosamente.

"Le expliqué rápidamente quien era yo y porque estaba allí y le dije que Verity ya me había explicado que el teléfono no se podía usar para uso particular, pero le suplique que me permitiera solamente comprobar un numero en el servicio de atención telefónica. Verity, que Dios la bendiga le explicó rápidamente mi problema con el cambio, y la mujer me dirigió una cortante mirada antes de decirle a Verity que me permitiera hacer la llamada.

"Le di las gracias por su comprensión, pero ella ya se había dado la vuelta para marcharse y no dio cuenta de mi gratitud. Afortunadamente, sabia la dirección de la casa de los padres de Jennifer, pero cuando se la di a la operadora del servicio de atención telefónica un repentino miedo me recorrió el cuerpo por si le había dado la antigua dirección. Espere pacientemente, y después de un momento, la operadora volvió a ponerse al teléfono y me dio el numero. Lo anoté rápidamente en un trozo de papel el cual Verity, anticipándose, deslizó por el mostrador hacia mi con un bolígrafo encima.

"Una vez que yo tuve el numero de teléfono, corrí doblando la esquina hacia la cabina. Llame a el numero que la operadora me dio, a cobro revertido. Después de un par de tonos de llamada oí la voz del padre de Jennifer contestar el teléfono. Una vez que la operadora había verificado el aceptaba la llamada a cobro revertido, me pasó al teléfono con el.

"Me disculpé por no poder pagar por la llamada, y por el hecho de no tener tiempo para formalismos porque tenía prisa. Pero antes de tener oportunidad de preguntar si Jennifer estaba allí, el dijo algo que me heló la sangre".

"Jennifer nos llamo desde la estación cuando llegó, ¿te ha contado la noticia?, nos ha dicho que no nos diría nada hasta decírtelo a ti primero.

"Me quede sin palabras, mi mente iba a toda velocidad. Le pedí que aclarara que quería decir con lo de Jennifer esperándome en la estación, aunque en el fondo me temía que yo ya conocía la respuesta. Para mi horror el me confirmo que Jennifer no podía esperar hasta mañana para verme, y que había cogido el tren de la tarde para Briers Market. Ella llamó a sus padres a las cinco en punto de esa tarde para confirmarles que ya había llegado y dijo que iba a coger un taxi para ir a el solar, para darme una sorpresa."

"El continúo hablando, algo acerca de que Jennifer no hablaba de otra cosa durante toda la semana excepto de la casa, y de que ella estaba deseando de verme. Pero sus palabras cayeron en oídos sordos. Todo lo que podía pensar era en mi querida esposa toda la tarde en el solar, y lo que era aun peor, yo estaba a dos horas de coche de ella, sin ningún medio para hablar con ella y decirle que se marchara de ese lugar inmediatamente.

"Creo que volví a colgar el teléfono sin decirle adiós al padre de Jennifer. En vez de eso salí corriendo del asilo sin saludar ni agradecerle a Verity su amabilidad y ayuda, y me metí en el coche. La lluvia aun estaba cayendo, y accioné los limpiaparabrisas y encendí las luces antes de arrancar. Sabía que era imposible que yo recordara todo el camino de vuelta hasta el solar, ya que había tomado demasiadas carreteras secundarias, así que sabia que en algún momento tendría que mirar el mapa. Pero por ahora necesitaba ir haciendo camino.

"Conduje como un poseso. De hecho, mas de una vez me encontré a mi mismo chillando a pleno pulmón a los coches que tenía delante, sin importarme el hecho de que era yo el que estaba tratando de adelantarles sin que hubiera espacio físico para pasar, o ir pisándole los talones al coche que tenía delante cuando ellos iban a la velocidad máxima permitida conduciendo adecuadamente. Me enfadaba conmigo mismo cada vez que tenía que parar a consultar el mapa. En mas de una ocasión tuve que reconfigurar la ruta debido a las inundaciones que la lluvia había causado o a el cierre de alguna carretera que yo tenia pensado usar. Incluso algunas de las carreteras comarcales que yo estaba usando en realidad estaban cerradas debido al mal estado en el que se encontraban, pero aun así transite por ellas, intentando desesperadamente mantener mi viejo coche bajo control.

"Hubo varias veces a lo largo de la jornada en las que estaba agradecido por que no hubiera parado la policía, tal era mi poco respeto por las leyes de la carretera. Pero hubo veces en las que sentí como si estuviera en uno de esos extraños sueños donde te encuentras a ti mismo huyendo de algo y no lo puedes dejar atrás. Era casi como si el solar me estuviera provocando, riéndose de mis fútiles intentos por llegar a el antes de que mi pobre esposa fuera su próxima victima.

"Lo único me reconfortaba un poco, era que sabía que mi esposa era mujer sensata e inteligente, quien al averiguar que yo no estaba en la casa solariega, habría regresado a la ciudad, en lugar de quedarse sentada en las escaleras de acceso a la puerta de entrada congelándose mientras esperaba mi regreso, Mi única esperanza era que ella le hubiera dicho al taxi que esperara mientras comprobaba si yo estaba en la casa o no. De lo contrario, me daba miedo pensar en que ella hubiera regresado andando de vuelta a la ciudad por esa terrible carretera llamada Bodling road en la oscuridad.

"Pude sentir como yo estaba empezando a sudar debido a la inquietud, me incliné en mi asiento para coger un pañuelo de papel para limpiarme la frente, y en vez de eso encontré el casete mi tía. Lo sostuve en alto un segundo y lo mire durante medio segundo antes de oír un fuerte bocinazo del claxon de un coche que tenia delante mía, de algún modo me había metido en el carril contrario, así que cogí el volante con las dos manos, dejando que el casete cayera al suelo y maniobre para meterme de nuevo en mi carril antes de que el coche pasara por al lado mía como una exhalación.

"Seguí acelerando bajo la lluvia, mis limpiaparabrisas estaban ahora realizando un duro trabajo lidiando contra las embestidas de la lluvia, el parabrisas estaba empañándose constantemente, así que tuve que encender la calefacción debido a la incomoda temperatura del interior del coche. Abrir una ventana, naturalmente estaba completamente descartado, así que decidí que tendría que seguir en esas desagradables condiciones por el bien de la seguridad, y volví a encender la calefacción, directamente hacia el parabrisas.

"Me pareció una eternidad hasta que al fin llegué a la salida que conducía a Bridas Market. Afortunadamente para mi las calles de la ciudad estaban vacías de trafico, así que conseguí cruzarla sin ningún tipo de retenciones. Una vez que giré y dejé la firme superficie de las calles de la ciudad. Pude sentir como mis neumáticos luchaban por seguir girando en el cenagal en el que la lluvia había convertido el camino de tierra que llevaba hacia el solar.

"Mientras me aproximaba a la pronunciada curva donde parece que Amy había encontrado su destino, paré el coche justo cuando venia un camión sin haber indicado que lo hacia. Me quedé ahí parado, esperando a que pasara, menos mal que lo había visto justo a tiempo. Puse el pie en el acelerador y frené suavemente para permitir a las ruedas apartar el barro del camino. Esta vez pise el acelerador suavemente al vez que jugaba con el embrague hasta que me note que podía controlar el coche de nuevo.

"Cuando giré por la próxima curva, y vi el Solar Denby ante mi, se me cayó el mundo encima, Incluso desde esa distancia pude ver que las luces de dentro de la casa estaban encendidas, lo cual solo podía significar una cosa. De algún modo, ¡Jennifer había conseguido entrar! Aceleré, ajeno a la batalla que mis neumáticos estaban librando para mantener la tracción. Para cuando giré por la carretera de gravilla de entrada a la casa que pasaba entre los arboles, tuve que usar toda mi pericia al volante para mantener el control de mi vehículo.

"Cuando emergí de la densa masa de tierra que rodeaba la carretera de gravilla pude ver el Solar Denby en todo su esplendor, parecía un ogro esperando a que me acercara lo suficiente como para poder tragarme."

25

Pare justo delante de las escaleras de piedra y salí del coche. Pare un momento y mire hacia arriba. Allí, en una de las ventanas superiores, podía ver una silueta tenue. De algún modo, yo sabia que era Amy, esperando a que regresara. Subí los escalones de dos en dos y cuando llegué a la puerta vi que estaba cerrada, me bañó una extraña sensación de alivio. Quizás Jennifer no estuviera dentro, al fin y al cabo. Quizás me había dejado las luces encendidas cuando me marche por la mañana, o Jarrow había encendido ele generador para que yo no volviera en la oscuridad.

"Mi inquietud se estaba empezando a disipar y considere el hecho de que quizás Jennifer no estaba dentro, al fin y al cabo, contra mas lo pensaba, mas probable me parecía que los Jarrow estuvieran allí. El hecho de que me hubiera perdido uno de los sabrosos desayunos de la señora Jarrow bien podría haberles inspirado a asegurarse de yo hiciera al menos una comida en condiciones ese día.

"O quizás, después de la sesión de espiritismo de la ultima noche, ellos querían asegurarse de que yo estaba bien. La señora sobretodo había parecido muy preocupada por mi bienestar cuando ellos se marchaban la pasada noche. Quizás habían venido a insistirme en que pasara la noche en su granja en lugar de en el solar. Una oferta muy sensata, y muy típica de su forma de ser, y si no fuera por el hecho de que tenía que encontrar a Jennifer, donde fuera que ella pudiera estar en la ciudad. Felizmente hubiera aceptado su oferta.

"Mientras buscaba mis llaves y oía la cerradura abrirse el ruido de un trueno cayendo del cielo nocturno detrás mía casi me deja sordo, entonces abrí la puerta, empujándola para que se abriera del todo chocando contra le perchero que estaba colgado en la pared. Me quedé allí en la entrada durante un momento y miré a mi alrededor. Todo parecía exactamente igual a como lo había dejado esta mañana con una diferencia notable. La pequeña maleta que los padres de Jennifer le habían regalado la navidad pasada estaba apoyada contra una de las paredes del salón principal, con su impermeable arrugado encima de esta. Durante una milésima de segundo me quede petrificado en el sitio, mi mente era un torbellino de posibles escenarios de como Jennifer podía haber entrado a la casa. ¿Le habían abierto los Jarrow la puerta y después se habían marchado? ¿me había dejado la puerta abierta cuando me marché esta mañana? ¿habría alguna llave dentro de alguna de las macetas de la que yo no tuviera conocimiento?

"¡Nada de eso importaba ahora! Jennifer estaba de la manera que fuera dentro de la casa y yo tenía que encontrarla para ponerla a salvo lo mas rápidamente posible. ¡Antes de que fuera demasiado tarde! Empecé a llamarla mientras entraba en cada una de las habitaciones, encendiendo las luces en aquellas que estaban a oscuras. Mire en la cocina y en la galería, pero aun no había ni rastro de ella. Mientras volví corriendo hacia el salón pude ver a alguien por el rabillo del ojo, ¡Y sabia que era Amy que estaba esperándome!

"¿Pero donde estaba Jennifer?, ¿estaría ella atrapada arriba prisionera del malévolo espíritu de Amy? Tenia que pasar por delante de ella para llegar hasta mi esposa, y en ese momento no me importaba lo que ella pudiera tenerme reservado para mi. Mi única preocupación era llegar hasta Amy y protegerla tan bien como pudiera.

"Cuando di la vuelta al pie de las escaleras, pare un momento para recobrar la respiración antes de encontrarme con Amy. Pero cuando la mire, no era Amy, si no Jennifer que estaba ahí de pie. No podía creer lo que veían mis ojos. Mi amada esposa llevaba puesto uno de los vestidos de Amy.

"Había demasiadas preguntas en mi mente como para esperar a que fueran respondidas. Mientras observaba a Jennifer que empezaba a bajar lentamente las escaleras hacia mi, agarrando los bajos del vestido de Amy con una mano y girándose lentamente como si ella estuviera en una especie de estraño desfile. ¡Era grotesco! El ver a mi querida esposa con el vestido de Amy fue una visión horrible para mi".

"¿Qué te parece, muy bonito, a que sí? Hay todo un baúl de preciosos vestidos de época ahí arriba, porque no me lo dijiste por teléfono, podría haber venido antes".

"Todo lo que podía pensar en ese momento era que hacia un par de noches La figura fantasmal de Amy había levitado por esas mismas escaleras, llevando ese mismo vestido, mientras yo estaba indefenso ahí parado en el suelo de piedra sin poderme mover. Sentí una ola de mareo, y pestañeé para quitarme esa horrible visión de la cabeza. Pero cuando abrí los ojos otra vez, vi a Amy en la parte superior de las escaleras, llevando precisamente el mismo vestido que mi esposa se había puesto para mi. La mirada en los ojos de Amy cuando ella miró a mi preciosa Jennifer estaba llena de pura maldad, como si ella estuviera furiosa porque Jennifer hubiera tomado prestada su ropa.

Actué instintivamente me abalancé sobre Jennifer, la cogí de la mano y medio empujándola la hice bajar los restantes escalones de escalera. Sabia que ella era ajena a la aparición que se cernía tras ella, y yo quería que ella siguiera en la ignorancia. Mi único pensamiento era llevármela de la mansión tan rápido como me fuera posible.

"Mientras llegábamos a la puerta principal podía oír los gritos de Jennifer, mis acciones debieron de haberle parecido bastante inexplicables teniendo en cuenta que no nos habíamos visto en una semana, y ahora que nos estábamos juntos, en lugar de tomarla entre mis brazos y abrazarla como yo quería, la estaba arrastrando hacia la tormenta, llevando ella únicamente un vestido de verano que ni siquiera era suyo.

"Yo quería desesperadamente explicarle mis acciones, para hacer a Jennifer razonar. Pero eso significaría contarle mi experiencia en el solar desde que llegué, y no solo no había tiempo suficiente para hacerlo, bien si no que yo prefería guardarme lo de el lado oscuro de la casa para mi mismo. No había ninguna razón tangible que involucrara a Jennifer con nada de aquel maldito lugar.

"Jennifer continuaba ofreciendo objeciones razonables y tambíen una férrea resistencia cuando la guie por los escalones hacia el coche. Un enorme trueno iluminó el cielo. Haciendo que pareciera de día durante un segundo, antes de que volviera la oscuridad. Cuando llegamos al coche mantuve a Jennifer agarrada de la muñeca mientras buscaba las llaves del coche con la otra. Tenía miedo de dejarla ir y que entrara en la casa y la puerta se cerrara tras ella, atrapándola dentro para siempre.

"La lluvia nos martilleaba a ambos, y el vestido de Amy estaba empezando a pegarse al cuerpo de Jennifer como una segunda piel. No tuve tiempo para quitarme el abrigo para cubrirle los hombros en ese momento, ya que como antes, tendría que soltarle la mano para hacerlo y yo necesitaba mantenerla cerca de mi por el miedo a algún tipo de intervención espectral que fuera demasiado fuerte para ignorar.

"Cuando al final conseguí abrir la puerta metí a Jennifer dentro del coche con ella protestando todo el tiempo. Cuando cerré la puerta, la mirada que me dirigió a través de la ventana me dijo todo lo que necesitaba saber sobre el problema en el que me había metido. Pero esa era la menor de mis preocupaciones. Corrí hacia mi lado del coche, por alguna razón que todavía no puedo comprender, miré una vez mas a el Solar Denby.

"La puerta delantera se abrió de golpe. Sin duda como resultado de una fuerte racha de viento, pero en mente era casi como si la casa dijera ¡fuera de aquí! Que mi presencia ya no era requerida o deseada. Entonces mis ojos captaron algo que se movía en una de las ventanas superiores. Sabia lo que era incluso antes de mirar hacia arriba, cuando lo hice, efectivamente, era Amy mirándome desde arriba, tenia los ojos llenos de la misma maldad que yo había presenciado en la escalera.

"Se oyó otro trueno rugir. En ese momento las luces de dentro del Solar Denby parpadearon hasta que se apagaron, dejando toda la fachada en la oscuridad. Me deslicé tras el volante, con la ropa empapada por la lluvia, y me sequé la cara con el reverso de la mano para limpiar el exceso de agua de los ojos. Instintivamente me puse el cinturón de seguridad, antes de girar la llave de contacto. Mire a Jennifer que me estaba observando, con una expresión que parecía una mezcla de ira e incredulidad.

"¿Vas a contarme que es lo que esta pasando Jonathan, o me tengo que quedar aquí sentada y adivinarlo?

"Podía sentir su comprensible ira en el tono de la voz, pero al mismo tiempo ella también parecía muy preocupada por mi cordura, ¿Y como iba a culparla? Mis acciones hasta ese momento no habían sido las de un hombre cuerdo, y me hice la promesa a mi mismo que en cuanto la pusiera a salvo de ese lugar, trataría de explicarle todo sin mencionar a Amy.

"El coche arrancó a la primera, y al meter la marcha solté el embrague lentamente para permitir a las ruedas el máximo agarre en el suelo encharcado. Pude oír como Jennifer me hablaba mientras iniciaba la marcha. Comprobé mi espejo retrovisor interior y sentí como se me aliviaba la pesadumbre que sentía al ver la casa solariega cada vez mas pequeña.

"Cuando salí de la carretera de gravilla que daba acceso a la casa, tomé la curva demasiado deprisa y pude sentir que los neumáticos derrapaban bajos nuestros pies. Jennifer se agarró del salpicadero delante suya para evitar estamparse con la ventana. Una vez que yo recuperé el control del coche, me disculpé y le dije que se abrochara el cinturón, pero ella obviamente estaba demasiado ofendida para oír lo que yo acababa de decir.

Pude oírla protestar por su maleta la cual nos la habíamos dejado en el solar, y por el hecho de que ella estaba empapada y que no llevaba ni siquiera sus ropas. Pero me mantuve concentrado en la carretera y murmuré algo sobre comprarle algo de ropa en la ciudad al día siguiente.

"Una vez que pasamos los arboles que ahora tapaban el solar impidiendo verla, apreté un poco mas fuerte el acelerador. Creo que inconscientemente solo quería poner mas distancia entre nosotros y el Solar Denby en el menor tiempo posible. Tenia los limpiaparabrisas funcionando a tope y la lluvia golpeaba el parabrisas sin piedad. Sobre nuestras cabezas los truenos y los relámpagos rugían y destellaban, respectivamente, casi como si estuvieran reprendiéndonos al unísono por haber dejado la casa. Incluso con las luces de los faros a tope, el tiempo hacia que cada vez fuera más difícil para mi ver mas de un par de metros delante de mi.

"Con mi concentración en la carretera, no me di cuenta que Jennifer había levantado el culo para quitar algo puntiagudo que se le estaba clavando, tampoco me di cuenta cuando sacó el casete de la caja de plástico y lo metió en el radiocasete del coche que ella tenía delante.

"Mientras me aproximaba a la curva la hace viudas, empecé a aminorar la marcha, y estuve a punto de tocar el claxon cuando vi a Amy mirándome, su cara estaba llena de pura malicia, y sus ojos ardían de odio y animadversión.

"Cuando la dulce voz de la "dulce" Amy empezó a emanar de los altavoces, se me resbaló el pie del pedal del freno y se clavó en el acelerador. El coche salió disparado, y en esa milésima de segundo vi las luces de un camión que estaba tomando la curva ciega.

"Giré el volante para evitar una colisión, pero era demasiado tarde. Oí el lamento del claxon del camión, mezclado con el chillido de ambos frenos cuando mis ruedas traseras perdieron la tracción en la carretera. Cuando nuestro coche empezó a caer por el barranco trate de alcanzar a Jennifer para protegerla del impacto, pero el estúpido cinturón de seguridad me mantuvo pegado a mi asiento."

"Corrí a través del oscurecido Solar Denby con el corazón en la boca, llamando frenéticamente a Jennifer. Encendí las luces de todas las habitaciones, pero estas se negaban a encenderse. Pensé que el generador necesitaría restablecerse otra vez, y grité de nuevo, y grité para que Jarrow lo encendiera. Pero el me dio una excusa diciendo que tenia que recoger a su mujer del trabajo, y se fue cerrando la puerta de un portazo tras el.

"Le llamé a gritos, pero no conseguí nada. Fuera podía oír como la lluvia golpeaba el exterior del solar Cogí la linterna de la repisa del hogar. Pero cuando le di la botón no encendía. Agite la linterna varias veces y la golpee contra la palma de mi mano, pero fue en vano.

"Tiré el recalcitrante objeto al aire y oí como el cristal se estampaba contra el suelo de piedra. Justo en ese momento oí voces que venían de otra habitación. Caminé por el pasillo entre los muebles hasta llegar a la entrada de la siguiente habitación. Miré adentro, y entre la penumbra pude ver a Jefferies y Peterson sentados a la mesa, discutiendo sobre derechos de tierras y arrendamientos. No tenia ni idea de por que ellos estaban allí, ya que yo estaba seguro de que no les había invitado. Pero de momento, no me importaba, yo tenia que encontrar a mi esposa, y no me importaba nada mas en ese momento.

"Me quedé ahí de pie en la oscuridad en el medio del pasillo y llamé a mi esposa Jennifer una vez mas. De repente, oí que ella me respondía desde el piso de arriba. Subí las escaleras, de dos en dos, y seguí el sonido de su voz que me llevaba hasta el ático, a le rincón mas alejado.

"Con la luz de la luna colándose a través de la diminuta claraboya, pude verla al lado del baúl que estaba lleno de las ropas de Amy. Cuando entré en la habitación, ella tenia cogió el vestido de Amy con motivos florales contra si misma y me preguntó que me parecía. Me sentí aliviado de que ella no se hubiera el vestido se lo arrebaté de las manos y lo metí de nuevo en el baúl. Antes de que ella tuviera oportunidad de reprenderme, la rodeé con mis brazos y la apreté tan fuerte que ella empezó a quejarse diciendo que no podía respirar.

"La solté a regañadientes, pero todavía la mantuve cerca de mi, y le pregunté que cuanto tiempo había estado en la casa esperándome".

"Desde siempre, has tardado tanto en llegar que me quedé dormida y morí"

"Todavía abrazándola, me reí pro encima de su hombro por la tontería que acababa de decir. Cerré los ojos y la besé en la cabeza entrelazando su brillante cabello dorado alrededor de mis dedos. Cuando abrí los ojos, pude ver que su color de pelo había cambiado, y que ahora era de un color mucho mas oscuro. Me preguntaba su ella se lo habría tintado durante la semana que estuvimos separados y le solté el pelo para poder ver el efecto completo de su nuevo look.

"Pero eran lo ojos de Amy los que me devolvían la mirada, con la misma, mirada dulce y suplicante que ella ponía cuando le abría la puerta de la galería. Ella me agarró fuertemente, abrazándome como a un niño."

"¡Por favor, ayúdame, están intentando quitarme a mi hijo!"

"Me giré y bajé corriendo las escaleras y salí de la casa. Cuando llegué al camino vi a mi tía sentada en su silla, en medio de la carretera de gravilla de entrada a la casa, leyendo. Corrí hacia ella y le pregunté que qué estaba haciendo allí y la invité a entrar para protegerse del frío y de la lluvia. Pero ella solo se quedó mirándome, como si estuviera irritada por mi invitación y volvió de nuevo su atención hacia su libro. Me pregunté como ella podía ver tan claramente las letras sin luz, pero ella no parecía tener problema, y parecía estar totalmente absorta en su novela.

"Yo quería agarrarla por el brazo y obligarle a entrar a la casa para evitar que cogiera una pulmonía y se muriera, pero parecía totalmente ajena a mi presencia. Me agaché al lado suya para suplicarle que se moviera, pero ella meramente giro la cabeza hacia mi una vez mas, y con una cara de genuina preocupación en la cara, me pidió que ¡me marchara de la casa antes de que fuera demasiado tarde!

"Le suplique que me explicara que era lo que quería decir, pero no quiso dame mas explicaciones y continuó leyendo. Cuando me di la vuelta, la vieja bruja Amy esta flotando sobre los escalones de piedra y se dirigía hasta mi, con los brazos extendidos preparada para cogerme. Me di la vuelta para advertir a mi tía. ¡Pero ella se había marchado!

"Corrí hacia los arboles, sin atreverme a mirar detrás mía por miedo a ver lo cerca que Amy pudiera estar. Sentía las piernas como si estuvieran hechas de plomo. Cada paso me costaba mas esfuerzo que el anterior. Me obligué a mi mismo a seguir avanzando, pero al final, ya no podía dar ni un paso mas, caí. Mi cuerpo se puso tenso anticipándose para el golpe mientras el suelo aceleraba hasta mí. Pero no golpeé el suelo como yo pensaba, en lugar de eso caí en una especie de oscuridad sin fondo.

"Finalmente, oí voces en la oscuridad. Mi hermana Jane era la única a la que reconocía, los otros no me eran familiares. Las voces parecían entrar y salir de mi subconsciente y nunca entendí completamente que era lo que estaban diciendo. Podía sentir como me estaba despertando. En varias ocasiones vi la cara de Jennifer, flotando encima de mi, ella sonreiría con su preciosa cara, y me guiñaría un ojo, y me dijo que todo iba a salir bien, y que debía volver a dormirme.

"Pero también vi la cara de Jennifer inconfortablemente cerca de mi, yo sin poder girarme y darme la vuelta. Incluso aunque ella parecía tranquila y triste, con esa familiar mirada suya de nostalgia, siempre había un sentimiento de terror subyacente de que ella intentara matarme cada vez que aparecía.

"Había otras caras que no me resultaban familiares, que aparecían ante mi de cuando en cuando, podía oír que hacían preguntas sobre mi. Yo intentaba responderlas, pero era como si las caras extrañas no pudieran oírme, al final paré de intentar comunicarme con ellas por completo. Fue entonces cuando Jennifer se me apareció otra vez. Yo intentaba estirar los brazos para abrazarla, pero ella siempre me apartaba, y me decía con su voz mas severa que no tratara de seguirla, que regresara, y que se me negaba, ella se enfadaría y no me dejaría verla durante miles de años, así que al final aprendí a no intentar ir tras ella.

"Al final, para alivio mío Amy paró de visitarme totalmente. Yo estaba muy agradecido, porque, aunque en las ultimas ocasiones no corrí ningún peligro, no estaba completamente seguro de que no quería causarme ningún daño. Estaba seguro de que fue Jennifer la que la espantó. La siguiente vez que Jennifer se me apareció, con su precioso pelo dorado cayéndole por encima de los hombros, pude ver que estaba acunando algo entre los brazos. Intenté incorporarme para poder ver mejor, pero sentía unas manos invisibles que me volvían a tumbar.

"Al ver que mi difícil situación Jennifer se acercó y me mostró que ella llevaba en realidad un recién nacido en los brazos. El bebe estaba dormido entre sus brazos, yo quería desesperadamente de quien era el bebe, pero las palabras se negaron a salir por mi boca, observé a Jennifer como ella mecía a la criatura, agarrándolo ligeramente mas alto de lo normal para que yo pudiera verle la cara.

"Después de un rato, Jennifer besó a la criatura en la frente, y me miró y sonrió, antes de mover los labios y decirme lo que parecía ser "te quiero" antes de que ella y su bebe se desvanecieran desapareciendo de mi vista. Esta vez intenté seguirla, pero de nuevo, fue en vano. Algo me retenía, así que cerré los ojos y luché con cada onza de energía que pude reunir para liberarme.

26

"Cuando abrí los ojos, pude ver varias caras familiares mirándome. Mientras mis ojos empezaron a centrarse en los alrededores, me di cuenta de que estaba en la cama de un hospital. Cuando intenté moverme, uno de los doctores me puso una mano en el hombro y me dijo que me quedara tranquilo. Pude ver todo tipo tubos y cables que salían de unas maquinas colocadas alrededor de mi cama, cuando traté de hablar, me di cuenta que tenía un tubo de plástico en la boca, que parecía pasar por mi garganta. Otro cable pequeño estaba insertado en uno los agujeros de mi nariz, que me obstaculizaba la respiración.

"Antes de tener otra oportunidad para protestar, perdí el conocimiento. Cuando regresé, mi hermana Jane estaba sentada a mi lado, y me habían quitado la mayoría de los tubos excepto los que me salían del brazo. Tan pronto como ella vio que tenía los ojos abiertos, Jane se inclinó sobre mi y me besó tiernamente. Le pregunté que estaba sucediendo, y que estaba haciendo allí, y ella me explicó que había estado en coma casi tres meses.

"Intenté comprender el significado de sus palabras, pero no tenían sentido para mi. Lo ultimo que recordaba era salir conduciendo de la casa solariega en coche en la oscuridad, con Jennifer al lado mía quejándose de que tenia el vestido mojado, y entonces... miré a Jennifer y le pregunté que donde estaba Jennifer. Noté inmediatamente que tenia los ojos húmedos, y antes de que ella pudiera responder, le empezaron a caer las lagrimas por las mejillas.

"¡Lo que me dijo después me hizo desear haber muerto antes de abrir los ojos! Jane me informó que después del accidente de esa noche en Bodlin road, Jennifer y yo fuimos aerotransportados hasta un hospital de Londres. Aparentemente el conductor del otro vehículo había muerto en el acto. Jane luchó por reprimir las lagrimas y ella me explicó que, debido a las heridas, Jennifer y yo fuimos ambos sometidos a un coma inducido, pero que Jennifer sucumbió a sus heridas y murió un par de días mas tarde.

"Al decirme esas ultimas palabras, mis ojos se empezaron a inundar de lagrimas. No podía creer que mi querida esposa había muerto. El pensar que ya no nunca podría abrazarla, o besarla me hizo sentir como si vida ya hubiera terminado por completo. Jane me sujetó lo mejor que pudo con las restricciones de los aparatos tenia conectados a varias partes de mi cuerpo. Ambos lloramos, a lagrima viva, hasta que ya no nos quedaron lagrimas.

"Después de un momento, Jane me apretó la mano y me preguntó si había algo que pudiera hacer por mi. Sacudí al cabeza. Tenia la garganta muy reseca en ese momento, pero no me importaba. Mi preciosa Jennifer había muerto, nada mas importaba en ese momento, ni nuca lo haría. Al final encontré el coraje de pedirle a Jane que me dijera donde estaba el cuerpo de Jennifer. Si yo llevaba tres meses en coma, a ella ya le habrían enterrado o incinerado en alguna parte, y yo necesitaba desesperadamente saber donde.

"Jane asintió con la cabeza, accediendo a mi petición, aunque no puedo expresar lo incomoda que ella se sentía al herirme con los detalles, Ella continuó explicando que como los médicos no estaban seguros de si yo volvería del coma algún día, permitieron que los padres de Jennifer decidieran como honrar mejor los restos mortales de su hija. Jane me explicó que ellos decidieron incinerar a Jennifer y que sus cenizas están guardadas en un jardín cerca de donde ella creció. Jane mee dijo que ella y Mike fueron al funeral, y que tan pronto como fuera posible, me llevaría al crematorio para que yo pudiera decirle adiós.

"Ella esperó durante un momento para permitir que yo asimilara todo lo que me estaba contando, antes de continuar. Pensé que ya no podía estar mas triste, hasta que ella me pregunto "¿Jonathan, sabias que Jennifer estaba embarazada?"

"La habitación me daba vueltas. Creo que Jane conoció enseguida la respuesta enseguida al mirarme a la cara sin necesidad de que yo respondiera. Giré la cabeza, y después de otro enorme mar de lagrimas, miré de nuevo a mi hermana, implorándole que me dijera que no era verdad. Pero por supuesto, si que lo era. Mi hermana no era capaz de tal crueldad para decir una mentira tan monstruosa como esa. Ella me contó que Jennifer solo estaba en la primera fase del embarazo, y que el feto no se había formado aun totalmente en el útero, por lo tanto, no hubo ninguna posibilidad de que los médicos pudieran salvar al bebe.

"Ella continuó hablando durante varios minutos, y cogí unas palabras aquí y otras allí, pero tenia la mente en otra parte. Un sentimiento mezclado de emociones y pensamientos se arremolinaban en mi cerebro sin orden ninguno. Maldije mi decisión de ir a visitar el Solar Denby, para empezar. Si me hubiera quedado en casa, si nunca hubiera recibido la carta de Peterson, entonces mi Jennifer seguiría viva. Entonces empecé a maldecir a mi antepasado, Artemis, por su maldad que había traído esta maldición a nuestra familia en primer lugar. También a Spalding, por haberme dejado esa maldita casa, sabiendo lo que yo heredaría junto con el solar y las tierras. Incluso me culpé a mismo, por haber amado a Jennifer en primer lugar, porque, si ella no se hubiera casado conmigo, ahora esta estaría viva.

"Tal y como me había prometido, una vez que yo pude abandonar el hospital, Jane me llevó en coche hasta donde se guardaban las cenizas de Jennifer. El jardín era realmente precioso, y aunque ahora estábamos al principio de la primavera, los jardineros habían conseguido crear un fabuloso despliegue de color para resaltar la atmosfera de tranquilidad y serenidad que exhumaban los alrededores.

"Jane se quedó en el coche para que yo pudiera estar solo con mis pensamientos donde decía a Jennifer mi ultimo adiós. Eso me alegraba porque yo sabia en que estado estaría cuando viera la urna de mi esposa, y no me equivocaba. Pues mis flores en el jarrón que los padres de Jennifer habían colocado en su lapida. El grabado de la placa que los padres de Jennifer habían encargado decía; "Amada Esposa, Hija y Madre. La frase me conmovió, porque, aunque Jennifer no había vivido el tiempo suficiente para dar a luz ella ya lo tenía creciendo en su vientre cuando murió, y sus padres comprensiblemente, deseaban reconocer a su no nacido nieto.

"Cuando me fue posible, me compré otro coche para poder visitar a Jennifer cuando quisiera. También visitaba a sus padres, quien debo decir fueron maravillosos conmigo. Ninguno de los dos me culpaba por el accidente, y ambos estaban de acuerdo en cuanto nos queríamos el uno al otro. Nunca recibí de ellos ninguno otro sentimiento que amor. La pena que compartíamos nos unió para siempre.

"Al final, vendí el Solar Denby. Al fin y al cabo ¿Qué otra cosa mas podía hacer? Para ser honesto la perspectiva de abandonar Londres y mudarme a Denby sin ninguna compañía mas que mi dolor y las visitas nocturnas de Amy, se me ocurrió una noche en casa, borracho pedido mientras miraba nuestro álbum de boda. Pero por la mañana se me quitó la idea de la cabeza.

"Jefferies me compró el Solar Denby, y me dio un precio justo. La única condición que le puse fue que les diera a los Jarrow la granja y las tierras de alrededor. Sentía que ellos se lo merecían después de tantos años de devoción a mi benefactor. Por no mencionar la manera en la que ellos trataron de ayudarme mientras estuve en Denby. Decliné la oferta de Peterson de volver a Briers Market para hacer el papeleo allí con el en su oficina. En vez de eso le pedí que me lo mandara por correo, lo cual el hizo, a regañadientes. El obviamente no estaba acostumbrado a sellar contratos de tal envergadura sin tener a el cliente en persona con el en su oficina.

"Contacté con mi tía para ofrecerle ayuda financiera de los fondos que obtuve por el Solar Denby, me parecía que era lo correcto. Pero ella rechazó mi oferta y me explicó que ella tenía fondos mas que suficientes para pagar su estancia en el asilo hasta que ya no lo necesitara mas. Para vergüenza mía, ya no fui a visitarla nunca más, aunque hablábamos por teléfono regularmente. El hecho era que ella era la única persona viva con quien podía hablar de lo que me pasó en el Solar Denby.

"Mi tía, siempre tan pragmática, a menudo me hacia perder mi temperamento al decirme que olvidara lo que había pasado y que siguiera con mi vida. Como si yo pudiera olvidar alguna vez a mi preciosa Jennifer, Con el tiempo, aprendí a morderme la lengua cuando actuaba de esa manera, pero había ocasiones en las que ella me pillaba bajo de moral, y me frustraba tanto con ella que le colgaba el teléfono. Entonces, normalmente, un par de minutos mas tarde, la culpabilidad se apoderaba de mi, y la llamaba inmediatamente para disculparme. Ella murió pacíficamente mientras dormía aproximadamente un año después de vender yo el Solar Denby. Sentí su perdida mucho mas de lo que me hubiera imaginado, considerando que solo nos habíamos hecho íntimos durante su ultimo año de vida, Pero creo también en parte, era porque ya no tenía a nadie con quien hablar sobre mi experiencia.

"Nunca le conté a nadie mas la verdadera historia. No porque me sintiera ridículo, o avergonzado de nada que hubiera hecho. Era mas por el hecho de pro un lado tenía miedo de contárselo a alguien cercano, solo por si acaso de algún modo eso abría una especie de portal espiritual, permitiendo que Amy les acosara como había hecho conmigo. Puede sonar absurdo, pero después de por lo que yo había pasado no quería tomar ningún riesgo innecesario.

"Al final, volví al trabajo. Supongo que después de todo lo que me había pasado, necesitaba la normalidad de la monotonía para mantenerme cuerdo. Para ser honesto, después de la venta del Solar Denby, yo no necesitaba volver al banco. Podía haber aprovechado la oportunidad de empezar una nueva aventura, hacer algo que yo siempre hubiera querido hacer. Pero la verdad era que el banco era todo lo que yo conocía y no estaba de humor para aventuras salvajes.

"Conseguí que Jane y Mike aceptaran algún dinero para ayudarles a pagar la hipoteca. Al principio, ambos se negaron, alegando que era demasiado generoso, pero al final, ellos cedieron cuando les dije que, si la situación hubiese sido inversa, ellos hubieran insistido en hacer lo mismo.

"Mi vida en ese punto se había convertido en la de un ermitaño. Iba al trabajo, dormía y de vuelta al trabajo. Los fines de semana visitaba a Jennifer, y cuando me invitaban iba los domingos a comer a casa de Mike y Jane. Pensé que había ciertas dosis de ironía en el hecho en que la vida que yo ahora llevaba, era igual en muchos aspectos, a la de mi benefactor. El también había perdido a su esposa y a su hijo por culpa de la maldición de Amy, y quizás teníamos mas en común de lo que yo pensaba.

"Un domingo, después de visitar a Jennifer y colocar flores en el zócalo de su tumba. Decidí que necesitaba conducir para aclarar las ideas. Era finales de septiembre, así que los días ya estaban acortando, pero aquel era un día especialmente soleado y despejado, sin el mas mínimo rastro de nubes. No presté demasiado atención hacia adonde me dirigía. Solo necesitaba dejar atrás todo el ajetreo y bullicio de Londres.

"Al final, me encontré a mi mismo en la carretera de Brighton. Tan pronto me di cuenta hacia donde me dirigía, mi reacción inicial fue dar media vuelta por la próxima salida y dirigirme hacia otra dirección. Pero algo me hizo cambiar de opinión. No tengo ni idea de que. Pero me sentí como si una calma repentina me bañara cayendo a chorros por mi cabeza. Así que pase de largo la siguiente salida y la siguiente, hasta que solo me encontraba a unos pocos kilómetros de la ciudad.

"Era la primera vez que había visitado el centro recreativo desde que Jennifer y yo había pasado aquel día juntos el día antes de mi fatídico viaje. Los recuerdos que me traería el ver la ciudad me dieron una pausa para reflexionar, y me encontré a mi mismo frenando intencionadamente cuando ya tomaba la carretera de entrada a la ciudad.

"Una vez aparqué, caminé bajo el sol de media tarde escuchando a las felices familias disfrutar del día. Sus risas y diversión consiguieron subirme la moral por primera vez desde que yo podía recordar, y pensé que en lugar de sentirme triste al recordar la ciudad como el ultimo lugar donde Jennifer y yo habíamos estado juntos, debía de pensar en positivo y acordarme de lo bien que se lo pasó mi esposa aquel día.

"El recuerdo de Jennifer corriendo por la playa en dirección al muelle donde había tantas atracciones y maquinas recreativas, trajo una inesperada sonrisa a mi cara, y respire profundamente la brisa del mar, como otro recordatorio de aquella tarde que ahora parecía tan lejana.

"Mi humor cambio, de algún modo, cuando vi el vagón de la vieja gitana ubicado al lado de la playa. Mi memoria me llevó al momento en cuando la vieja gitana me perseguía por el muelle, mientras Jennifer disfrutaba en la atracción que ella había subido y en la advertencia a la cual ella trató desesperadamente que yo hiciera caso. Me quedé helado por un pensamiento que me cruzó la cabeza ¿había predicho la vieja lo que iba a ocurrirme en mi viaje? La verdad, es que yo ahora tenía un conocimiento mucho mayor, si no respeto por el poder que tenían algunos clanes gitanos, habiendo sido yo victima de una maldición gitana.

"Recordé una vez mas lo excitada que estaba Jennifer ante la perspectiva de visitar la caravana de la adivina, y como ella me hizo subir a empujones la escalera de entrada al vagón de la gitana. Algo en mi me urgió a visitar a la vieja otra vez. Aunque solo fuera para agradecerle la advertencia y disculparme pro no haberle hecho caso.

"Pero cuando llamé a la puerta con forma de arco, la voz que me contestó era demasiado joven para ser la una adivinadora. Abrí la puerta y entré en la oscura caravana, seguro de que la joven muchacha que se sentaba tras la mesa ovalada con la bola de cristal en el medio, era la misma que yo había visto aquel día en el muelle, quitándome a la vieja de encima. Más aún pude ver por la expresión de su cara que ella también me reconoció, y no parecía feliz de verme.

"Ella se quedó observándome por lo que me pareció una eternidad, antes de dejar escapar un enorme suspiro y ofrecerme sentarme delante de ella. Cuando me senté, la muchacha cogió un paño y cubrió la bola de cristal que estaba entre nosotros dos. Encontré aquello un poco extraño, ya que, aunque yo no había ido técnicamente a que me leyera el futuro, ella debía de haber supuesto que aquella sería la razón de mi visita. En cuyo caso la bola de cristal sería una parte esencial de su actuación, si es que tal termino se le puede aplicar.

"Antes de que yo tuviera oportunidad de decir algo, la muchacha me habló directamente. No tanto como a un cliente, si no en un tono mucho más formal, uno el cual me hizo sentir inmediatamente que ella sabía por que yo estaba allí."

"¿Cuál es el propósito de su visita hoy aquí, señor Ward?"

"Me sorprendió inmediatamente que ella supusiera mi nombre. Estaba seguro de recordar que yo no se lo había dicho a vieja señora la ultima vez que la vi. Yo estaba tan sorprendido, que por un momento no pude encontrar ninguna respuesta que ofrecer. Así que, en vez de eso, le pregunté que donde estaba la vieja adivinadora. La muchacha me miró directamente a los ojos. Incluso en la penumbra de aquel espacio encerrado, me di cuenta de que mi pregunta no la hizo feliz. Había varias hojas secas quemándose en unos cuencos esparcidos por la caravana, y el humo que salía de ellos hizo que me lloraran los ojos, y me picara la garganta. Me aclaré la garganta y tuve que frotarme los ojos varias veces para limpiármelos.

"¡Mi abuela esta muerta!" gracias por preguntar por su salud, ya es que en parte ha sido por su culpa"

"Las palabras de la joven muchacha me dejaron helado como si me hubieran tirado un cubo de agua helada a la cara. Me senté allí durante un momento mirándola con incredulidad. ¿Cómo iba a ser posible de alguna manera, que yo fuera responsable por la muerte de su abuela? Una vez pasada la sorpresa inicial, le pedí que se explicara mejor."

"Le pido disculpas señor Ward, y arrebato ha sido injusto. Pero el quid de la cuestión es que mi abuela nunca se recobró de ver su futuro potencial en el cristal. Se que intento advertirle, y para vergüenza mía, en aquel momento pensé que sus acciones no eran dignas de alguien de su altura, que es el motivo, si lo pregunta, por el que traté de pararla en el muelle."

"Su explicación me dejó perplejo. Le rogué me contara mas detalles, ya que yo necesitaba desesperadamente saber que tenía que ver la predicción de su madre de mi futuro con su muerte. Yo ya soportaba bastante culpa sobre los hombros para varias vidas, y no estaba seguro de que yo pudiera soportar mas. Pero me negué a permanecer ignorante de los cargos que la muchacha me atribuía, así que seguí presionándola, rogándole que clarificara su acusación.

"Al final, totalmente desesperado, saqué mi cartera y sin importarme contar dinero había en ella, cogí todos los billetes y los puse encima de la mesa, delante de la muchacha. Desafortunadamente, lo precipitado de mi acción provocó que yo malinterpretara sus intenciones.

No era ninguna pantomima, y la muchacha me dirigió una mirada que pude sentir como me empequeñecía de vergüenza."

"Ella cogió mi dinero y lo lanzó hacia mi, dejando que los billetes se esparcieran por la mesa. Antes de poder articular una sola palabra, me pidió que abandonara la caravana y que nunca volviera. Me sentía tan tonto, por no decir avergonzado que automáticamente me levanté para marcharme. Pero después de haberlo pensado mejor, había cometido un error sin mala intención, y había sido tan desgraciado desde mi ultimo encuentro con su abuela que necesitaba su ayuda desesperadamente.

"Miré a la muchacha directamente a los ojos y le expliqué cuanto sentía mi indiscreción, y como ahora estaba viviendo las consecuencias de haber ignorado la advertencia que me hizo su abuela el año pasado. Le supliqué que me entendiera, o que al menos me explicara que había visto su abuela en la bola de cristal. Después de unos instantes en los que no dejo de mirarme, ni siquiera un segundo ella asintió con la cabeza y yo retomé mi asiento."

"Mi abuela era un séptimo hijo de un séptimo hijo que quiere decir que sus poderes eran superiores a aquellos que todos los que hemos sido bendecidos con el don de la predicción tenemos de manera inherente. Ella tenia el ojo de Ted ´banshi, el cual permite ver el futuro mas claramente de lo que la mayoría de la gente puede ver delante de sus propias narices. Yo soy la única de la familia que ha heredado algo de su poder, y el mío no es una decima parte del suyo. Aunque es más que suficiente para mantener a los turistas entretenidos.

"El don de mi abuela era muy poderoso. Ella no se sentaba aquí día tras día contándoles historias a las masas porque necesitara el dinero. Durante su vida ella había leído el futuro a reyes de todas las naciones. Su reputación era bien conocida en círculos tan distinguidos, que solo unos pocos conocían de su existencia."

"Fue fácil para mi darme cuenta por la manera en la que se comportaba, que la muchacha estaba increíblemente orgullosa de los logros de su abuela, y era evidente para mi que mi falta de aprecio por los mismos le había causado, aunque inintencionadamente, un gran insulto. Como la chica no estaba preparada para aceptar mi dinero, no sabía que otra cosa podía ofrecerle, así que únicamente escuche."

"Algunas de las predicciones que ella hizo siendo una niña se cumplieron años después. Ella predijo ambas guerras, la ascensión de Hitler, el hundimiento del Titanic, el asesinato de Kennedy ¡Incluso el día en el que el primer hombre pisaría la luna!

"Ella de repente me miró con el ceño fruncido. Sentí instintivamente que yo había hecho algo mal, aunque no tenia ni idea de que".

"Se lo que estas pensando. Si ella tenía unos poderes tan grandes, ¿Por qué se pasó los últimos años de su vida sentada en esta caravana como un friki del carnaval?"

"Negué con la cabeza, aunque ese pensamiento me había pasado por la cabeza mientras ella hablaba. Pero antes de poder saber que decir para decirle que ella estaba equivocada, ella continuó".

"Quizás no haya heredado el poder que tenía mi abuela, pero tengo el suficiente para satisfacer a la gente que viene aquí y quiere gastarse unas pocas libras, esperando que les digan que un día serán millonarios. Al fin y al cabo, ese es su mayor deseo. Ellos solo tienen la capacidad de pensar en la felicidad imaginando riquezas. Puedo verlo en sus mentes, ¡tal y como lo veo en la suya señor Ward!"

"Sus palabras llevaban veneno. Lo que me hizo desear no haber visitado el vagón, para empezar. Sin embargo, tenía cierto aire de compasión en la mirada, lo que me animó a quedarme sentado escucharla hasta que ella hubiera terminado. Si ella era capaz de ver en mi mente, entonces podría ver la delación y la pena que me estaban ahogando."

"La razón por la que mi abuela estaba aquí y realizaba su ritual era como medio para evadirse. No puede imaginar lo que es cargar con ese conocimiento que ella poseía. Bombardeada constantemente con nuevos descubrimientos, en tanto de día como de noche. Sabiendo que el transeúnte que pasaba por su lado iba a morir esa noche en un accidente de trafico, o alguien que por casualidad estaba en la misma cola que tu en la oficina de correos y se estaba muriendo de una enfermedad no diagnosticada.

"Y eso solo sería arañar en la superficie de algunas de las cosas que ella veía. Grandes desastres, epidemias, tiroteos masivos, la lista nunca acababa. Así que adivinar el futuro era su manera de soltar lastre. Evitó que ella perdiera la cabeza. Ella nunca pidió ni quiso esta maldición, ninguno de nosotros. Puede parecer algo maravilloso al no iniciado, puedes prever que numero saldrá en la lotería, o que equipo de futbol ganará en las apuestas. Pero si le digo que un día ellos se despertaran y supieran que el mundo se fuera a acabar. ¿Cree que a ellos les parecería entonces este don tan maravilloso?

"¿Qué pasaría si tu supieras seguro que te espera después de la muerte? Incluso los más fervientes ateos todavía se agarran un pequeño hilo de esperanza de que hay algo mejor esperándonos cuando nuestra vida termine. Tanto si lo admiten como si no. Pero si ellos se tuvieran que enfrentar a ese conocimiento aún estando vivos, ¿Cómo cree que ellos reaccionarían?, y si seguimos por ese camino, ¿Cómo reaccionarían las distintas facciones religiosas cuya versiones de Dios fueran incorrectas? ¿Y una de esas religiones fuera la que tuviera razón? ¿seguirían los católicos a los musulmanes? ¿dejarían los mormones todo y se convertirían al mantra Hare-krishna?

"Ella se golpeo en un lado de la cabeza para enfatizar su argumento"

"La verdad es que tal conocimiento haría que la gente se volviera loca. Eso es porque la mente de las personas no tiene la capacidad de tolerar la importancia de tal conocimiento. Pero mi abuela había visto a menudo en las mentes de que aquellos a los que la sociedad consideraba locos. Gente que había sido encerrada, porque se consideraba que no podían vivir en sociedad. ¿Y sabe que es lo que vio en sus mentes?

"Sacudí la cabeza e imaginé que su pregunta había sido retorica"

"Conocimiento. Profundo conocimiento sin reprimir. El único problema con ellos era que sus mentes no eran capaces de procesarlo, o de lidiar con la responsabilidad que conllevaba dicha información. Ella solía decirme que cuando la gente rechazaba a tales individuos solo era porque no la gente no era lo bastante inteligente como para comprender lo que estos individuos tenían que ofrecer"

"Me froté la frente tratando de demonstrar respeto por lo que estaba diciendo. Pero el embriagador aroma de las hojas al quemarse estaba haciendo que me doliera la cabeza. Levanté las manos en sumisión. Le expresé mi lamento por la enormidad de la carga que tenia que soportar su abuela, tan sinceramente como pude. Entonces, una vez mas, enfaticé cuan desesperadamente necesitaba yo saber lo que su abuela había visto aquel día sobre mi futuro.

"La muchacha encogió sus hombros estrechos y se apartó con indiferencia un mechón de su pelo negro azabache. Ella ase quedó mirándome con una cara de profunda indignación, pero entonces vi en su mirada que ella parecía haberse ablandado, y se inclino acercándose a mi para hablar mas íntimamente de lo que habíamos hecho desde que nos sentamos".

"De acuerdo, no es asunto mío ocultarte la verdad, mi abuela no lo aprobaría. Desde que era una niña mi abuela vio que yo tenía ese don y ella siempre me advirtió sobre el poder sobre Ted ´banshi y el poder que ello conllevaba. Ella lo vio de niña y desde entonces su vida ya no fue la misma. Ella me advirtió lo que debía hacer si alguna vez veía su reflejo en el cristal. Sabía que para ella ya era demasiado tarde, pero quería salvarme a mi al menos.

"La de Ted´banshi es la magia o conocimiento mas antiguo que el mundo conoce. Emana de la oscuridad, y cuando es vista, ambos el que la ve y el que lo ha causado serán maldecidos. Nuestra cultura cuenta que ha habido magos y hechiceros que a lo largo de los siglos han intentado comprender el poder de Ted'banshi, pero solo unos pocos escogidos han visto su pode desencadenado, pero no han vivido par contarlo. Cuando me abuela miró el cristal para ver tu futuro, ella vio a Ted'banshi, flotando sobre tu aura, porque tu llevabas su aura, y eso era de lo que ella trataba de advertirte. ¡Ella arriesgo su vida y la ira de Ted´banshi para advertirte y tu la ignoraste!"

"Puede sentir que otro escalofrío bajaba por mi columna mientras ella hablaba. Recordaba la mirada de terror en los ojos de mi abuela cuando ella se enfrentó conmigo en el muelle aquel día. Ahora todo empezaba a tener sentido. Al menos, esa parte. Puede ver que la muchacha empezaba a perder la compostura, sin duda debido a hablar de su abuela conmigo. Pero todavía yo debía de saber porque, si la fuente de ese poder era tan grande como la chica decía, su abuela se arriesgó a advertirme sobre ello."

"Mi abuela me dijo que a usted y a su esposa les unía un gran lazo de amor, cuya fuerza ella solo había visto en unas pocas ocasiones. Por eso fue que ella decidió arriesgarse a la ira de Ted ´banshi y advertirle. Ella esperaba que si le advertía usted podría evitar la maldad que ella podía ver en su futuro. Pero como resultado de lo que hizo, ella no sobrevivió a la experiencia. Cuando la traje del muelle, pude ver en su cara que como se le escapaba la vida, vaciándose por el poder de Ted'banshi. Ella murió poco después."

"Me quedé mortificado por lo que la chica me estaba contando. Ella evidentemente creía que su abuela sacrificó su vida para salvar la mía. En ese justo momento, ya no se trataba de si yo creía en adivinos o en maldiciones gitanas. Solo se trataba de que la mujer había querido dar su vida por un completo extraño, por el amor que vio que el y su esposa se tenían. Me sentí verdaderamente humillado y creo que la chica pudo verlo en mi cara, o quizás lo vio en mi corazón, porque ella deslizó la mano sobre la mesa y me apretó la mía suavemente. Cuando la miré ella reía entre lagrimas."

27

Jonathan levantó su jarra bebiéndose el ultimo poso de cerveza. Meryl le hizo una seña ofreciéndose a rellenarla, pero declinó la oferta sacudiendo la cabeza. El se frotó suavemente los ojos con los dedos pulgar e índice, para evitar otro mar de lagrimas. Fue entonces cuando se dio cuenta de que, a Meryl, al igual que a los otros miembros de la banda, también le caían lagrimas por la mejilla.

Su historia había llegado al final, y por primera vez desde que el podía recordar, Jonathan sintió que se había quitado un enorme peso de encima. El nunca había hecho mucho caso al dicho "un problema compartido es medio problema", pero solo el relatar su historia a los otros, le hizo sentir como si finalmente se hubiera desecho de su carga, y en su lugar el sentía una calma absoluta.

Jonathan se limpio la boca con el reverso de la mano para quitarse los restos de cerveza de la boca y continuó hablando. No quedaba mucho que decir, pero el sentía que la audiencia merecía un final por haberse sentado a escuchar su historia.

"Todavía veo a Jennifer en mis sueños. Con lo viejo que soy yo ahora a ella todavía la veo tan joven como la ultima vez que la vi. Algunas veces ella esta acunando nuestro bebe en sus brazos, y ruego porque me eso sea una señal de que me esta esperando. No mentiré, algunas veces he pensado en suicidarme, pero supongo que, a la hora de verdad, no seré tan valiente. Siempre me ha parecido extraño que la gente llame al suicidio una salida de cobardes. Por lo que a mi respecta, hace falta más coraje del que yo pueda tener. Incluso así, le ruego a Dios todas las noches en su misericordia que me lleve pronto.

"Amy también viene a verme. Algunas veces ella tiene su cara angelical y canta para mi en sueños. Pero otras veces se me aparece en mis pesadillas, persiguiéndome por un interminable laberinto de pasillos y pasajes, gritando a pleno pulmón. Sospecho que según me dijo aquella adivina, la maldición que yo heredé siempre estará conmigo, aunque ahora que no tengo a nadie de quien protegerla, puede llevarme si quiere, ¡cuando le parezca oportuno!"

Jonathan se levantó de la silla, y empezó a abrocharse el abrigo antes de salir al frío clima que le esperaba fuera. Meryl trató una vez de persuadirle para que se quedara a tomar otra cerveza. Pero se dio cuenta de que el ya había decidido irse. Ella se imaginó que, ahora que había contado su terrible historia, deseaba estar a solas con sus pensamientos.

Mike ofreció a Jonathan la mano y ambos hombres se dieron la mano, al igual que con Fred y el resto de la banda. Melissa y Julie le abrazaron y le besaron en la mejilla, y cuando pasó junto a Barry el batería, el también rodeó con sus brazos al viejo y le abrazó fuertemente, y le dijo que se cuidara.

Meryl acompañó a Jonathan a la puerta, y vio como salía a la calle. Ella le abrazó y le dijo que siempre sería bienvenido, y que le guardaría su asiento favorito y que siempre tendría una pinta de cerveza gratis al principio de cada noche.

Jonathan le dio las gracias de todo corazón.

Meryl se quedó observándole hasta que llegó al final de la carretera y lo perdió de vista.

EPÍLOGO

Meryl nunca volvió a ver a Jonathan después de aquella noche. Ella esperaba que no fuera la vergüenza lo que evitaba que el no hubiera vuelto al pub, después de haber desnudado su corazón y su alma ante todos ellos.

Otra teoría que se le pasó por la cabeza fue que quizás ahora el asociaba el pub con el recuerdo de aquella canción, como resultado de todo lo que le sucedió.

Finalmente, ella empezó a hacer averiguaciones con otros clientes fijos del pub sobre donde vivía el. Ella quería visitarle y decirle que siempre seria bienvenido a su establecimiento, y que cada noche le estaría esperando una pinta de cerveza gratis.

Cuando ella descubrió el nombre de la calle donde el vivía, Meryl fue a hacerle una visita una tarde que no había acudido mucha gente al pub. La carretera en cuestión no era particularmente larga, pero aún así contó cuarenta casas alineándose a lo largo de esta. Ella esperó a que apareciera algún vecino de Jonathan en vez de llamar a las puertas aleatoriamente. El primer vecino que se encontró, aunque era muy agradable llevaba poco tiempo viviendo en esa calle y no sabía quien era Jonathan.

Al final, después de haber hablado con otros dos individuos muy amables también, ella finalmente dio con alguien que lo había conocido durante algún tiempo. Meryl se sintió descorazonada al descubrir que Jonathan había muerto. Según la vecina, una mujer de mediana edad con un fuerte acento mediterráneo, la hermana de Jonathan le había encontrado muerto después de que el no hubiera ido el domingo a comer a su casa. Algo que el siempre hacía.

Mientras hablaba con la señora, Meryl calculó que Jonathan había muerto la misma noche que el había contado su historia en el pub. Aparentemente le encontraron sentado en su sillón favorito, con una foto de su esposa en la mano. Meryl deseó que el finalmente estuviera con ella y su hijo y sobretodo que hubiera encontrado la paz.

NOTAS

Capítulo 3

1. 3 linaje noble y antiguo. 4 Casa más antigua y noble de una familia.
2. Casa mas antigua o noble de una familia. También casa solariega